少林
棍
王 소림곤왕

한성수 新무협 판타지 소설

FANTASTIC ORIENTAL HEROES

소림곤왕 2

한성수 新무협 판타지 소설

초판 1쇄 찍은 날 § 2009년 7월 3일
초판 1쇄 펴낸 날 § 2009년 7월 13일

지은이 § 한성수
펴낸이 § 서경석

편집장 § 문혜영
편집 § 서지현

펴낸곳 § 도서출판 청어람
등록번호 § 제1081-1-89호
등록일자 § 1999. 5. 31
어람번호 § 제2-1777호

주소 § 경기도 부천시 원미구 심곡2동 163-2 서경B/D 3F (우) 420-822
전화 § 032-656-4452 팩스 § 032-656-4453
http://www.chungeoram.com
E-mail § eoram99@chollian.net

ⓒ 한성수, 2009

ISBN 978-89-251-1863-5 04810
ISBN 978-89-251-1861-1 (세트)

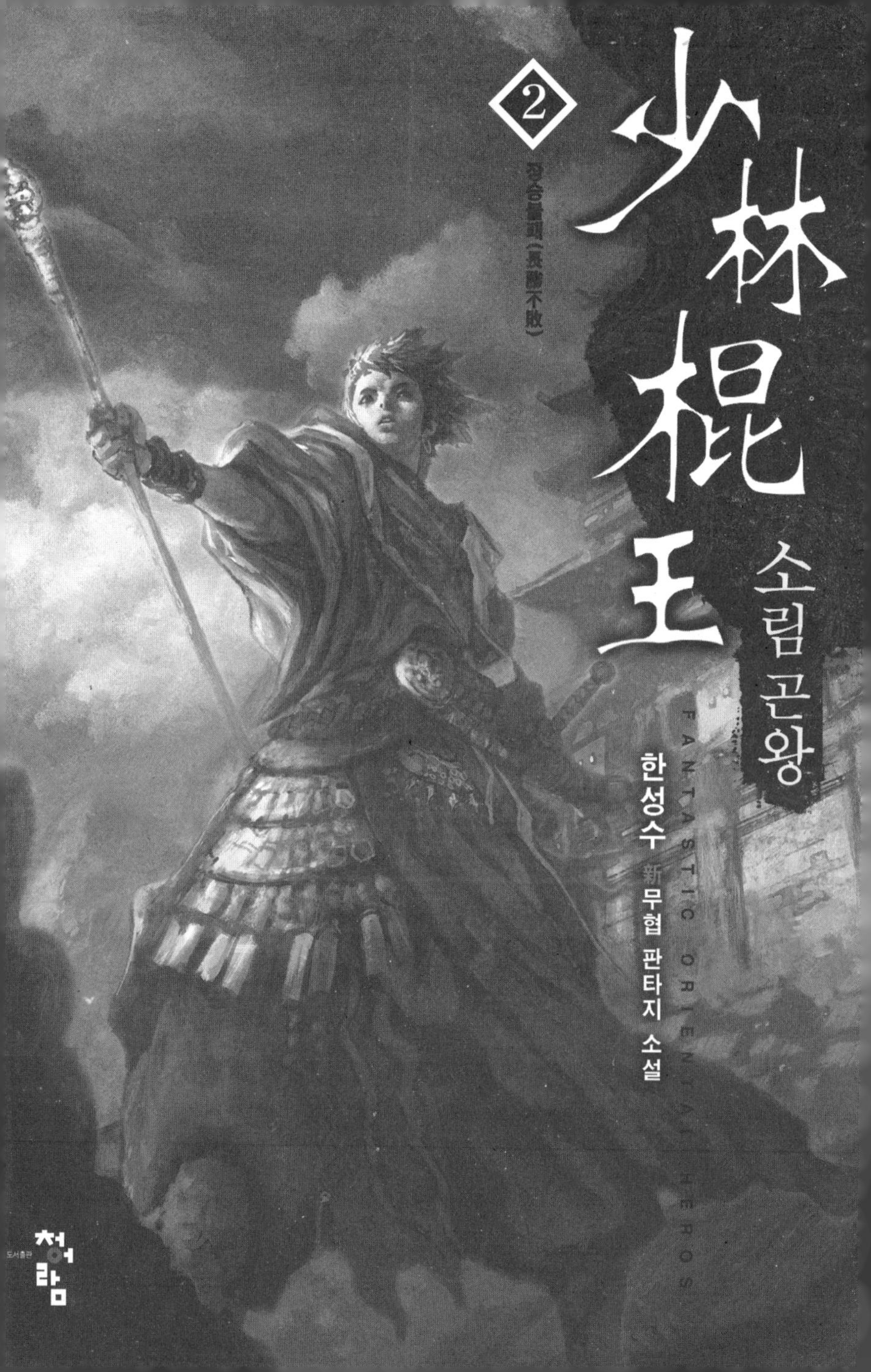
2
장승불패(長勝不敗)
少林棍王
소림 곤왕
FANTASTIC ORIENTAL HEROS
한성수
新무협 판타지 소설
도서출판 청어람

目次

第十章

비인부전(非人不傳)

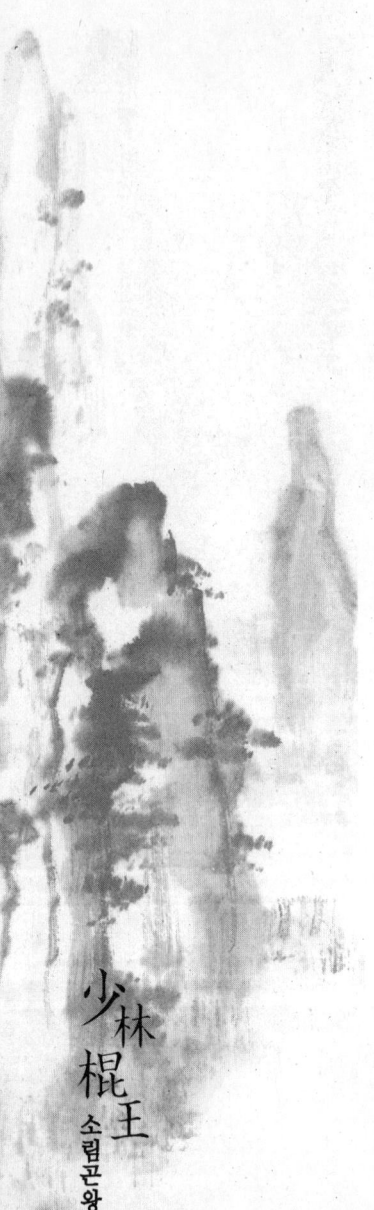

少林
棍王
소림곤왕

본래 사람이 아니면 전하지 않고,
인연이 없으면 취할 수가 없는 법이다.

후둑!

후두두두둑!

커다란 구멍이 뚫려 버린 천장을 통해 무수히 많은 건자재 부스러기가 쏟아져 내린다.

단 한 차례의 충돌!

그것만으로 한 채의 우아한 별채가 폭풍을 맞은 꼴이 되었다. 천장의 절반이 날아가 버리고 사방엔 분진이 가득하다. 마치 수백 근의 화약이 폭발한 것 같다.

그 가운데 어느새 벽력같은 검초를 뿌려낸 남궁황의 백색 고검이 차가운 광채를 흩뿌리고 있었다.

정중동?

남궁황의 백색 고검은 기묘하게도 보종의 정수리로부터 한 촌가량 떨어진 장소에 멈춰 서 있었다.

나아가지도 물러서지도 않는다.

여전히 불문의 금강저가 머물러 있는 보종의 마곤에 하단전을 짓눌려 있는 까닭이었다. 그의 백색 고검보다 마곤의 찌르기가 먼저 성공한 거다.

그러나 이게 어찌 된 일인가!

"쿨럭!"

일 합의 대결에서 승리한 것이 분명한 보종의 입에서 검붉은 핏덩이가 터져 나왔다.

명백히 죽어버린 피.

코끝을 간질이는 독혈(毒血)의 내음에 남궁황의 노안이 가벼운 일그러짐을 보였다. 보종이 한 다리를 잃었을뿐더러 아주 지독한 극독에 중독된 상태였음을 눈치챈 까닭이다.

'놀랍구나! 그런 상태에서도 내 천망일단(天網日斷)에 이 같은 반격을 보일 수 있다니…….'

천망일단.

하늘의 그물이 해를 끊는다는 창룡육격참의 절초이다. 방금 전 이곳 운중별거의 내부를 박살내 놓고 보종이 뿜어낸 무형지기를 산산조각 낸 초식이기도 하다. 고작해야 팔성의 위력만으로도 그 같은 결과를 만들어냈다.

하지만 놀랍게도 남궁황의 천망일단의 빈틈을 보종의 마곤은 간발의 차로 치고 들어왔다. 하단전에 통렬한 일격을 가해온 거다.

결과는 자명했다.

누가 봐도 이번 승부는 끝이 났음을 알 수 있을 터였다.

하물며 남궁황이나 보종과 같은 무학의 대가들이 이를 부인하거나 외면할 수 있을 리 만무하다.

아니다.

그렇지 않았다.

보종이 소매로 입가의 선혈을 닦아낼 때였다. 일순 그의 수중에 쥐어져 있던 마곤이 격렬한 진동을 일으켰다.

우웅!

더불어 남궁황의 하단전을 압박하고 있던 마곤이 점차 뒤로 밀려나기 시작한다. 마치 보종이 스스로 수중의 마곤을 거둬들이는 것이나 진배없는 광경이다.

그에 따라 앙상하게 마른 보종의 손이 역시 부르르 떨렸다. 남궁황의 백색 고검은 여전히 그 자리를 지키고 있는데, 그의 마곤만이 불가사의한 힘에 떠밀려 뒤로 후퇴하고 있었다.

그와 동시다.

스슥!

보종의 정수리를 노리고 있던 남궁황의 백색 고검이 거둬들여졌다.

투타탕!

뒤이어 보종의 마곤이 그의 손을 떠나 공중으로 튀어 올랐다. 더 이상 남궁황의 단전에서 뿜어져 나온 압도적인 내공 진기를 감당해 낼 수 없었기 때문이다.

전세 역전!

남궁황의 백색 고검이 우레 소리와 함께 다시 보종의 정수리 위로 떨어져 내렸다.

붕산뇌정(崩山雷霆).

산을 무너뜨리는 벼락이다.

뇌전과 같은 속도에 더해진 거대한 압력!

마곤조차 놓쳐 버린 보종으로선 감당해 낼 도리가 없다. 순식간에 남궁황이 승부의 추세를 완벽할 정도로 자신에게 돌려놓은 거다.

그런데 일순 남궁황의 노안이 다시 일그러졌다.

죽음을 앞둔 표정이 이러할까?

붕산뇌정을 앞둔 보종의 태도는 초연하기만 했다. 언제 검은색 독혈을 토했냐는 듯 그의 입가에는 어느새 미소마저 감돌고 있다.

스파앗!

붕산뇌정의 검초가 마지막 순간 방향을 바꿨다. 가까스로 미소 짓고 있는 보종을 두 조각 내지 않고 옆으로 비껴 떨어져 내렸다.

슈와앙!

남궁황으로서도 전력을 다한 창룡육격참의 검로를 중간에 바꾸는 건 무리다. 그는 여전히 삼 푼가량의 여력을 남겨둔 채 붕산뇌정을 펼쳤던 것이다.

그럼에도 일시 내기가 들끓어 오르는 걸 감내한 남궁황의 노안이 가벼운 떨림을 보였다.

"현보 자네, 설마 이곳에 죽으러 온 것이었나?"

"말도 안 되는 소리!"

탁한 호흡을 내뱉으며 바닥에 떨어진 마곤을 주워 든 보종이 미미하게 고개를 끄덕여 보였다.

"다행히 전날과는 다르구먼. 내공만 해도 이미 초범입성(超凡入聖)의 경지에 이르렀음이야."

"그게 무슨……."

남궁황이 미간 사이를 좁혀 보이며 다시 보종에게 질문하려 할 때였다.

두 차례의 창룡육격참으로 인해 완전히 폐허가 되어버린 운중별거로 반라의 엽자건이 뛰어들어 왔다.

전력을 다한 금강부동보.

월광을 뒤로하고 삽시간에 신형을 대여섯 개로 분화시킨 엽자건이 어느새 보종의 앞을 가로막고 섰다. 두 눈이 분노로 새파랗게 타오르고 있다.

"사부님, 괜찮으십니까?"

"죽지는 않는다."

"삼절마곤을 주십시오!"

"놔두고 나갈 때는 언제고… 옜다!"

엽자건에게 한마디 통박을 주는 걸 잊지 않고 보종이 수중의 마곤을 재빨리 건네줬다.

그가 지팡이 대용으로 삼던 마곤.

이미 일 년 전 엽자건에게 넘어가 삼절마곤이 되었다. 더이상 그가 사용하기가 어려워진 까닭이다.

부우웅!

엽자건이 수중의 마곤을 한차례 휘둘러 보았다.

단순한 동작.

그러나 그 속에는 보종의 평생 심득이라 할 수 있는 소림사 곤법의 정수 야차곤(夜叉棍)의 형이 그대로 녹아 들어가 있었다.

소야차(小夜叉) 육로(六路)!

대야차(大夜叉) 육로!

음수(陰手) 육로!

배곤(排棍) 삼로 무정세(無靜勢)!

천사(穿梭) 일로 무정세!

야차곤은 소림사를 알고 곤법을 아는 자라면 누구라도 아는 기본형으로 이뤄져 있었다.

하지만 본래 정파의 상승 무공이란 평범함 속에 교묘함이 숨어 있게 마련이다.

천하인이 대부분 알고 있는 야차곤과 보종이 소림사에서 전해받은 후 곤왕 유대유를 따라 전장을 휘저으며 얻은 심득은 근본적으로 달랐다.

비인부전(非人不傳).

똑같이 소림사의 제자이고 유대유의 가르침을 받았으나 종경과 보종이 얻은 것은 사뭇 달랐다. 본래 사람이 아니면 전하지 않고 인연이 없으면 취할 수가 없는 법인 것이다.

그리고 그 인연은 다시 보종에게서 엽자건에게로 이어졌다. 야차곤의 완성형이라 할 수 있는 오호란이란 목표를 이루기 위해서.

"나는 엽자건. 보종 사부님의 하나밖엔 없는 제자이니, 노인장은 정체를 밝히도록 하시오!"

"보종? 허허, 현보 자네가 소림사의 파문제자인 파천마곤이었던가?"

보종이 잔기침과 함께 대답했다.

"쿨럭! 사마외도 몇 놈을 몽둥이로 쥐어 팼을 뿐인 것을. 어찌 됐든 보다시피 내 몸은 이미 완전히 망가졌으니, 전날의 은원은 제자 녀석과 풀도록 하시게."

'전날의 은원?'

엽자건의 시선이 비로소 남궁황의 손에 쥐어져 있는 백색 고검을 향했다.

극도로 평온한 자세.

촌각 전 적수공권으로 달려들었다가 호되게 당했던 남궁수를 떠올리게 한다.

동일한 검법을 익혔다는 뜻.

이곳이 창룡검가라는 점을 굳이 상기하지 않더라도 눈앞의 은발 노검객의 정체는 쉽사리 짐작할 수 있다. 운중별거가 박살나고 사부 보종이 피를 토할 정도로 곤경에 처한 것과 함께 말이다.

'이건… 좋지 않다!'

엽자건이 저도 모르게 보종 쪽을 슬쩍 노려봤다. 그가 지난 사 년간 '실전'이란 미명하에 수없이 빠뜨렸던 사지(死地)에 자신을 다시 떠밀어 넣었다는 의구심 때문이었다.

비죽!

보종의 입가로 느물거리는 미소가 흘러나왔다. 언제 독혈을 내뱉고서 다 죽어가는 얼굴을 하고 있었냐는 듯 표정이 무척 해맑다.

'당했다!'

엽자건이 얼굴을 와락 일그러뜨렸을 때다. 보종과 엽자건의 표정을 번갈아 살피던 남궁황이 불쾌함이 가득한 기색으로 말했다.

"현보, 아니, 이젠 보종 대사라 해야 하나? 농담이 지나치네. 어찌 노부가 손자뻘밖엔 되지 않는 어린아이와 손속을 나눌 수 있겠는가? 역시 자네와의 은원은 없었던 것으로 하세나!"

'역시 천하 삼대검객! 남궁황 노인장, 과연 대검호다운 아량이십니다! 복받을 겁니다!'

엽자건이 내심 환호작약했다.

자칫 사부 보종이 놓은 함정에 빠져서 괴물이나 다름없는 대검호와 생사비무를 벌여야 할 뻔했다. 어찌 체면을 얘기하며 은원을 잊자 하는 대범함에 감탄하지 않을 수 있겠는가!

그런데 보종이 다시 초를 쳤다.

"허허, 나는 단지 전날의 어리석음을 수정해 보려 했을 뿐인 것을……."

"그게 무슨 소린가?"

"보다시피 나는 소림사에 귀의해 불제자가 되었네. 비록 젊은 혈기에 고집을 피우다가 파문을 당하긴 했으나 마음속에 불심(佛心)이 남아 있으니 불제자가 맞을 것이야. 그런데 전날의 어리석은 짓이 줄곧 마음에 남더란 말이지. 그래서 그 어리석음을 바로잡기 위해 창룡검가로 온 것일세. 그런데 그 당사자가 이제 세속의 연배와 체면을 들어서 전날의 은원을 잊자 하니, 어찌 가소롭지 않으랴?"

"……."

남궁황의 은빛 검미가 일순 위로 치켜 올라갔다.

보종이 한 말의 의미.

그가 모를 리 없다. 보종과의 일전 시 일패도지했던 기억을 평생 가슴속 한켠에 품고 있었기 때문이다.

'내 고희의 나이가 되도록 수중의 검을 놓지 않고 있었던 건 오로지 현보에게 당한 패배를 잊지 않고 있었기 때문이다. 하지만 이젠 다 잊어버렸다고 생각했거늘……. 또다시 몸속의 피가 끓어오르는 걸 보니 여태까지의 수련이 모두 헛된 것이었구나!'

한탄?

그렇게 보기엔 표정이 사뭇 유쾌하다. 얼굴 전체로 활력이 넘치고, 유유하게 가라앉아 있던 두 눈에는 신광마저 감돌고 있다. 회춘이라 할 만하다.

우우웅!

더불어 백색 고검 역시 검명음을 토해낸다.

기태일신!

엽자건으로선 죽을 맛이 아닐 수 없다.

순간적으로 전신을 압박해 온 날카로운 검기에 전신이 사분오열(四分五裂)되는 것 같았다. 더불어 느닷없이 변한 남궁황의 기도가 오감 전체를 저릿저릿하게 만들었다.

쫘악!

결국 저도 모르게 삼절마곤을 쥔 손에 힘이 들어간 순간,

남궁황이 선포하듯 말했다.

"자네, 현보. 아니, 보종 대사의 하나밖에 없는 제자라 했던가?"

"그렇습니다만……."

"그럼 내 보종 대사의 말이 있고 하니, 자네에게 먼저 삼 초를 양보하도록 하겠네. 마음껏 공격해 보도록 하게나!"

'헉!'

엽자건이 내심 숨을 크게 들이켰다.

그는 사부 보종의 노골적인 부추김에 남궁황이 계속 무림의 대선배다운 아량을 보여주길 바라고 있었다. 어린 후배와 결단코 손속을 나누지 않겠다는 단호하고 멋진 모습을 기대하고 있었던 거다.

혼자만의 헛된 꿈이었다.

일순 일어난 남궁황의 백색 고검의 압력!

장난이 아니다.

수중의 삼절마곤으로 공격을 감행하자마자 박살이 날 것 같다. 사부 보종이 그나마 건강을 유지하고 있던 시절 느꼈던 압도적인 절망감을 다시 떠오르게 만든다.

그렇지 않았다.

절대 그 정도는 아니었다.

'쳇! 전날의 사부님은 훨씬 더 대단하셨다! 처음으로 전장에 뛰어들었을 때 느꼈던 공포심이 더 극심했고 말야!'

남궁황에게서 전날의 보종을 투영해 보인 엽자건이 한차례 투덜거림과 함께 표정을 일신했다. 여태까지 겉으로 내보이고 있던 긴장감을 날려 버리고 차가운 투쟁심으로 그 자리를 대체한 거다.

그래서인가?

문득 남궁황의 얼굴에 '요놈 봐라?' 하는 표정이 떠올랐다. 설마 엽자건이 초절정고수인 자신이 발출한 무형 검기에 이토록 도발적으로 부딪쳐 올 거라곤 예상치 못했다.

그래 봤자 애송이의 만용일 뿐.

남궁황이 다시 눈을 빛내며 수중의 백색 고검을 슬그머니 밑으로 내려뜨렸다. 투기를 잔뜩 끌어올린 엽자건에게 일부러 허점을 드러낸 거다.

'놈! 어디 와봐라!'

'노인장, 도발하는 거야! 그런 거야!'

순간 남궁황과 엽자건 사이의 긴장감이 최고조로 끓어올랐다.

이젠 폭발의 순간만을 남겨놓았을 터.

바로 그때, 느닷없이 반파된 운중별거 밖에서 맑고 부드러운 목소리가 들려왔다.

"할아버님, 어찌 자신의 무(武)에 부끄러움을 남길 행동을 하시려는 겁니까?"

'이 목소리는?

엽자건의 뇌리로 한 명의 지극히 아름답고 강한 여검객의 얼굴이 떠올랐다.

그건 남궁황 역시 마찬가지였다.

스릉!

방금 전까지 활기로 넘치던 노안을 일그러뜨린 남궁황이 수중의 백색 고검을 더욱 밑으로 떨궜다. 잔뜩 준비해 놓고 있던 검기와 검력(劍力) 역시 씻은 듯 거둬들였음은 물론이다.

그와 함께 운중별거 안으로 두 사람이 이미 예상하고 있던 여인이 모습을 드러냈다. 여전히 낭창거리는 연검을 들고 있는 남궁수였다.

사락!

흡사 달빛을 밟듯이 다가든 남궁수가 남궁황 앞에 한 점의 그림같이 부복했다.

"이 밤, 할아버님을 이런 곳에서 뵙게 될 줄은 몰랐습니다!"

"나 역시 그렇구나. 어찌 저녁 수련은 하지 않고 이런 곳까지 발걸음을 한 것이냐?"

"비무 중에 방해를 받았기에 문제를 해결하려 온 것입니다."

"비무?"

남궁수를 향하고 있던 남궁황의 시선이 재빨리 엽자건 쪽으로 향해졌다.

그의 헐벗은 모습.

너풀거리는 옷자락 사이사이에 예리하게 각인되어져 있는 검로가 선명하게 눈에 들어온다. 창룡육격참의 회륜망망(廻輪網輞)의 가속된 쾌검의 움직임이 어떻게 옷을 갈기갈기 찢어버렸는지 알 수 있게 해주는 거다.

'허어, 수아의 회륜망망이 고작 옷자락 정도밖엔 건들지 못했다는 건가?'

내심 혀를 찬 남궁황이 다시 남궁수를 바라보며 말했다.

"내가 선물로 준 검은 어찌하고 그런 걸 들고 있는 것이더냐?"

"청류하는 수련실에 놔두고 왔습니다."

"쯧! 그러니 창룡육격참이 제 위력을 발휘하지 못한 게 아니더냐?"

"제 잘못입니다. 다만……."

"다만?"

"…다만 저는 청류하를 들고 있었다 해도 비무의 결과는 그리 크게 달라지지 않았을 거라 생각합니다. 그래서 비무의 끝을 보기 위해 이곳에 온 것이고요."

"……."

남궁황은 남궁수의 눈 속에 담겨져 있는 맑은 투쟁심을 쉽사리 간파해 냈다. 검의 진경을 얻은 지난 몇 년간 단 한 번도 본 적이 없는 모습이다.

'허허, 수아 녀석이 이리 나온다면 어쩔 수가 없지 않겠는가?'

장강후랑추전랑(長江後浪推前浪)!

장강의 앞 물결이 뒷물결에 밀린다는 말은 옳지 않다. 노병은 죽거나 밀려나는 게 아니라 후배들을 위해 스스로 물러나고 사라질 뿐인 것이다.

내심 나직이 너털웃음을 터뜨린 남궁황이 결국 백색 고검을 검갑으로 회수했다.

철컥!

그리고 예의 무심함이 담긴 목소리로 말한다.

"이틀 후가 내 고희연이니 금분세수와 함께 보종 대사와의 은원은 후대에게 맡기도록 하겠네."

"후회없는 결정이겠지?"

"물론일세."

그 말을 끝으로 남궁황이 운중별거에서 홀연히 자취를 감춰 버렸다.

모습을 드러냈을 때와 다름없는 퇴장.

덕분에 한시름을 돌린 엽자건을 향해 남궁수가 슬며시 고개를 숙여 보였다.

"이틀 후 보게 될 당신의 진짜 무(武)를 고대하고 있겠습니다."

'그보단 찢어먹은 옷값이나 물어주지……'

내심 입을 쑥 내밀어 보인 엽자건이 어깨를 한차례 으쓱해 보였다.

"나도 고대하겠소. 남궁 소저의 제대로 된 창룡육격참을."

"그럼."

남궁수가 다시 엽자건과 뒤에 몸을 숨기고 있는 보종에게 연달아 고개를 숙여 보이고 신형을 돌려 세웠다.

저녁 수련.

평상시보다 한참이나 늦어버렸다. 수련실로 빨리 돌아가 야 할 터였다.

커다란 구멍!

그곳을 통해 하염없이 불어오고 있는 야풍을 묵묵히 감내 하고 있던 엽자건이 수중의 삼절마곤을 분리했다.

투둑! 툭! 툭!

삽시간에 제미곤의 크기를 유지하고 있던 마곤이 세 개의 단봉으로 분리되었다. 첫 번째 아수라장을 헤치고 돌아왔을 때 보종이 준 선물이다.

그때 요리조리 눈치를 보고 있던 보종이 은근슬쩍 말을 걸 어왔다.

"자건아, 삐쳤냐?"

"아니요."

"이 사부가 하는 짓이 항상 엉뚱하지?"

"다 절 위해서 하신 일일 테지요. 언제나와 마찬가지로."

"허허, 드디어 네가 철이 들었구나. 아무렴! 이 사부가 하는 모든 일은 다 널 위한······."

"···도대체 제정신이신 겁니까?"

갑자기 내지른 엽자건의 일갈에 보종의 웃음이 쏙 들어갔다. 얼굴에 깃든 표정 역시 다시 수세적으로 바뀐다.

"왜? 왜 그러냐, 자건아······."

"어째서 숭천검군 남궁황 선배와 싸우신 겁니까? 그것도 피까지 토하실 정도로요!"

"그야 그 녀석의 잘못이지··· 내 잘못은 아니다."

"남궁 선배가 다짜고짜 사부님께 칼질을 해댔다는 겁니까?"

"그럴 만큼 막돼먹은 늙은이는 아니지."

"그럼 어째서 피까지 토하며 싸우신 겁니까?"

"오랜만에 봤더니, 강해졌더구나. 사십 년 전과는 완전히 달라졌을 정도로 말야."

"그래서 도발하신 겁니까?"

"그 녀석의 내공이 어느 정도인지를 확인해야 했거든."

"그건 설마······."

"헤엥! 그 설마다. 내가 진짜로 사십 년 전의 은원 따위 때문에 이 몸을 해가지고 창룡검가에 왔다고 생각한 건 아닐 테지?"

"……."

엽자건이 입을 다물었다.

화난 기색 역시 이미 사라져서 흔적조차 보이지 않는다. 비로소 사부 보종의 심사를 짐작할 수 있었기 때문이다.

'빌어먹을 칠마 녀석들! 어째서 내 몸속에 더러운 진기들을 남겨놓아서 사부님을 고생시킨단 말이냐! 왜 나는 역근주해의 내공을 죽도록 연마해도 삼단계 이상에 오를 수 없는 거냐고!'

사 년 전.

칠마가 주입한 칠종진기!

그 무림사에 유래가 없을 이종의 내공진기는 여전히 엽자건의 몸속에 똬리를 튼 채 자리 잡고 있었다.

본래는 서로 간에 끊임없이 충돌을 일으켜 엽자건의 생명력을 갉아먹고, 종내에는 죽음에 이르게 만들었을 터.

하지만 엽자건을 구출해 낸 보종은 그 자신이 중상을 당한 상태임에도 칠종진기의 해소를 위해 전력을 다했다. 그의 눈앞에서 엽자건이 죽는 걸 두고 볼 수 없었서였다.

그렇다 해도 칠마가 곤왕 유대유를 상대하기 위해 주입한 칠종진기의 해소가 쉬울 리 만무하다. 보종은 몇 차례나 엽자건을 구하려다 사경을 헤맸고, 가까스로 역근내경으로 칠종진기를 기경팔맥에 녹아들게 만들었다.

휴화산(休火山).

아주 잠시 동안 격렬한 화산의 폭발을 늦춰놓은 셈이다. 그런 상태로 엽자건은 보종의 제자가 됐고, 그동안 모진 수련을 감내해 왔다. 한시라도 빨리 역근주해경 상의 내공을 완벽하게 자신의 것으로 만들어서 칠종진기를 스스로 해소시키기 위함이었다.

그러나 근래 들어 엽자건의 내공 수련은 정체기에 접어들었다.

기경팔맥에 틀어박혀 있는 칠종진기.

그 악마 같은 기운들이 역근내경의 성장을 방해했다. 삼단공 이상으로 발전하는 길목을 딱 막고서 강짜를 부리기 시작한 거다.

이 같은 경우, 해결책은 단 하나뿐이었다.

과거 보종에 버금갈 정도의 막강한 내공을 지닌 자의 도움으로 기경팔맥에 자리 잡은 칠종진기를 해소하거나 녹여 버리는 것.

'쳇! 사부님도 정말 못 말리는 참견쟁이라니까! 사실은 소림사에도 그래서 돌아가시는 걸 거야, 아마.'

뜨끈해 오는 눈가.

얼른 고개를 옆으로 돌려 보종을 외면한 엽자건이 짐짓 퉁명스런 표정을 한 채 말했다.

"그런데 어쩝니까? 도움은커녕 잔뜩 도발을 해서 화만 돋운 꼴이 되어버렸으니……."

"그러게 말이다."

"따로 생각해 놓으신 게 없으셨던 겁니까?"

"그게 그렇다. 네가 그 남궁 늙은이의 몇 초식을 어찌어찌 받아내었다면 수가 있었을 터이다만……."

"무슨 수요?"

"네 내공이 지금 완벽하질 않아서 진 거라고 우긴 후에 치료를 받는 게지. 나하고 남궁 늙은이가 함께 손을 쓴다면 네 몸속의 칠종진기도 녹여 버릴 수 있을 게 아니겠느냐?"

"그건 안 됩니다! 저번에도 제 몸에 내공을 주입하시다가 돌아가실 뻔했잖아요!"

"열반에 드는 것이야말로 모든 불제들의 꿈이자 궁극의 목표가 아니겠느냐?"

"그래도 안 됩니다! 사부님은 소림사에 돌아가셔야만 해요!"

"그렇지 않아도 그 방법은 그른 것 같다. 남궁 늙은이가 그렇게 훌륭한 후계자를 키워놨으니 말이다."

"남궁 소저요?"

"그래. 벌써 검기를 몸속에 갈무리하는 단계에까지 이르렀더구나. 전장에서의 싸움이 아닌 정식 비무라면 네가 이기기가 그리 수월치는 않을 것이니라."

"그럼 정식 비무만 아니면 무조건 제가 이긴다고 보시는 겁니까?"

"허허허……."

보종이 다시 비죽이 웃어 보였다. 무슨 생각을 하고 있는진 군이 말하지 않아도 알 듯하다.

*   *   *

"세상에나!"

새벽같이 운중별거에 온 단옥의 입이 벌어졌다.

그녀의 눈앞.

거진 폐가 직전에 이른 반파된 별각이 보인다. 어떻게 이런 말도 안 되는 참사가 벌어진 것일까?

단옥의 관심은 그런 데 있지 않았다.

그녀는 손에 들고 있던 바구니를 한켠에 내동댕이친 채 별각으로 뛰어들었다. 두 눈에는 어느새 눈물까지 글썽거리며 매달려 있다.

'자건 공자님!'

그때 별각의 아직 온전한 침실 쪽에서 평상시와 다름없이 반라 차림으로 새벽 수련을 끝마친 엽자건이 모습을 드러냈다.

"단옥 소매?"

"자, 자건 공자님, 무사하셨군요!"

"하하, 나야 당연히 무사하지. 내 옷은 전혀 그렇지 않지만 말야……."

"오, 옷이요?"

"요놈!"

엽자건이 자신의 어깨에 걸쳐져 있는 누더기라 해도 과언이 아닐 상의를 턱으로 가리켜 보였다. 어젯밤 남궁수의 연검에 산산조각 난 상의를 어찌어찌 수습한 거였다.

화악!

비로소 엽자건이 반라 차림이라는 걸 깨달은 단옥이 안색을 홍시가 무색하리만치 붉게 물들였다. 어느새 양손으로 얼굴 전체를 가리고 있다.

그러나 손가락 사이는 어느새 슬쩍 벌어져 있다.

'아아! 몸조차 저렇게 좋으시다니…….'

그때 엽자건이 어깨에 걸쳐 놨던 누더기를 걸치려는 모습이 단옥의 눈 속으로 파고들어 왔다.

저릿!

마음 한켠이 크게 아파왔음은 물론.

그녀가 언제 있는 힘껏 부끄러워했냐는 듯 엽자건에게 달려들어 누더기를 빼앗아 들었다. 그리고 하는 말.

"이건… 제게 맡겨주십시오!"

"그거밖엔 입을 옷이 없는데……."

엽자건은 '여자 옷밖엔' 이란 뒷말을 의도적으로 흐렸다.

보통 이런 말을 하면 여자들은 대놓고 오해를 하게 되는 걸 잘 알고 있었기 때문이다.

그러자 단옥이 기대했던 말을 얼른 늘어놓는다.

"잠시만 기다리세요! 제가 얼른 달려가서 자건 공자님께서 입으실 만한 의복을 구해올 테니까요."

"그래 주면 고맙긴 한데, 내가 지금 현재 지닌 돈이 없어서⋯⋯."

"돈은 필요없습니다!"

목청을 높이곤 다시 안색을 붉힌 단옥이 몸을 돌리더니 맹렬히 달려갔다. 엽자건의 벗은 몸을 자칫 다른 시비들이 보게 될까 봐 무척 두려웠기 때문이다.

싱긋.

그런 단옥을 상쾌한 미소로 배웅한 엽자건이 그녀가 내동댕이친 바구니를 냉큼 집어 들었다.

슬슬 사부 보종이 일어날 때였다.

식사 준비는 늦지 않게 하는 게 옳았다.

흠칫!

아침부터 반파된 운중별각 주변을 서성거리던 우신애가 얼굴 가득 당황스런 기색을 드러냈다.

그녀에게서 얼마 떨어지지 않은 곳.

놀랍게도 북궁예연이 운중별각 쪽을 잔뜩 노려보고 있었다.

우신애가 극히 여성적인 미모를 지녔다면, 북궁예연은 전형적인 북방 미인이었다. 이목구비가 시원시원한데다 신장 역시 여인치고는 상당히 큰 편이라 할 수 있었다.

그래서인지 우신애는 여태까지 북궁예연이 남자한테 관심을 갖는 걸 거의 보지 못했다. 강호를 주유하던 중 관심을 갖고 접근해 온 대다수의 사내들이 그녀의 애병인 우도(牛刀)에 단단히 곤욕을 치러야만 했다.

'그러던 북궁 언니도 역시 평범한 여인이었단 건가……'

며칠 전 자존심이 하늘을 찌르던 육우의 콧대를 사정없이 짓뭉갠 사내.

엽자건과의 첫 만남은 최악이었다.

화려한 복색과 화사한 화장.

여장을 한 채 공연에 몰입해 있던 엽자건의 모습을 우신애는 똑똑히 기억하고 있었다.

여자가 보기에도 당황스러울 정도의 화려한 미모.

게다가 춤과 노래, 지극한 교태까지 폭발적으로 발산하니, 일시 성별을 구별할 수 없을 정도였다. 곁에서 공연을 지켜보던 우일비가 일시 넋이 나간 표정이 된 것도 왠지 납득할 수 있을 것만 같았다.

그러나 공연이 끝난 후 맞부딪친 엽자건은 상상을 초월하는 괴물이었다. 화사한 화장 속 이면에는 폭발적인 박력을 감춘 한 마리의 야수가 몰래 숨죽이고 있었던 거다.

그걸 몰랐던 게 화근이었다.

우신애는 오빠 우일비와 함께 엽자건에게 거의 농락당한 기억을 가슴속 깊숙이 새기고 있었다. 덤으로 다음날 다른 육우와 함께 합공을 가하고도 재차 박살이 난 기억과 함께 말이다.

그렇다 해도 다시 만난 엽자건은 매우 인상적인 사내였다.

잘생긴 얼굴에 잘빠진 몸매.

눈에 깃든 차가운 기운은 자칫 마력적이란 말을 떠올리게 만든다.

한마디로 잘난 사내인 거다.

그래서 우신애는 오늘 지난 며칠간의 의도적인 무시를 풀고 이곳에 왔다. 어젯밤 벌어진 소란과 갑자기 펼쳐진 창룡검가 무사들의 삼엄한 경계에 문득 엽자건의 안위가 궁금해졌다.

그런데 북궁예연을 이런 곳에서 만나게 될 줄이야!

우신애는 일시 당황스러운 감정과 함께 묘한 경쟁 의식을 느꼈다. 육우 중 우월한 존재인 당소교와 달리 북궁예연은 충분히 상대할 자신이 있었다.

그때 북궁예연 역시 우신애의 존재를 눈치챘다. 잠시 의아로운 기색을 떠올리더니 눈빛이 차갑게 가라앉는다.

"설마 엽 소협을 보러 온 거니?"

"언니야말로?"

"그건……."

북궁예연이 잠시 뭐라 말하려다 입을 다물었다. 우신애의 의심을 더욱 공고하게 만드는 망설임이다.

근데 바로 그때 숙소 쪽에서 다시 한 명의 여인이 모습을 드러냈다. 여느 때와 다름없이 순결한 미모를 한껏 돋보이게 만드는 화사한 화복 차림의 당소교였다.

"언니들, 아침부터 이런 곳에서 뭐하고 계시는 거예요?"

서로를 노려보고 있던 우신애와 북궁예연이 거의 동시에 당소교 쪽을 바라봤다.

"교 소매?"

"교 소매?"

당소교가 화사하게 웃어 보였다.

"마침 잘됐네요. 엽 공자에게 볼일이 있어 가던 참인데, 언니들도 함께 가시죠?"

"엽 공자에게 볼일이 있다고?"

"교 소매가 엽 공자에게……."

당소교가 고개를 끄덕여 보였다. 여전히 입가에는 화사한 미소가 자리 잡고 있다.

"그래요. 언니들도 소매와 함께 가실 거죠?"

"그, 그야……."

"교 소매와 함께 어딘들 가지 못하겠어."

우신애와 북궁예연이 떨떠름한 기색을 억지로 참으며 고개를 끄덕여 보였다. 언제 서로에게 적개심을 불태웠냐는 듯 표정에 힘들이 없다.

잠시 후.

과거 운중별거라 불리던 폐허 앞에 도착한 세 여인의 표정이 제각각 기묘한 색채를 띠었다. 마침 아침밥을 든든하게 먹고 단옥이 가져온 흑의 경장을 쫘악 빼입은 엽자건과 맞닥뜨린 때문이다.

'호오!'

'옷이 날개라고 하더니……'

우신애와 북궁예연은 두 눈을 번뜩이며 엽자건을 바라봤다. 단지 옷 한 벌을 바꿔 입었을 뿐인데, 사람이 완전히 달라져 보이는 것이다. 확 관심이 갔다.

반면 엽자건의 곁에 서서 행복한 미소를 짓고 있던 단옥은 당장 울상이 되었다. 느닷없이 고귀한 신분의 미녀가 세 명이나 등장하자 크게 마음이 우울해진 거다.

그때 당소교가 엽자건에게 다가와 화사한 미소를 담아 말했다.

"어젯밤엔 큰일이 있었던 것 같군요?"

"그러게 말이오."

"제게 설명해 줄 수 있으신지요?"

"우리는 아직 그 정도의 친분은 나누지 못하지 않았소? 아니면 지금부터라도 나누실 생각인 거요?"

'끝내 날 교 소매라 부를 작정이로구나!'

당소교는 본래 대단한 미녀였다.

백의검후 남궁수가 강북제일미녀라면 그녀는 사천제일의 미녀였다. 무림에 출도한 후 얼마나 많은 사내들의 추종과 접근을 경험했는지 셀 수조차 없을 정도였다.

그러나 엽자건과 그녀는 악연으로 시작되었다. 일반적인 사내와 같은 대응을 보일 수는 없었다.

잠시의 고심 끝에 당소교가 천천히 고개를 끄덕여 보였다.

"엽 공자님이 과거의 나쁜 기억을 깨끗이 잊으시겠다면, 소녀 역시 그렇게 하도록 하지요."

"좋았어!"

갑자기 버럭 소리를 지른 엽자건이 얼굴 전체에 생기를 담은 채 말했다.

"교 소매, 그럼 일단 피독주(避毒珠) 좀 빌려줘 봐!"

"예?"

"당가에서 해독제 없이 극독에 중독됐을 때 사용한다는 피독주 말야! 그걸 빌려주면 어젯밤 이곳에서 벌어졌던 흥미진진한 얘기를 하나도 빠짐없이 들려주도록 할게."

"……."

당소교의 안색이 굳었다. 입가에 언제나 머물러 있던 화사한 미소 역시 순간적으로 자취를 감춰 버렸다.

'이 자식! 진짜로 피독주가 필요해서 나와 친분을 맺으려 한 건가?'

멀리서 엽자건을 몰래 훔쳐보고 있던 보종이 천천히 고개를 가로저었다.

파계승.

하지만 그는 과거 정해(情海)의 지독한 수렁 속을 허우적거린 경험이 있는 터라 여자의 속성에 대해 어느 정도 알고 있었다. 일순 엽자건을 향해 독기를 뿜어낸 당소교의 모습에 절로 탄식이 흘러나올 수밖에 없다.

'쯔쯔쯧! 내가 그렇게 잘생긴 얼굴만 너무 믿지 말라고 했건만! 어찌 된 녀석이 여장은 그렇게 잘하면서 여자 마음은 아는 게 없는 게냐!'

결국 보종이 슬그머니 침실 쪽으로 향했다. 이후에 벌어질 참사를 차마 두 눈 뜨고 지켜볼 수 없었기 때문이다.

찰싹!

보종의 예상대로였다.

당소교에게 손까지 불쑥 내밀던 엽자건의 뺨에 당소교의 자그마한 손바닥 자국이 도장처럼 찍혔다. 거의 숨결이 맞닿을 정도로 가까운 거리인 점을 감안한다 해도 어이없는 일격을 당한 셈.

손을 쓴 당소교조차 잠시 멍청해져 버린 사이 슥슥 뺨을 쓰다듬은 엽자건이 싱긋 웃어 보였다.

"하하, 이걸로 진짜 완벽하게 비긴 셈이 됐군."

"설마 일부러?"

"지난번에는 나도 좀 화가 많이 났던 터라 실례가 많았소. 그런데도 당 소매가 먼저 다시 손을 내밀어줬으니 어찌 빚을 갚지 않을 수 있겠소?"

"그럼 피독주를 빌려달라고 한 건……."

"그건 진짜요. 부디 내 불쌍한 뺨을 봐서 한 번만 빌려주기 바라오. 부탁이오!"

엽자건이 얼른 두 손을 모아 보이자 당소교의 안색이 일순 복잡 미묘하게 바뀌었다. 일시 웃어야 할지 울어야 할지 갈피를 잡을 수 없게 된 때문이다.

第十一章

자웅독고(雌雄毒蠱)

少林
棍王
소림곤왕

고승대덕이나 득도한 선인이 아니라면
만독불침이라 해도 견딜 수 없다!

"망할!"

엽자건은 수중에 들려진 엄지손톱 크기의 녹색 구슬을 집어 던지려다 억지로 참았다.

그의 손에 들려진 구슬.

사부 보종의 독상을 치료하기 위해 무수히 많이 만나고 다닌 자칭, 타칭 명의들이 하나같이 침을 튀기며 추천한 피독주였다.

천하에 몇 개 없다는 보물.

당연히 사천당가에 피독주가 세 개씩이나 있다는 정보를 어렵사리 얻어낸 엽자건이 당소교에게 건 기대는 보통이 아니었다. 일부러 뺨까지 얻어맞아 가며 빌린 피독주를 보종에게 가져갈 때엔 전신이 덜덜 떨리기까지 할 정도였다.

그러나 당소교가 미리 설명한 것처럼 피독주는 만능이 아니었다.

보종의 독상.

오장육부를 좀먹어 들어가는 저주받은 마령귀사의 독은 단지 조금 경감되었을 뿐이다. 장난이 아닐 정도로 비싼 '피독의 성약'의 효과보다 조금 나은 정도랄까?

그때 평상시보다 조금쯤 안색이 나아진 보종이 위로하듯 말했다. 만면에는 미소가 가득하다.

"허허, 자건아! 내 제자야! 네 덕분에 이 사부, 일 년은 더 살겠구나! 참 고맙다!"

"일 년은 무슨!"

엽자건이 결국 피독주를 집어 던지는 걸 포기하곤 보종이 앉아 있는 침상에 털썩 주저앉았다.

왠지 힘이 쏙 빠진 기분!

보종이 짐짓 고약스런 표정을 지어 보였다.

"에잉, 그나저나 이런 못난 놈! 여자한테 뺨이나 맞고 다니는 놈을 제자랍시고 키웠으니⋯⋯."

"자존심이 하늘을 찌를 정도의 계집애라 어쩔 수 없었어요. 겉으로 쉽사리 속내를 드러내지 않는 대신에 한번 꽁한 마음을 품으면 뒤끝이 장난 아니거든요."

"그래서 일부러 맞아준 게냐?"

"그래야 미안한 마음에 다소 손해를 봐도 그냥 넘어가지요. 피독주 같은 걸 덥석 빌려줄 정도로요. 제길! 그런데 기껏해야 '피독의 성약'이란 고약보다 조금 더 효과가 있을 뿐일 줄이야……."

엽자건이 다시 입에 욕설을 담자 보종이 주먹으로 뒤통수를 후려쳤다.

따악!

그리고 엄하게 말한다.

"인석아! 요 근래 어째 입이 그리 험해진 게냐? 만약 소림사에 가서도 그런 식으로 주둥이를 놀려서 사부의 체면을 구겨놓는다면 절대 그냥 넘어가진 않을 것이니라!"

'다 사부님을 따라 전장이나 싸움터를 쫓아다니다가 배운 겁니다만?'

엽자건은 인상을 구기면서도 속의 말을 입 밖으로 내뱉지 않았다. 말대꾸도 해도 될 때와 아닐 때가 있었다. 지금은 조용히 보종이 본론으로 들어가길 기다려야만 할 시기였다.

과연 보종이 곧 엄한 인상을 슬며시 풀고서 말을 이었다.

"내일까지 기다릴 작정이더냐?"

"당연히 그럴 일은 없죠. 슬슬 날이 어두워지고 있으니, 얼른 찾아가서 결착을 볼 작정입니다."

"내일 남궁 늙은이의 고희연에는 무림의 유력 인사들이 잔뜩 모여들 것이니라. 그때 네가 백의검후란 어린 여아를 제압한다면 당장 큰 명성을 얻을 수도 있을 터인데?"

"그런 거엔 관심없습니다."

"관심이 없어? 네가?"

으쓱!

보종의 어처구니없다는 표정을 확인한 엽자건이 어깨를 한차례 추어 보이곤 말했다.

"지금은요. 게다가 내일 소림사에서도 사람을 보내올 게 아닙니까? 사부님과 저는 현재 소림사에서 인정받지 못하는 가련한 존재이니, 오늘 밤 일을 끝내고 이곳을 뜨는 게 옳다고 봅니다. 사부님도 그리 생각하신 게 아닙니까?"

"세심한 놈!"

보종이 입가에 만족스런 미소를 매달았다. 제자인 엽자건이 자신의 속내를 제대로 파악한 것이 꽤나 만족스러웠던 거다.

슥!

엽자건이 자리에서 일어섰다.

쇠뿔도 단김에 뺀다고 말이 나온 김에 후딱 남궁수를 해치우고 와야겠다는 생각이 들었다.

보종이 말했다.

"창룡육격참을 쉬이 생각해선 안 되느니라!"

"물론입니다. 그래서 이렇게 철환하고 삼절마곤까지 챙겨

가는 게 아니겠습니까?"

"방립도 쓰거라. 혹여 밤잠이 없는 자와 마주칠 수도 있으니까 말이다."

"독경을 제대로 하는 승려를 만난다면 반드시 손속에 사정을 둘 테니 염려 놓으십시오."

"건방은! 본시 천하공부출소림(天下功夫出少林)이라 했느니라! 무공이 진경에 이르지 못한 승려는 본시 소림사의 산문 밖을 나서지 못하느니라!"

"예, 명심하겠습니다."

엽자건이 평상시보다 조금 더 예의를 갖춰 보종에게 대답한 후 얼른 방립을 썼다. 독상이 깊어질수록 사부의 잔소리가 점차 심해져만 간다는 생각을 얼른 한켠으로 치우고.

　　　*　　　　*　　　　*

당소교는 왠지 잠이 오지 않아 별각 주변을 서성거렸다.

달빛.

내일모레가 보름이라 평상시보다 훨씬 밝다. 은은하게 그녀의 주변으로 은빛 날개를 드리우니, 정자 부근에 만들어진 작은 연못 위의 연꽃의 미모가 훨씬 환상적인 풍취를 자아낸다.

'어째서 내가 그런 무뢰배에게 가문의 보물인 피독주를 내

준 것일까? 비록 본가의 보전(寶殿)에 보관되어 있는 세 개의 피독성주(避毒聖珠) 파편에 불과하지만 독문(毒門)이나 의가(醫家)에선 족히 천금의 가치를 갖는 것인 것을.'

그렇다.

그녀가 당가를 떠나올 때 가져온 피독주는 진짜가 아니었다. 일종의 파편으로 실제 효용은 십분지 일에 불과했다. 그것도 피독에 관해서만.

하지만 그것만으로도 대단했다. 단순히 품에 보관하고 있는 것만으로 일반적인 극독에 중독되는 걸 피할 수 있었고, 해독(解毒)에도 상당한 도움이 되었다. 달리 피독주라 불리우는 게 아니었다.

당연히 당소교는 여태까지 피독주를 남에게 빌려준 적이 한 번도 없었다. 그럴 만한 일을 만나본 적이 없었고, 그 정도로 뻔뻔한 요구를 하는 사람 역시 존재하지 않았다.

하긴 천하에 누가 있어 당가의 혈손에게 하독을 할 것이며, 보물이나 다름없는 피독주를 당당하게 빌려달라고 요구할 수 있겠는가!

거기까지 상념을 이어가던 당소교의 입가에 미묘한 미소가 매달렸다. 자못 심술궂은 표정과 함께다.

'그러고 보니 그자, 옷을 갈아입어서 그런지 제법 준수하긴 했어. 북궁 언니하고 신애 언니 같은 속물들이 관심을 갖는 것도 무리는 아닐 정도로 말야.'

속물.

당소교가 자신과 대로검자 유백온을 제외한 나머지 육우를 보는 관점을 대변한다. 특히 그녀는 유백온에게 은근히 관심을 보이고 있던 북궁예연과 우신애를 은근히 경멸하고 있었다. 자신이 마음에 두고 있는 유백온에게 날파리가 꼬이는 게 꽤나 불쾌했기 때문이다.

당연히 그녀들이 엽자건의 그럴듯한 외모에 혹한 모양새가 당소교의 마음을 즐겁게 만들었다. 이런 식으로 날파리들이 떨어져 나가면, 강적인 백의검후 남궁수에게 더욱 신경을 집중할 수 있다는 판단이었다.

그 같은 상념 속에 천천히 걸음을 옮기던 당소교의 눈에 이채가 떠올랐다.

환한 달빛 속을 가로지르는 그림자 하나.

야행인(夜行人)이다.

쏜살같은 빠르기라 제대로 파악하진 못했으나 분명 반파된 운중별거 방면에서 빠져나온 게 분명하다.

'이 야심한 시각에 무슨 생각인 거지? 게다가 저 방향은 안채 쪽인데…….'

내심 염두를 굴리던 당소교가 갑자기 대지를 박차고 공중으로 신형을 뽑아 올렸다. 문득 자신의 눈에 뜨인 야영인의 정체가 전날 밤에 벌어진 소동과 깊은 연관이 있으리란 판단을 내린 거였다.

　　　　　*　　　*　　　*

　'좋아! 좋아!'

　엽자건은 낮에 단옥을 꾀어서 알아낸 창룡검가 안채의 약도를 떠올리며 회심의 미소를 지어 보였다.

　방금 전 그가 몸을 숨긴 앞으로 두 명의 번을 도는 무사가 지나갔다. 단옥에게 알아낸 약도와 지난밤 벌어진 소동 때 무사들이 모여들었던 상황을 유추해서 알아낸 대로의 움직임이다.

　지난 사 년여간 돌아다닌 무수히 많은 전장과 싸움터.

　그곳에서 살아남은 경험에 더해진 날카로운 판단력과 통찰력이 이 같은 결과를 도출해 냈다. 그렇다면 이젠 다시 움직임을 보일 때다.

　스스슥!

　엽자건의 신형이 순식간에 눈앞에 보이는 중문을 뛰어넘었다. 목표로 정한 남궁수의 수련실이 위치한 안채로 드디어 잠입하는 데 성공한 거다.

　그렇게 다시 일각 정도가 지나갔다.

　세가의 외곽 지역과 달리 의외로 경계가 삼엄하지 않은 안채를 빠르게 가로지르던 엽자건이 걸음을 멈춰 세웠다. 그의 앞을 가로막듯이 시커멓고 커다란 월형 철문이 모습을 드러낸 까닭이다.

'기관?'

엽자건의 눈매가 가늘어졌다.

그동안 돌아다닌 전장이나 싸움터는 꽤나 난폭하고 조악한 세계였다. 피투성이 싸움은 셀 수 없을 정도로 치렀지만 기관진식 따위를 익힌 적은 없었다.

그렇다고 해서 하염없이 시간만 끌고 있어선 안 된다.

두리번두리번!

엽자건이 재빨리 철문 앞에 달라붙어 이곳저곳을 살펴봤다. 머릿속에 든 게 없으니 다소 무식한 방법을 동원할 수밖에 없다는 생각이 든다.

'틈새를 발견하면 내력을 집중해서 연다!'

그때 온통 정신을 철문에 집중하고 있던 엽자건의 뒤통수가 근질거려 왔다.

대개 이런 경우는 누군가가 지켜볼 때다.

스사삭!

엽자건이 방립을 한차례 튕겨 보이며 재빨리 신형을 공중으로 띄워 올렸다. 혹시 모를 암습에 대비하는 한편 시야를 확보해 곧바로 반격에 나서려는 의도였다.

'응?'

엽자건은 어느새 손목에서 빼든 철환을 날리는 대신 눈매를 가늘게 만들었다.

달빛.

그 아래 모습을 드러낸 건 다름 아닌 남궁수였다. 마침 저녁 수련을 위해 수련실로 온 참이었던 거다.

빙글.

엽자건이 공중에서 신형을 한차례 회전시킨 후 표표히 바닥에 떨어져 내렸다.

상대는 절정의 검객인 남궁수다.

일류의 수준에도 미치지 못하는 암기술로 어찌해 볼 수 있을 리 만무했다. 전장에서 가장 자신있어하던 암습이나 기습이 먹힐 만한 상황이 아닌 한 말이다.

이 장 반가량?

엽자건과 남궁수의 거리는 전날보다 다소 가까웠다. 만약 이대로 싸움이 벌어진다면 저번보다 조금 더 빨리 움직여야만 할 터이다.

다행이랄까?

남궁수는 지극히 수상한 차림의 엽자건을 발견하고도 곧바로 손에 든 검을 뽑아 들지 않았다.

몸의 운신법.

찰나간에 확인한 엽자건의 보신경만으로 그의 정체를 간파해 낸 거다.

"내일까지 기다릴 순 없었나 보군요?"

"내가 본래 좀 성격이 급해서……."

"좋아요. 당신이 진짜 무(武)를 내보일 마음이 되었다면 언제가 됐든 상관없는 일이니까요."

"그럼 이 자리에서 바로?"

"소란이 일어나면 본 가의 무사들이 달려올 거예요. 함께 연무관으로 들어가죠."

"좋소."

엽자건이 대답과 함께 얼른 남궁수에게 앞길을 터줬다. 전날 그녀와의 대결로 은연중 신뢰를 하게 된 까닭이다.

쿠르르릉!

잠시 후 남궁수에 의해 연무관의 문이 열렸고, 곧 다시 닫혔다. 두 남녀를 집어삼키고서.

잠시 후.

어둠 속에 작은 움직임이 있었다.

엽자건의 뒤를 쫓아서 안채까지 숨어든 당소교였다.

사천당가는 천하인들이 알고 있는 것보다 훨씬 가진 것과 숨긴 것이 많은 집안이었다.

독과 암기.

그 외에 기관진식에 관해서도 조예가 깊었는데, 당소교 역시 상당한 수준의 지식을 습득하고 있었다.

게다가 그녀는 지난 일 년여간 꾸준히 창룡검가를 드나들면서 기관과 방어 체계를 어느 정도 파악해 둔 상태였다. 엽자건의 뒤를 쫓아서 안채에 숨어드는 게 그리 어렵지는 않았다.

그런 그녀의 시야 속으로 철문이 들어왔다.

방금 전 엽자건과 남궁수를 집어삼킨 굉음의 정체였다.

'흥! 남궁수야! 남궁수야! 너도 별수없는 속된 계집이 아니더냐? 이 밤중에 저 안에서 젊은 남녀가 뭘 하려는 건지 내 반드시 확인해 보고 말 테다!'

내심 코웃음을 친 당소교가 재빨리 철문 앞으로 향했다. 엽자건과 남궁수의 뒤를 쫓아서 연무관에 숨어들 작정을 한 거다.

그러나 남궁수와 똑같이 철문의 기관을 움직일 수는 없다. 자신의 귀를 괴롭힌 요란한 기관음으로 인해 당장 들켜 버릴 게 뻔했기 때문이다.

잠시의 서성거림 후.

재빨리 월형의 철문 주변을 몇 차례 손바닥으로 더듬어본 당소교의 입가에 문득 득의의 기색이 떠올랐다. 평상시 지어 보이던 미소와는 미묘하게 느낌이 다르다.

'호호, 예상했던 대로다! 이런 유의 기관에는 반드시 비상 통로란 게 있는 법이지. 기관이 망가져서 작동하지 않게 될 때를 대비한.'

당소교가 철문 한켠에 교묘하게 숨겨져 있는 홈을 손가락으로 밀었을 때다.

스륵! 하는 소리와 함께 밑바닥에 동혈이 모습을 드러냈다. 쇠줄로 된 사다리와 함께.

스슥!

눈을 빛낸 당소교가 망설임없이 그곳으로 뛰어내렸다. 달빛조차 닿지 않는 어둠 속으로 자신을 던진 것이다.

*　　　*　　　*

연무관.

정확히는 창룡연무관(蒼龍鍊武館)의 내부는 엽자건이 예상했던 것보다 훨씬 넓었다.

족히 수백 개가 넘는 계단.

그리고 눅눅하고 습한 기운이 흘러넘치는 회랑(回廊)을 돌아 내려가자 후욱 하고 차가운 한기가 날아들었다.

밖은 오뉴월.

아직 무더위가 기승을 부릴 때는 아니나 추위를 느낄 시기는 한참 지났다. 이런 한기가 밀려드는 것에 특별한 이유가 없을 리 만무하다.

'빙고(氷庫)?'

엽자건의 눈에 이채가 스쳐 갔다. 얼마 지나지 않아 자신을 엄습한 한기의 정체를 알 수 있었기 때문이다.

회랑의 끝에 위치한 거대한 공간.

곳곳에 매달려 있는 횃불에 남궁수가 불을 붙이자 가히 별천지라 할 만한 광경이 펼쳐졌다. 상상을 초월할 정도로 많은 얼음이 공간의 상당 부분을 차지한 채 거대한 빙벽을 형성하고 있는 것이었다.

빙글.

일순 그 불가해한 크기의 빙벽을 뒤로하고 신형을 돌려세운 남궁수가 예의 백치미 가득한 눈빛을 던져 왔다.

"먼저 사과를 드려야겠군요."

"사과?"

불빛이 비추인 얼음의 반사광 때문인가?

달빛 아래에서 봤을 때보다 더욱 새하얀 피부와 구별되는 진홍의 입술이 화편처럼 움직였다.

"이곳은 제 연무관이에요. 제게는 무척이나 친숙한 곳인만큼 비무할 때 당신에겐 불리한 조건이 될 거예요."

"그런 건 본래 집주인에 대한 예의로 삼는 게 당연한 법. 어차피 각오했던 바니, 시간 끌지 말고 바로 시작합시다."

"또 한 가지 사과할 일이 있어요."

"또오?"

방립으로 가려진 엽자건의 입 매무새가 일그러짐을 보였다. 말투 속에 귀찮다는 기색이 역력하다.

그에 개의치 않고 남궁수가 말했다.

"저는 본래 빙공(氷功) 계열의 내공을 연마했어요. 아직 대성을 하진 않았기에 연무관과 아닌 곳에서의 무력 차이가 있으니 그 점을 양해해 주시기 바랍니다."

"알겠소."

여전한 대답과 함께 엽자건이 방립을 벗어 바닥에 내던졌다. 시야의 온전한 확보를 위해서였다. 그리고 허리춤을 훑자,

따닥! 딱! 딱!

어느새 하나가 된 삼절마곤이 손에 들려져 있다. 적수공권으로 달려들었다가 곤욕을 치렀던 전날의 실수를 되풀이하지 않겠다는 의지를 드러낸 거다.

남궁수 역시 그냥 지켜보고만 있을 리 없다.

간소하면서도 정갈한 백의 무복과 더할 나위 없이 잘 어울리는 수중의 푸른색 고검이 곧 자신의 매혹적인 자태를 드러냈다.

청류하!

흡사 가을 하늘과 같이 맑고 푸른 검신은 살짝 유선형을 이루고 있었다.

쾌검에 더할 나위 없이 적합한 형태.

전날 남궁수가 연검으로 펼쳤던 회류망망을 떠올린 엽자건의 눈에 이채가 어렸다. 확실히 그날 남궁수가 청류하를 지니고 있었다면 상당히 곤란한 꼴을 당했을 거란 확신이 들어서다.

그때다.

스아앗!

한차례 수중의 청류하로 서늘한 대기를 갈라 보이는 것으로 기수식(旣手式)을 대신한 남궁수가 일순 하얀 그림자가 되었다. 번개가 무색한 속도로 엽자건과의 간격을 좁혀 들어온 거다.

쉬악!

엽자건은 놀라지 않았다.

전날 충분할 정도로 남궁수의 속검(速劍)을 경험한 바 있다. 무수히 많은 전장과 아수라장을 헤쳐 나온 그를 더 이상 놀라게 할 만한 공격은 되지 못했다.

카캉!

일순 엽자건의 삼절마곤에서 날카로운 쇳소리가 일었다.

평범한 상단 세우기!

그것만으로 남궁수의 청류하를 튕겨낸 엽자건의 발이 대뜸 그녀의 아랫배를 노리며 파고들었다.

막은 즉시 찬다.

전장을 뒹구는 하급의 병사조차 알고 있는 실전의 기본이다. 다만 엽자건의 일각은 시의 적절하며 매우 빨랐다. 놀라울 정도의 속검을 펼친 남궁수를 일시 뒤로 물러서게 만들 만큼.

당연히 그것으로 끝일 리 없다.

문득 엽자건의 일각을 피해 뒤로 물러섰던 남궁수의 청류하가 역풍을 만들며 회전을 일으켰다.

이미 경험한 바 있는 회륜망망!

그 순간 엽자건의 곧추 세워져 있던 삼절마곤이 그에 맞춰 벼락같이 위에서 아래로 떨어져 내렸다.

일타일게(一打一揭)!

단지 한 번 치고서 반드시 그치는 소림곤의 진수다. 그 평평한 것이 조금의 조화도 없고 거의 농군이 밭을 일구는 것과 같은 일격이 남궁수의 회륜망망을 직격했다.

그러나 본래 변함이 없는 것이 교묘함이고, 타게가 세를 얻게 되면 이것이 곧 소림의 제법이 된다고 했다. 우직함이 극에 이르러 만물을 제압하는 것이나 다름없는 것이다.

대자연의 벽력 앞에 맞서는 게 바로 이러한 것일까?

순간적으로 엽자건의 허리를 노리며 파고들던 남궁수의 눈이 살짝 커졌다. 회륜망망의 역풍을 채 절반도 펼치기 전에 전신의 힘이 모조리 빨려 나가는 듯한 느낌을 받은 때문이다.

'관건은 속도가 아니라 힘이다!'

내심 소리친 남궁수가 청류하의 회전을 재빨리 죽였다.

그녀 역시 삼 년간의 비무행으로 다져진 몸.

승부를 걸어야 할 때와 피해야 하는 상황이 언제인지를 육감적으로 안다. 그리고 반격의 때 역시.

패앵!

회륜망망을 시작도 하기 전에 박살낸 엽자건의 삼절마곤이 다시 머리 위로 치켜 올려진 것과 동시였다.

툭!

남궁수가 수중의 청류하를 발끝으로 가볍게 찼다. 푸른 검날에 발끝의 경력을 실어서 회전의 방향을 바꾼 거다.

그럼 그녀는?

어느새 양다리를 좌악 벌린 채 바닥에 주저앉는다. 더불어 바닥을 긁듯이 스친 청류하의 검날이 푸른색 전광이 되어 엽자건의 전신을 휘어 감아왔다.

토룡광망(土龍光芒)!

회륜망망에 이어 또다른 창룡육격참이 펼쳐졌다. 그것도 엽자건의 삼절마곤에 일격을 당하자마자.

'크헉!'

이번에는 엽자건이 뒤로 물러날 차례였다. 그는 삼절마곤의 일타일게를 결국 유지하지 못하고 금강부동보를 펼쳤다. 회륜망망과 완전히 다른 궤적을 그리는 토룡광망에 대한 대비책을 일시 찾지 못한 때문이다.

그렇게 넓어진 간격!

벼락이 치고 풍운이 이는 듯한 한차례의 부딪침의 여운을 느낄 수 있을 만큼 충분하다. 정확히 처음에 떨어져 있던 만큼의 거리가 두 사람 사이에 놓이게 된 거다.

"당신… 강하군요."

"그 말, 그대로 돌려주겠소. 방금 전의 일격, 내가 생각했던 이상의 위력이었소."

"하지만 여전히 최선을 다한 건 아니었겠지요?"

"물론."

엽자건이 자신만만한 대답과 함께 수중의 삼절마곤을 다

시 머리 위로 치켜 올렸다.

여전히 일타일게의 견지(堅持).

성격답지 않은 우직스러움이다. 적어도 여태까지 엽자건이 돌아다녔던 싸움터에서 보였던 모습과는 꽤나 다르다. 남궁수를 진지한 상대로 인지한 후 승부에서 이기는 것보다 무예의 겨룸 쪽으로 무게의 추를 옮겨놓은 까닭이다.

변화는 남궁수에게도 있었다.

그녀는 어느새 여태까지의 백치미를 깨끗이 벗어던지고 있었다. 엽자건과의 두 차례 대결로 인해 삼 년간 벌인 비무행 동안 유지했던 승부사의 기질이 되살아난 거다.

더불어 그녀는 마음이 크게 즐거워졌다.

전날 대로검자 유백온과 벌였던 비무 이후 오랫동안 지금처럼 흥분되는 비무를 벌여본 적이 없다고 여길 정도였다.

'아니다! 그때와 지금은 비교할 수가 없어. 당시보다 나는 더욱 강해졌고, 이곳은 내 구음한백신공(九陰寒魄神功)을 최고조로 일으킬 수 있는 연무관이니까.'

남궁수는 내심 크게 들뜨려는 마음을 가라앉히려 노력하며 청류하에 점차 기운을 운집해 갔다. 오랫동안 봉인해 놨던 구음한백신공으로 엽자건을 대적하기로 마음먹은 거다.

그에 따라 점차 고조되기 시작한 긴장감!

두 사람 간의 그리 좁지 않은 간격이 거의 의미를 잃어버리기 직전에 이르렀을 때다.

갑자기 남궁수에게만 정신을 집중하고 있던 엽자건이 일타일게의 자세를 허물어뜨렸다.

대적을 앞에 두고 결코 있을 수 없는 일!

이미 구음한백신공을 극한까지 청류하에 집결시켜 놨던 남궁수에겐 물실호기(勿失好機)가 찾아온 셈.

우웅!

일순 가벼운 검명음과 함께 청류하가 차가운 백색 광채로 휘감겼다.

검강?

아니다. 그보다 투박하다. 그러나 순식간에 뼛속 깊은 곳까지 얼려 버릴 듯 지독스런 한기가 담겨져 있었다. 그런 일검이 순식간에 네 개의 검망을 이루며 엽자건을 향해 파고들어 왔다.

사사쟁천(四蛇爭天)!

용이 아니다.

네 마리 뱀이 서로 하늘을 다투며 머리를 빳빳하게 치켜들었다.

사방으로 퍼졌다가 단숨에 엽자건을 집어삼키려 달려들었다.

절체절명의 순간!

엽자건은 일타일게를 푼 삼절마곤을 횡으로 휘둘렀다. 그렇게 함으로써 네 마리 머리를 세운 빙사(氷蛇)의 기세를 꺾으려 했다.

그리고 내쳐진 철환.

일순 그의 손을 떠난 철환이 빙그르르 회전을 일으키며 연무관에 도착하기 전 거쳐 온 회랑 속으로 빨려들어 갔다.

쩌쩡!

그와 동시에 터져 나온 쇳소리.

더불어 나직한 신음이 뒤따른다. 어둠 속에 묻힌 회랑의 저편에 숨어 있던 자의 입에서 흘러나온 게 분명한.

'제길!'

엽자건은 내심 욕설을 터뜨렸다. 놓쳤다는 판단이었다. 그와 함께 그의 삼절마곤에 가로막혔던 사사쟁천이 다시 변화를 일으켰다.

쩡! 쩌쩌쩌쩌쩡!

연달아 삼절마곤을 청류하로 격타한 남궁수가 일순 이형환위(移形換位)와 함께 엽자건의 품속으로 파고들었다. 어느새 곧추세워진 수장!

퍼퍽!

여지없이 가슴에 일장을 허용한 엽자건이 휘청거리며 뒤로 물러섰다. 심장 부위를 격타당했다. 당장 피를 뿜어내며 즉사를 당한다 해도 결코 놀랍지 않을 터였다.

그런데 이게 어찌 된 일인가!

엽자건의 가슴에 일장을 뿜어낸 남궁수가 갑자기 신형을 휘청이더니 연달아 뒤로 물러서기 시작했다. 적어도 여덟 걸음 이상.

게다가 그녀의 얼굴은 어느새 붉게 달아올라 있었다.

어찌 보면 공격한 자와 당한 자가 뒤바뀐 것 같은 모습이다.

"이런 말도 안 되는 공력이……."

"내가 본래 좀 말도 안 되는 놈이오. 그런데 거 되게 춥네. 여름에도 더위 탈 걱정은 없겠소?"

엽자건이 목을 한차례 풀며 남궁수에게 싱긋 웃어 보였다. 그녀의 일장을 몸으로 받아내는 걸로 이번 승부가 완전히 끝났다는 판단을 내린 거다.

남궁수의 생각은 달랐다.

그녀는 속에서 울컥 치밀어 오르는 피 내음을 억지로 외면한 채 흐트러진 자세를 바로잡았다. 엽자건의 괴이한 내공에 자신의 구음한백신공이 압도당했음은 인정하나 아직 승부를 포기할 마음은 없었다.

그런데 구음한백신공을 운기하던 남궁수의 안색이 갑자기 대변했다.

이변(異變).

금세 느낄 수 있었다. 뭔가 이해할 수 없는 변화가 그녀의 몸에서 벌어지기 시작한 것이다.

'이건 도대체…….'

*   *   *

"으으!"

당소교는 이를 악문 채 탈구된 어깨뼈를 맞췄다.

방심이 화를 불렀다.

그녀는 몰래 창룡연무관에 숨어든 후 곧 엽자건과 남궁수 간에 벌어진 치열한 비무의 참관인이 되었다. 두 사람 중 누구의 허락도 받지 않고 당당하게 그리하였다.

그 결과는 참혹했다.

눈이 개안(開眼)되는 느낌이 이러할까?

그녀의 눈앞에서 벌어진 비무의 수준은 압도적이었다. 여태까지 상상해 왔던 그 이상이다. 적어도 당소교와 비슷한 연배에서는 그러했다.

하물며 당소교는 은근히 엽자건을 무시하고 있었다.

그가 다른 육우와 싸우는 장면을 봤지만 충분히 자신이 상대할 수 있는 수준으로 봤다. 그녀에겐 일반적인 무공과는 비교가 어려운 암기술과 용독술이 있었기 때문이다.

그런데 그런 그가 최소한 자신보다 한 수준 이상의 절정고수인 남궁수와 거의 대등하게 싸우고 있었다. 아니, 오히려 어떤 장면에선 우위를 보이는 듯했다.

믿을 수 없는 일!

그렇다고 믿지 않을 수도 없었다.

그게 당소교의 마음을 움직였다. 일 년여 전 유백온을 처참하게 짓밟은 남궁수를 나락으로 떨어뜨리기 위해 준비해 뒀던 비장의 무기를 사용할 때가 바로 지금이란 결정을 내리게 한 거다.

뚜둑!

억지로 상념을 다른 쪽에 집중시킨 사이 결국 뼈가 맞춰졌다. 고통으로 인해 일시 전신이 진동할 정도의 경련이 일었으나 끝낸 참아낼 수 있었다.

더운 숨결.

더불어 당소교의 얼굴 전체로 광기 어린 미소가 번져 갔다.

'자웅독고(雌雄毒蠱)에 중독된 이상, 그 연놈들의 생은 오늘 밤으로 끝이다! 그것도 아주 추잡한 방법으로 말야!'

자웅독고.

사천과 인근의 운남(雲南)에 널리 분포되어 있는 묘족(苗族)의 여인들이 정인의 바람을 막기 위해 사용하는 고독(蠱毒)을 당가에서 정제한 극독이다.

본래 고독은 한 쌍의 암수가 서로 줄곧 함께하려는 성질이 있어서 중독된 숙주의 운명 역시 같았다. 고독이 죽는 순간 숙주인 남녀 역시 목숨을 잃게 되는 것이다.

그래서 묘족 여인들은 정인이 바람피울 때 목숨을 끊는 것으로 복수를 대신했는데, 당가에서는 그 같은 고독의 특성을 이용해 한층 잔혹한 극독을 만들어냈다. 고독의 특성인 서로를 끌어당기는 성질로 욕정을 극도로 자극한 후, 방사에 들어

가면 숙주를 죽게 만들어놓은 거다.

게다가 이 자웅독고의 무서운 점은 무공의 고하(高下)나 독공의 유무에 관계없이 작용한다는 거였다. 무공이 아무리 높고 독공 역시 빼어나서 설사 만독불침(萬毒不沈)의 드높은 경지에 이르렀다 해도 욕정을 참아내지 못하면 죽음을 피할 수 없다는 뜻이다.

흔적 역시 남지 않았다.

본래 사람을 죽이는 독이 아닌데다 자웅이 함께 죽게 되면 핏속에 그대로 녹아들어 가는 까닭이다.

단! 자웅독고에도 문제점은 있었다. 빼어난 고수에게는 하독할 시기를 잡는 게 매우 어렵고, 반드시 이성이 밀폐된 장소에 함께 있어야만 한다는 점이었다.

그리고 만에 하나 드높은 법력과 의지력으로 색욕을 이겨낼 수 있는 고승대덕(高僧大德)이나 득도한 선인에겐 별무 소용이 되는 경우도 있을 수 있었다.

물론 이번 같은 경우엔 전혀 해당 사항 밖이었다.

'운이 좋았다! 오늘 밤 그 녀석의 뒤를 쫓아오지 않았다면 어찌 이런 절호의 기회를 잡을 수 있었겠어? 게다가 그 녀석이 그 정도로 뛰어난 무공을 지니고 있었던 것도 의외이고…….'

당소교의 뇌리로 문득 엽자건의 사부인 보종의 얼굴이 스쳐 갔다.

조부인 독존 당무양과 친교가 있는 듯하던 말투.

한쪽 다리를 잃은데다 극독에 중독되었음을 확인했긴 하나 결코 허투루 볼 수 없는 위엄과 존재감을 느낄 수 있었다. 만약 그의 존재가 없었다면 절대로 엽자건에게 당한 모욕을 여태까지 참아내진 않았을 터였다.

그렇다 해도 그녀가 전날 엽자건에게 피독주를 빌려준 건 계획에 없는 일이었다. 어쩌다 보니 엽자건에게 말려들어 버린 거다. 지금은 그 역시 이번 일에 대한 결백의 증거가 될 터이지만 말이다.

'어찌 됐든 이걸로 백온 대가는 다시 차기 강북제일인의 자리를 되찾았고, 오로지 나만의 것이 되었다!'

당소교의 남궁수에 대한 증오.

결코 유백온의 패배만이 원인은 아니었다. 그녀는 평생 처음으로 다른 여인에게 질투의 감정을 느꼈다. 그리고 절대적인 자신감 역시 빛을 잃었다. 혹시 마음에 두고 있는 유백온을 남궁수에게 빼앗길지도 모른다는 두려움을 갖게 된 거다.

그건 그녀의 드높은 자부심을 무너뜨렸다.

미치게 만들었다.

어떻게 해서든 자신이 잃어버린 자존을 찾고 싶었고, 반드시 그리하려 했다. 당가의 보전에 보관되어 있던 삼대극독의 하나인 자웅독고를 몰래 훔쳐 내는 걸 불사해서라도 말이다.

스윽!

당소교가 고통으로 인해 흥건해진 땀을 소매로 닦아냈다.

고통과 광기가 잦아들자 다시 머리가 차가워진다. 평상시의
냉철함 역시 되찾았다.

'남궁수야! 남궁수야! 그래도 내 너한테 아주 어처구니없
는 자를 붙여주진 않았다! 그러니 마지막 가는 길에 마음껏
즐겨라! 죽고 나면 모든 것이 끝일 테니까⋯⋯.'

내심의 한마디로 마지막 남아 있던 양심의 가책까지 떨어
낸 당소교가 다시 신형을 날렸다. 자신이 들어온 비밀 통로를
통해 사라져 간 거다.

＊　　　　＊　　　　＊

"어라?"

엽자건은 고개를 갸우뚱해 보였다. 미간 역시 어느새 슬며
시 좁혀지고 있다.

그럴 수밖에 없다.

방금 전까지 그에게 살벌한 공격을 연달아 쏟아내던 남궁
수의 태도가 갑자기 확연할 정도로 바뀌었다. 섬뜩할 정도로
무섭던 청류하를 바닥에 내려뜨린 채 전신을 거의 무방비 상
태로 만들어놓고 있었다. 눈앞에 엽자건이 공격을 하건 말건
관심조차 없어 보인다.

더군다나 그녀의 눈.

평상시의 백치미나 싸울 때의 차갑게 벼려진 한 자루 검날

과 같은 기운 중 어느 것과도 거리가 멀다.

끈적거리면서도 나른하게 젖은 느낌이랄까?

일반적인 사내들을 후끈 달아오르게 만드는 색정 어린 눈빛과 상당할 정도로 닮아 있었다. 제대로 된 공연이 여의치 않을 시 찾곤 했던 기루나 홍루의 기녀의 유혹하는 시선 같은 것 말이다.

엽자건에겐 그리 낯설지 않은 광경이다.

소주의 천금공자 시절뿐 아니라 수차례 전장을 전전하고 기루나 저잣거리를 돌아다니는 동안 무수히 많이 경험했다. 아직까지 동정을 지키고 있는 게 기적 같을 정도였다.

그러나 상황이 상황이고 상대가 상대였다.

방금 전까지 전력을 다해 싸웠던 남궁수의 이 같은 변화는 찜찜했다. 경험이 없어서 잘은 모르겠으나 뭔가 아주 크게 잘못되었다는 건 알 수 있었다.

그때 기어이 남궁수가 목숨처럼 여기던 청류하를 내동댕이쳤다.

챙그랑!

주인에게 버림받은 청류하가 뿜어내는 검광이 서글프다. 평상시의 남궁수라면 절대 있을 수 없는 일임이 분명하다.

"하아아!"

남궁수의 입에서 뜨거운 숨결이 쏟아져 나왔다. 촉촉하게 젖은 눈과 함께 치명적인 매력을 뿜어낸다.

더불어 상의로 손을 뻗는다.

갑자기 더위가 치밀어 올라 이성의 끈이 훨훨 날아가 버린 것 같다.

"자! 거기까지!"

엽자건이 갑자기 버럭 소리 질렀다.

뿐만 아니다.

그는 역시 삼절마곤을 바닥에 내동댕이치곤 쏜살같이 남 궁수에게 달려들었다. 그 어느 때보다 빨리.

주(註)

*일타일게:오수가 지은 〈수비록〉에서 대봉설을 통해 소림의 곤법에 대해 설명하기를, '나는 소림에 일가의 곤법이 있음을 보았다. 이름을 오호란이 라 하며, 단지 일타일게하고서 그친다. 치면 반드시 땅에 이르고 쳐들면 반 드시 머리를 지난다. 평평한 것이 조금도 조화란 없고 거의 농군이 밭을 일 구는 것과 같은데, 그러므로 변함이 없고 교묘하기 이를 데 없다. 타게가 체 를 얻게 되면 이것이 곧 소림의 꿰법이 되는 것인데 심히 두려운 것이다. 평 평하다고 경시할 수는 없다' 라고 하고 있는데, 여기에 대해 유대유는 〈검경〉 의 총결가에서, '일타일게는 온몸의 힘을 써서 보보를 앞으로 나아가게 하 므로 천하무적이다' 라고 쓰고 있다.

第十二章

문답무용(問答無用)

少林
棍王
소림곤왕

⊛ 질문과 대답은 소용없으나 협상의 결과는 다디달다.

어떻게 이런 일이 일어난 것일까?

부연 설명을 하자면 한창 남궁수와의 비무에 몰입하고 있었을 때로 돌아가야겠다.

엽자건은 남궁수와 대치한 채 정신을 집중시키던 중 미묘한 대기의 흔들림을 느꼈다.

단 두 사람뿐인 줄 알았던 창룡연무관의 내부.

몰래 숨어든 다른 자가 있었다.

비공개로 이뤄진 비무 중에 결코 묵과할 수 없는 일.

그래서 조치를 취했다.

철환 하나를 빼서 단호한 응징을 가한 거다.

그 뒤의 결과는 앞서와 같았다. 남궁수의 사사쟁천을 막아 내며 일장을 얻어맞았고, 생뚱맞게도 야릇하게 변해 버린 분위기 앞에 놓여 버렸다.

잠시의 혼란 끝에 엽자건은 한 가지 결론을 내렸다.

'최음제!'

전장과 수준 낮은 싸움판, 주향과 기녀들의 교성이 자욱한 기루 따위의 하류 인생들이 모이는 곳을 굴러다니다 보면 심심찮게 볼 수 있는 물건이다.

종류도 많다.

각종 비약과 특유의 제조법이 난무하고, 당연하게도 제조자의 과장과 사용 후기자들의 음담패설이 따라붙는다. 개중에는 진짜로 효과가 매우 탁월한 것도 있다고 들었다.

그런데 그런 물건들의 특성 중 공통적으로 들어가는 게 있다. 바로 눈앞의 남궁수처럼 안 그럴 것 같은 여인이 한 방에 맛이 가버린다는 점이었다.

그럼 어째서 엽자건에겐 아무런 반응이 없을까?

그의 몸속에 깃들어 있는 칠종진기와 무관하지 않다.

칠종진기의 하나.

칠마의 한 명이자 천하무쌍의 색마인 음혼마군 두진양의 음혼채화진기(陰魂採花眞氣)였다. 전성기 시절 무려 천 명이 넘는 순음지체의 여인을 간살해 얻은 채음보양의 마공 앞에 일반적인 최음제는 별무 소용이었다.

그리고 그건 자웅독고의 웅고 역시 마찬가지였다.

놈은 엽자건의 몸속에 침투한 후 곧바로 음혼채화진기에 제압당해 아무런 힘도 발휘하지 못하게 되어버렸다. 얌전히 몸속에 존재하는 기생충과 같은 꼴이 되어버릴 수밖에 없었다.

남궁수는 달랐다.

그녀는 구음한백신공을 잔뜩 운집하고 있을 때 자고의 침입을 받았다. 천하에서 가장 음한한 내공과 인간의 본연적인 음기를 폭발적으로 끌어내는 자고가 만나 버린 거다.

범상한 결과가 도출될 리가 없다.

남궁수는 일시 정신을 잃어버렸다. 구음한백신공의 음한 지기와 자고가 폭발적으로 끌어올린 본연의 음기가 융합된 압도적인 기운이 체내의 기경팔맥을 미친 듯 질주해 가기 시작한 때문이다.

덕분에 단숨에 이뤄진 임독양맥(任督兩脈)의 타통!

순간적으로 남궁수의 내공 수준은 절정을 뛰어넘어 조부인 승천검군 남궁황에 근접한 초절정의 경계에 이르렀다. 일정 이상의 깨달음만 얻으면 단숨에 무림의 손꼽히는 절대강자의 반열에 오르기 직전에 이르게 된 거다.

그러나 행운은 거기까지였다.

임독양맥을 타통시키며 구음한백신공의 기운이 현저히 떨어지자 곧바로 자고가 움직임을 보였다. 엽자건의 몸속에 들어간 웅고를 향해 미칠 듯한 구애를 보내기 시작한 거다. 본래보다 다소 미약해진 영향력을 최대한 발휘해서 말이다.

"후욱!"

바람같이 달려든 엽자건에게 손이 제압되자 남궁수가 야릇한 느낌이 담긴 입김을 귓가에 불어냈다.

달콤 쌉싸래한 향기.

꿈틀!

엽자건은 자신도 모르게 검미를 슬쩍 추켜올렸다.

마음이 동하는 게 당연하다.

상대는 자타가 공인하는 천하무쌍의 미녀. 이런 노골적인 유혹을 당하며 마음이 흔들리지 않는다면 사내라고 할 수도 없을 터였다.

하지만 엽자건은 여인의 유혹에 대해서는 무적에 가까운 부동심을 지닌 사람이었다. 아무리 상대가 남궁수라는 절색의 미녀라 해도 이런 상황에서 색욕에 정신을 잃어버릴 리 없다.

'약해! 이런 정도 가지곤 날 어찌해 볼 수 없다구! 그러니까…… 케헥!'

내심 고개를 가로저어 보이던 엽자건의 두 눈이 일순 크게 부릅떠졌다. 느닷없이 그의 귀에 더운 숨결을 불어넣고 있던 남궁수가 입을 맞춰왔기 때문이다.

물커덩!

순간 입속으로 들어오는 설육의 어설프면서도 열렬한 움직임에 엽자건은 정신 줄을 살짝 놓아버릴 뻔했다.

소주 천금공자 시절부터 여자하고의 관계를 줄곧 피해왔던 터에 당한 첫 입맞춤이었다. 정신이 아찔해지는 건 둘째 치고 심부 깊숙한 곳에서 치솟아오르는 상실감에 일시 몸이 뻣뻣하게 굳어져 버리고 말았다.

헛소리다.

놀란 건 잠시뿐.

엽자건은 일순 남궁수의 입맞춤에 적극적인 대응을 보였다. 일단 벌어진 일이니, 첫 입맞춤의 기억을 아름다운 추억으로 만들려 전력을 다해 노력한 것이다.

그렇게 잠시 동안 천 년과도 같은 시간이 흘러갔다.

역시 경험이 부족한지라 남궁수는 대담한 첫 번째 입맞춤 이후 더 이상의 진도로 이행치 못하고 있었다. 그냥 엽자건의 순순한 대응에 몸을 맡긴 채 가쁜 숨결만 뿜어내고 있을 따름이었다.

그게 엽자건의 잠시 날아갔던 이성을 돌아오게 만들었다.

'젠장! 여기서 더 나아갔다간 사부님한테 쥐어터진 후 장가가란 소리나 듣겠구먼!'

한차례 투덜거림과 함께 엽자건이 남궁수에게서 입을 떼어냈다.

여전히 입가를 감도는 향기!

평생 처음으로 진한 아쉬움을 느낀다.

퍼억!

주먹으로 얼굴을 한차례 날리는 것으로 조금 남아 있던 아쉬움의 찌꺼기를 날려 보낸 엽자건이 손바닥을 펼쳤다. 여전히 들이대고 있는 남궁수의 옥 같은 얼굴을 밀어내기 위함이었다.

'미안!'

묘한 죄의식 속에 남궁수의 얼굴을 밀어낸 엽자건이 손가락을 곧추세웠다.

일지선공!

그것도 무상이라 불릴 만한 역근내경이 한껏 불어넣어져 있다. 파사의 기운이 가득 담겨져 있음은 물론이다.

파팟!

파파파파팟!

남궁수의 상반신 전체의 혈도가 맹렬히 두들겨졌다. 그렇게 함으로써 그녀의 무차별적인 애정 공세를 일단 막고서 치료에 들어가려 한 거다.

그러나 이게 어찌 된 일인가!

엽자건은 자신의 일지선공이 곧바로 돌아오자 눈을 크게 떴다. 손가락 끝이 저릿저릿 아파오는 게 반탄지력에 당했음이 분명했다.

'내가 내력에서 밀리다니!'

엽자건이 경악한 건 어쩌면 당연했다. 체내의 칠종진기의 완전무결한 대치 속에 키워진 역근내경의 강인함은 사부 보종 역시 인정한 바 있을 정도였다. 비슷한 또래인 남궁수에게 내공에서 밀린다는 건 상상조차 못할 일이었다.

삐직!

엽자건의 이마에 핏대가 섰다. 얼마 전 남궁수에게 일장을 얻어맞은 것보다 더욱 자존심에 상처를 입은 거다.

'누가 이기나 해보자!'

내심 버럭 소리 지른 엽자건이 칠종진기와 대치하고 있던 역근내경까지 총동원했다.

사부 보종이 알면 경을 칠 위험한 모험!

자존심의 무게보다 중요하진 않았다.

그렇게 일으킨 역근내경의 노도와 같은 내력이 다시 일지선공을 통해 남궁수에게 주입되었다. 그녀의 몸에 존재하고 있는 반탄지력을 힘으로 제압해 들어간 것이다.

승부는 쉽사리 나지 않았다.

일진일퇴(一進一退)!

숨 가쁜 공방이 한참 동안 진행되었고, 결국 칠종진기의 발광으로 엽자건의 안색이 새파랗게 질려갈 무렵이었다. 갑자기 완강하게 역근내경을 밀어내고 있던 반탄지기가 흔적도 없이 사라졌다.

역근내경의 승리?

사실은 이렇다. 엽자건의 몸속에 자리 잡은 웅고는 칠종진기의 쟁패로 인해 거진 사경을 헤매는 지경에 이르렀다. 조금만 더 시간이 지나면 칠종진기에 의해 완전 소멸되고 말 터였다. 그 영향은 곧바로 남궁수의 자고에 전해져 지금과 같은 대반전을 이뤄내었다.

천하에 하나밖엔 존재하지 않는 짝!

웅고의 죽음을 차마 보지 못한 탓에 자신의 기운을 사그라뜨리고, 구음한백신공의 음기 역시 거둬들이게 만들었다. 인간 세상에서도 몇 보기 힘든 숭고한 희생을 치른 것이다.

물론 엽자건이 그 같은 사정을 알 리 만무하다.

그는 물실호기를 잡았다는 판단하에 다시 일지선공을 일으켜 남궁수를 완벽하게 제압했다. 단전의 공력을 봉쇄하고 마혈을 점혈해서 어떤 움직임도 더 이상 보이지 못하게 만들었다. 평생의 대적을 상대하듯 전력을 몽땅 기울여서 성공시켰다.

"후욱! 후욱!"

결국 완전히 혼절한 상태가 된 남궁수를 품에 안은 채 엽자건은 크게 숨을 헐떡거렸다.

품안의 절세미녀.

천하의 어떤 사내라도 부러움과 질투에 미쳐 날뛸 만한 상황임에도 얼굴에 피곤이 덕지덕지 붙어 있다. 그만큼 자웅쌍고로 인해 촉발된 후폭풍을 처리하는 건 결코 쉬운 노릇이 아니었다.

게다가 또 한 가지!

"이 여자, 도대체 무슨 일이 벌어졌기에 갑자기 임독양맥과 전신 세맥이 타통된 거야? 나도 이런 일 좀 당해봤으면 좋겠구먼!"

"……."

일지선공에 역근내경을 담아서 제압한 남궁수의 몸 안을 기감으로 투과해 본 엽자건은 내심 혀를 찼다. 어찌 된 영문인지는 몰라도 그녀가 벌모세수 급의 대기연을 맞았다는 건 알 수 있었기 때문이다.

그러나 남궁수는 대답이 없다.

혼절한 것도 모자라 새근거리며 엽자건의 품속에 얼굴을 묻고 잠이 들어 있었다.

'귀, 귀엽잖아!'

엽자건은 남궁수를 바라보다 내심 소리쳤다.

방금 전 그를 당황하게 만들었던 촉촉하게 젖어 있던 눈빛과 유혹의 몸짓.

몽땅 다 합쳐도 지금의 남궁수를 당해낼 수 없다. 순수하게 무방비한 상태로 엽자건에게 다가들어 심장 속에 콱 틀어 박혀 버렸다.

두리번두리번!

갑자기 주변을 이리저리 둘러본 엽자건이 얼른 남궁수에게 입을 맞췄다.

방금 전과는 다르다.

욕망을 뛰어넘는 애정과 정중함을 담은 입맞춤이었다. 사실은 너무 예뻐서 입을 맞추지 않고는 견딜 수 없게 된 거지만 말이다.

얼마나 시간이 흘렀을까?

평생에 걸쳐 가져보지 못한 단잠에 빠져 있던 남궁수는 가벼운 기지개와 함께 눈을 떴다.

깜빡!

평상시의 백치미 어린 눈빛이 아니다.

검을 들고서 대적을 맞이할 때와 다름없이 명료하고 맑으며, 정명한 안광이 눈 속 깊숙한 곳에서 일었다.

신광이다.

더불어 바닥을 손바닥으로 가볍게 치니, 어느새 남궁수는 한 점 바람에 너울대는 깃털처럼 신형을 일으켜 세우고 있다. 그때 그녀의 몸에서 흘러내린 현의(玄衣) 장포 하나.

스르락!

남궁수가 하이얀 손을 뻗어 몸을 따라 흘러내리는 장포를 잡아챘다.

날카로우면서도 빠르다.

그렇게 손에 들어온 현의 장포를 살피는 남궁수의 눈빛이 가벼운 흔들림을 보인다.

'그 사람이 덮어주고 갔구나……'

그 사람.

남궁수 본인과 사부 격인 조부 남궁황을 제외하곤 처음으로 창룡연무관에 들인 사내다. 더불어 아주 오랜만에 남궁수로 하여금 진심으로 검을 쥐게 만들었던 사람이기도 했다. 보기 드문 강적이었단 뜻이다.

그런데 이게 어찌 된 일인가!

현의 장포를 보고 엽자건을 연상한 순간 남궁수의 맑은 안색이 가벼운 흔들림을 보였다.

두근!

흔들림의 진원지는 심장이다.

죽음이 바로 코앞까지 다가오고, 절세의 미남자나 호걸, 준재들을 만났을 때도 무덤덤하던 녀석이 갑자기 거센 뛰놂을 보이기 시작한 거였다.

게다가 어느새 발갛게 달아오른 두 볼.

한 번도 해본 적이 없는 화장을 한 것처럼 보기 좋다. 화사함으론 당세 무적이라 할 수 있을 당소교를 가볍게 뛰어넘어 버릴 정도였다.

꾸욱!

손을 들어 심장 부위를 눌러 보인 남궁수가 두 눈을 감았

다. 자꾸만 혼란을 일으키고 있는 마음을 어떡해서든 진정시
키기 위함이었다.

소용없는 짓이었다.

눈을 감자 더욱더 또렷한 엽자건의 얼굴이 떠올랐다. 특유
의 환한 미소와 함께 말이다.

두근! 두근! 두근!

더욱 심해진 심장의 고동 소리.

괴로울 정도의 압박을 느낀 남궁수가 다시 눈을 떴다. 문득
검을 쥐고 정식으로 무공에 입문한 후 너무 힘들어 서럽게 울
던 때가 떠올랐다.

'피할 수 없으면 즐기는 것이 마땅하다!'

조부 남궁황이 그녀의 손에 수련용 철검을 쥐어주며 했던
말이다. 이후 수없이 만났던 고난을 이겨낸 원동력이었음은
물론이었다.

과연 효과가 있었다.

억지로 엽자건의 얼굴을 잊는 걸 그만두고 담담하게 받아
들이자 심장 부근의 둔통이 현저히 감소했다. 여전히 두근거
림은 남았지만 기분이 나쁘진 않다. 오히려 평상시 무심을 유
지하던 때보다 훨씬 좋다고 할 수 있었다.

그렇게 잠시의 시간이 흘러 다시 마음의 평정을 되찾은 남
궁수가 자리에서 일어섰다.

스윽!

손에는 어느새 근처에 떨어져 있던 청류하가 들려져 있다. 곱게 접어 든 엽자건의 현의 장포와 함께.

승룡검각(乘龍劍閣).

창룡검가의 가주인 승천검군 남궁황의 거처이자 수련실을 겸한 삼층의 전각이다.

야반삼경이 지나가고 있는 늦은 밤.

이곳에 몰래 숨어든 그림자가 하나 있었다. 바로 창룡연무관을 벗어난 남궁수였다.

그녀가 삼층의 침실 문 앞에 도착했을 때다.

문득 창로하면서도 위엄이 깃든 목소리가 흘러나왔다.

"날이 밝으면 은퇴할 늙은이에게 어인 밤손님이신가?"

'밤손님?'

남궁수가 섬뜩할 정도로 예리한 검세를 느끼고 얼른 침실 문 앞에 부복했다.

"할아버님, 수아입니다."

"아수?"

의혹 섞인 반문과 함께 침실의 문이 열리고, 어느새 손에 평생을 함께한 애검 한상(寒霜)을 든 남궁황이 모습을 드러냈다.

위엄 어린 두 눈에 자리한 신광.

마치 처음 보는 사람을 대하듯 부복한 남궁수의 얼굴을 더

듣는다.

'틀림없는 아수의 절세지용이로고! 그런데 어떻게 갑자기 기도가 한 단계 상승한 것일꼬? 설마 금일 수련 중 천재일우(千載一遇)의 깨달음이라도 얻은 것인가!

남궁황의 생각은 반은 맞고 반은 틀린 것이었다.

오늘 남궁수가 자웅쌍고의 영향으로 이룬 환골탈태(換骨脫胎)로 내공이 크게 진보한 건 사실이나 깨달음과는 관계가 없었다. 남궁황이 신이 아닌 한 일조일석(一朝一夕)에 그 같은 사정까지 꿰뚫어 보지 못했을 따름이다.

남궁수가 그 같은 남궁황의 내심을 짐작한 듯 말했다.

"할아버님, 제 내공이 갑자기 크게 늘어났습니다. 어째서 이런 일이 벌어진 것인지 짐작조차 할 수 없기에 늦은 밤임에도 결례를 무릅쓰고 승룡검각에 찾아와 가르침을 청하게 되었습니다."

"내공이 갑자기 늘어? 그런데 어찌 된 영문인지 모르겠다고?"

"예."

대답과 함께 남궁수가 엽자건과 함께 창룡연무관에 든 이후 벌어진 일에 대해 소상하게 아뢰었다. 정신을 차린 후 그가 덮어준 현의 장포를 보고 가슴이 뛰었던 일만은 차마 얘기하지 못했지만 말이다.

얘기가 끝나자 남궁황이 고심 어린 표정을 짓다 대뜸 손을 뻗어 남궁수의 소매를 걷어 올렸다.

그로 인해 모습을 드러낸 은홍색의 점 하나.

바로 수궁사(守宮砂)이다.

고관대작이나 가풍이 엄격한 무림세가, 여인들로 이뤄진 문파 등에서 은밀히 행하는 순결의 증표를 남궁수 역시 어린 시절에 받은 바 있었다.

'다행히 음양대법 같은 요사스런 짓을 당해서 임독양맥이 타통된 건 아니로구나! 그럼 뭔가 대단한 영약이라도 그 녀석에게 얻어먹은 것일까?'

보종의 제자인 엽자건에 대한 남궁황의 첫 느낌은 지나치게 잘생겼다는 거였다.

대개의 사내들과 좀 다른 이유로 남궁황은 잘생긴 사내에 대한 선입감이 있었다. 그 자신이 젊은 시절 잘난 외모를 지닌 탓에 풍류를 즐기느라 꽤나 많은 은원을 맺었고, 무공 수련에도 다소 늦게 집중하게 된 까닭이었다.

그러나 다시 생각해 보면 엽자건의 몸은 굉장히 좋았다. 천생의 무골이라 할 만했고, 후생적으론 보종이란 좋은 스승을 만나 매우 훌륭하게 단련되었다. 비슷한 나이의 후기지수들을 통틀어도 손꼽을 정도일 듯했다.

하지만 남궁황은 손녀 남궁수를 믿었다.

그녀가 이미 후기지수라 불려선 안 되는 경지에까지 무공을 쌓았음을 알고 있었기 때문이다.

'그래서 순순히 은원의 종지부를 후대에게 맡기기로 한 것인데……'

남궁황은 고희연 때 거행하려던 금분세수를 뒤로 미루고 싶은 강렬한 열망을 느꼈다. 얼굴이 팽팽해지고 모발이 삐쭉거리고 서는 것이 엽자건과 대치했을 때처럼 다시 회춘에 들어갈 수 있을 것 같기도 했다.

흔들.

문득 남궁황의 고개가 가로저어졌다. 자신이 후대에게 은원의 종지부를 맡길 당시 보종이 지어 보였던 미소를 떠올려 버리고 만 까닭이다.

'아서라! 늙어서 무슨 추태를 또 부리려는가! 후대에게 은원을 맡겼다면 그것으로 끝인 것을. 설혹 내 존엄을 되찾을 길이 이것으로 완전히 가로막혀 버렸다 해도.'

결론이 내려졌다.

더 이상의 망설임이 있을 리 만무하다.

여전히 부복을 풀지 않고 있는 남궁수를 잠시 바라보던 남궁황이 가벼운 하품과 함께 말했다.

"하암! 수아야, 네 몸에는 별다른 이상이 없으니 이만 물러가 보도록 하거라. 이 할애비는 조금이라도 눈을 붙인 후 손님들을 맞이하도록 할 터인즉."

"죄, 죄송합니다. 할아버님께는 무척 중요한 날이신데……."

"아니다. 네가 오늘 기연을 맞아 당혹한 마음이 있는 것도 무리는 아닐 터. 그 역시 네가 그동안 부단히 노력한 덕분일지니, 마음을 편히 가지고 앞으로도 더욱 용맹 정진하도록 하거라!"

"예!"

남궁수가 대답과 함께 정중하게 고개를 숙여 보였다. 여전히 마음속에 풀리지 않는 궁금증이 가득하나 더 이상 남궁황을 괴롭힐 수는 없었다.

'할아버님의 고희연이 벌어지기 전에 그를 찾아봐야겠다. 그러면 기이한 내 몸의 변화도… 으음!'

또 그런다.

엽자건을 떠올리자 다시 격렬한 박동을 보이기 시작한 심장의 둔통을 느끼며 남궁수가 안색을 찌푸렸다.

문득 떠오른 생각 하나.

날이 밝기까지 기다리지 않고 당장 엽자건을 찾아가고 싶다는 생각이다.

상사병(相思病).

그것도 아주 중증이다. 연애나 남녀 관계에 조금이라도 관심이 있는 사람이라면 누구든 그리 생각했을 터였다.

남궁수는 애초에 그런 것에 대한 관심이 전혀 없는 사람이었다. 이해조차 하지 못했다. 그녀에겐 일평생 검 하나만이 애인이었기 때문이다.

다시 손을 들어 심장 부근을 어루만진 남궁수가 엽자건의 얼굴을 머릿속에서 지우기 위해 노력했다. 그렇게 함으로써 고통을 덜고자 했다.

*　　　*　　　*

이른 새벽.

아직 동조차 트기 전이었다.

그런 어둠 속을 묵묵히 걸어가는 사람이 있었다. 다름 아닌 평상시처럼 사부 보종을 업고 창룡검가를 빠져나온 엽자건이었다.

꾸벅! 꾸벅!

제자 엽자건의 등에 연신 고개를 처박으며 잠 속에 빠져 있던 보종이 갑자기 눈가를 소매로 훔쳤다. 그리고 주변을 둘러보는 모습이 매우 태평스럽다.

"자건아!"

"예!"

"너, 또 사고 쳤냐?"

"……"

평상시와 달리 엽자건이 입을 꾹 다물었다. 변명조차 하지 못할 만큼 대형 사고를 쳤기 때문이다.

보종이 한숨과 함께 말했다.

"에휴우! 내 어쩌다가 이런 애물단지를 제자로 둬서 야반

도주나 하게 되었더란 말인고!"

"그래도 사부님과 승천검군 남궁황 선배님과의 은원은 깨끗이 해결했습니다! 사부님의 애물단지 제자가요!"

"그래서 야반도주하듯 창룡검가를 빠져나온 것이더냐?"

"뭐, 그 외에도 다양한 이유가 있습니다만, 이젠 다 지나간 일입니다. 사부님께서 걱정하실 일은 없을 겁니다."

"정말이냐?"

"아무렴요."

엽자건은 '당분간은' 이란 뒷말을 기술적으로 빼먹었다. 내심 켕기는 일이 몇 가지 있었지만, 여전히 건강이 좋지 않은 보종을 놀래키고 싶진 않았다.

'그나저나 역시 여자들은 무서워! 설마 했는데, 정말로 당소교 그 계집애가 그 일의 배후였을 줄이야……'

전날 밤.

거진 환골탈태에 준하는 기연을 얻은 남궁수를 떠나 창룡연무관을 벗어난 엽자건은 곧장 운중별거로 돌아가지 않았다.

그전에 확인해 볼 일이 있었다.

내심의 찜찜함을 남긴 채 창룡검가를 떠날 수는 없었다.

그렇게 그가 운중별거 대신 찾아간 곳은 다름 아닌 당소교 등이 기거하고 있는 화선별거였다.

운중별거와 확연히 구별되는 흐드러진 꽃의 무리.

중원의 각처에서 수집되어 온 온갖 기화요초(琪花瑤草)로 가득한 정원에 몰래 숨어든 엽자건은 감각을 집중시켰다. 별거 안에서 벌어지고 있는 모종의 소리를 감지해 내기 위함이었다. 진짜 그런 게 있다면 말이다.

'이런!'

엽자건이 눈살을 찌푸렸다. 자신의 예상이 사실로 확인되었기 때문이다.

그가 찾고 있던 모종의 소리.

다름 아닌 부상의 고통을 억지로 누르고 있는 숨결이었다. 전문적인 살수의 수련을 받은 자가 아니면 결코 숨길 수 없는 부상의 흔적을 화선별거 안에서 찾아낸 거다.

그렇다면 이대로 물러날 수 없다.

혹여 자신이 창룡검가를 떠난 후 다시 남궁수가 위험해질 만한 여지를 남겨둬선 안 된다는 판단이었다. 거의 무의식중에 그런 결정을 내렸다.

'그래도 이곳에서 난리를 피워선 곤란할 테지? 남들이 지켜보는 앞에서 여자와 싸울 때 남자는 반드시 손해를 보게 되니까 말야……'

내심 염두를 굴린 엽자건이 하나 남은 철환을 쏜살같이 화선별거를 향해 집어 던졌다.

위잉!

철환이 가벼운 곡선을 이루며 화선별거 안으로 사라졌다. 그러나 무언가 부서지거나 박살나는 타격 음은 들려오지 않는다. 예상대로 누군가 철환을 낚아챘음이 분명하다.

여전히 화선별거 쪽에 감각을 집중하고 있던 엽자건이 싱긋 미소 지은 후 곧바로 신형을 움직였다.

부동무상!

금강부동보에서도 가장 은밀하고 빠른 신법이 환상처럼 펼쳐졌다. 뒤도 돌아보지 않고 화선별거를 떠나 창룡검가를 빠져나간 거다.

그렇게 창룡검가를 빠져나와 한참을 달렸을 때다.

주변에 아무것도 보이는 게 없는 공터에 도착한 엽자건이 한차례 호흡과 함께 걸음을 멈춰 세웠다. 이만큼 창룡검가에서 떨어졌으면 충분하단 판단이었다.

그때다.

마치 그가 걸음을 멈추길 기다렸다는 듯 갑자기 익숙한 파공성이 귓전을 괴롭혀 왔다.

그것도 두 개다.

'빠르다! 게다가 건방져!'

내심 눈을 빛낸 엽자건이 다시 부동무상을 펼쳐 냈다. 그러자 일순 대지에 멈춰 서 있던 그의 배후를 노리며 파고든 두 개의 철환이 환상처럼 공중에서 멈춰 버렸다.

아니다.

눈의 착각에 불과하다.

그만큼 빠르게 부동무상으로 신형을 이동한 엽자건의 손이 두 개의 철환을 회수한 거다. 고속에 의한 잔상 현상이 그 같은 환상을 가능케 만들었다.

당연히 곧 엽자건이 다시 모습을 드러냈다. 여전히 신형을 이동시키기 직전의 바로 그 장소다.

쩌쩡!

양손에 나눠 든 두 개의 철환을 가볍게 부딪쳐서 소리를 내 보인 엽자건이 슬쩍 고개를 옆으로 기울여 보였다. 입가에는 어느새 싱긋 미소가 매달려 있다.

"설마 독을 뿌려놓은 건 아닐 테지?"

"설마요! 아직 전해 들을 말이 남았는데, 하독을 먼저 해서 는 곤란하지 않겠어요?"

"허어!"

엽자건이 나직이 혀를 찬 순간 그의 앞에 당소교가 모습을 드러냈다.

입가에 머물러 있는 화사한 미소.

마치 방금 전까지 엽자건과 다정한 대화라도 나눴던 것같 이 태연스런 모습이다. 언제 화선별거 내 자신의 거처에서 고 통에 겨운 신음을 참아내고 있었는가 싶다.

엽자건이 천천히 수중의 철환을 손에 차며 퉁명스레 말했 다.

"그런데 어째서 이 야심한 밤에 날 쫓아 창룡검가를 빠져 나온 거요?"

"먼저 철환을 던졌던 사람이 할 말은 아닌 것 같은데요?"

"먼저 하독한 사람이 할 말도 아닌 것 같소만?"

"문답무용(問答無用)이라 대답하겠어요."

"문답무용이라……."

엽자건이 당소교의 말을 따라서 중얼거리곤 다시 입가에 싱긋 미소를 떠올렸다.

빙빙 돌리지 않고 간명한 당소교의 말!

곧바로 싸우자 말하는 그녀의 태도가 꽤나 마음에 들었다. 역시 처음에 본 것처럼 남궁수와는 다른 종류로 인정할 수밖에 없는 구석이 있는 여자였다.

'그렇다면 선수필승(先手必勝)이렷다!'

상대는 암기와 용독술이 특기다.

얼마나 빨리 간격을 좁히고, 먼저 손을 쓸 기회를 주지 않는 게 승부의 관건이었다. 암기와 독을 함께 상대하는 건 매우 골치 아픈 일이 될 터이기 때문이다.

스륵!

어느새 엽자건의 손에 들려진 철환.

그런데 막 단 일격에 승부를 보려 작정한 엽자건을 향해 당소교가 말을 걸어왔다. 잔말 말고 싸우자 해놓고 다시 질문을 던진 거다.

"그 손에 든 철환, 다시 제게 사용하려는 건 아닐 테지요?"

'응?'

엽자건의 시선에 황당한 기색이 담겼다. 손에 든 철환을 당소교에게 사용하지 않으면 또 누구한테 사용할까?

그래도 대응은 태연하다.

"설마아! 천하에 어떤 바보 같은 자가 당가의 인물 앞에서 암기술을 자랑할 수 있겠소?"

"암기술뿐?"

"……"

엽자건이 대답 대신 코끝을 한차례 찡그려 보였다.

대답과 함께 정지해 놨던 호흡을 풀었다. 만약 그 순간을 노려 당소교가 하독했다면 큰 낭패다. 나중에 사부 보종한테 몇 대나 머리를 쥐어박혀도 변명 한마디 할 수 없는 실수를 한 셈이라 할 수 있었다.

다행히 당소교가 그의 그런 걱정을 덜어줬다. 문득 하얀 손을 들어 자신의 결백을 주장한 그녀가 여전히 화사한 미소가 머물러 있는 입술을 나풀거렸다.

"원하는 걸 제시해 보세요!"

"원하는 거?"

"창룡검가 내에서 소란을 피우지 않고 절 밖으로 유인해 온 이유가 있을 것 같은데요?"

'여우!'

내심 당소교를 향해 야유를 한 엽자건이 어깨를 한차례 으쓱해 보였다. 수중의 철환 역시 도로 제자리로 돌려놓는다. 끝내 자신의 중심을 잃지 않는 당소교의 말에 기운이 살짝 풀려 버린 까닭이다.

그렇다 해도 이런 좋은 기회를 놓칠 이유는 없다.

곧 마음을 고쳐먹은 엽자건이 눈을 빛내며 말했다.

"날이 밝는 대로 창룡검가를 떠나도록 하시오!"

"그러죠."

"그리고 내게 빌려준 피독주는 그냥 선물한 셈 치도록 하시오. 보시(普施)하는 셈 치고."

"욕심이 과하군요."

"교 소매가 한 일을 입 다물어주는 조건으론 결코 과한 욕심이 아니라고 보는데?"

"앞으로도 이번 일에 대해서 입을 다물겠다는 뜻인가요?"

"물론."

엽자건의 시원스런 대답에 당소교가 천천히 고개를 끄덕여 보였다.

"좋아요. 본 가의 피독주를 한동안 양도하도록 하죠. 하지만 훗날 반드시 돌려줘야만 할 거예요. 반드시!"

"돌려받으려면 고생깨나 할 거요."

"누가 고생을 할지는 지나봐야 알 테죠. 그럼, 이만 이별을 고하도록 하죠."

"잠깐만!"

막 신형을 돌려세우려던 당소교를 소리를 질러 멈춰 세운 엽자건이 갑자기 두 눈에 강한 살기를 담았다.

천생 타고난 살기.

거기에 더해 무수히 많은 전장과 싸움터를 전전하며 더욱 심화된 천살(天煞)의 기운을 갑자기 당소교에게 쏟아낸 거다. 당장 피를 볼 듯한 음산한 목소리와 함께.

"똑똑한 여인이라 길게는 얘기하지 않겠소! 다시는 백의검후 남궁수 소저를 노리지 않는 게 좋을 거요!"

"협박인가요?"

"피독주를 준 것에 대한 보답이라 생각하시오. 어찌 된 영문인지는 몰라도 교 소매 덕분에 남궁수 소저는 더욱 무서운 존재가 되었으니까 말이오."

'말도 안 되는 소리!'

당소교는 내심 소리 지른 후 곧바로 반박하려다 입을 다물었다. 자웅쌍고에 중독되고도 멀쩡한 엽자건의 존재가 마음에 걸렸기 때문이다.

"흥!"

결국 나직한 코웃음만을 남긴 채 당소교는 엽자건의 곁을 떠나갔다. 남궁수가 생존해 있다는 사실에 내심 치를 떨면서.

부르르!

엽자건은 당소교의 차갑게 가라앉아 있던 눈빛을 떠올리며 몸을 한차례 떨어 보였다.

더불어 입가에 떠오른 흐뭇한 미소!

'이번 창룡검가행은 대성공이다! 비록 공연을 벌여서 한몫 단단히 잡는 데는 실패했지만, 피독주를 얻었으니 천금 아니, 만금을 번 거나 다름없다!'

당소교를 계도하는 대신 협상을 택했다.

그 결과는 다디달았다.

꿀맛이나 다름없었다. 비록 향후 당소교를 비롯한 당가의 인물들과의 관계가 껄끄러워지게 됐으나 상관없었다. 어차피 보종을 사부로 모신 후 맺은 지저분한 은원이 한두 개가 아니었기 때문이다.

그때 가벼운 하품과 함께 보종이 다시 엽자건의 등에 고개를 처박았다.

대검호인 숭천검군 남궁황과의 일전!

비록 몇 차례 검격을 받아내고 무형의 기세를 일으켜 대치를 벌인 것에 불과하나 보종에겐 매우 힘든 일이었을 터이다. 중독의 심화는 피독주의 힘을 빌어 막았으나 기력이 크게 쇠하는 것까지는 어찌할 수 없는 게 당연하다.

고르륵! 고르륵!

곧 기력이 다해서 듬직한 제자의 등에 고개를 파묻은 보종의 나지막한 숨소리가 들려왔다. 어느새 혼곤한 잠 속에 빠져들고 만 것이다.

'쳇! 피독주 덕분에 약값이 굳었으니 소림사에 갈 때까진 맛있는 거나 잔뜩 드시게 해야겠구먼. 파계승 신분일 때 술과 고기를 즐기지 않으면 언제 또 즐기시겠어?'

내심의 중얼거림과 함께 엽자건이 걸음을 조금 더 빨리했다. 한시라도 빨리 정주를 벗어나 소림사가 있는 등봉현에 도착하고 싶었기 때문이다.

*　　　*　　　*

운중별거 앞.

언제나와 같이 아침 일찍 정성들여 마련한 식사가 담긴 바구니를 들고 온 단옥이 넋을 놓고 서 있었다.

어린애 주먹만 한 크기의 은원보와 서신 하나.

간밤 창룡검가를 빠져나간 엽자건이 그동안 신세를 진 단옥에게 남겨놓은 거였다. 옷 한 벌 해 입는 것도 고심에 고심을 거듭하는 엽자건으로선 뼈를 깎는 듯한 대지출이라 아니할 수 없었다.

그러나 단옥에겐 은원보가 전혀 눈에 들어오지 않았다. 오로지 서신에 적혀진 두 줄의 글귀만을 뚫어져라 바라보고 있을 뿐이었다.

아적소매재견(我的小妹再見)

상견불지나일천(相見不知那一天)

작은 누이여, 안녕!

언제 다시 볼지 모르겠구나.

'언제 다시 볼지 모르겠구나! 언제 다시 볼지 모르겠구나!
언제 다시 볼지······.'

두 번째 구절을 되뇌던 단옥의 두 눈에서 하염없이 눈물이
흘러내렸다. 엽자건이 남겨놓은 두 줄의 글귀에 가슴이 크게
메어져 와 어찌할 바를 모르게 된 것이다.

근데 단옥은 단지 시작에 불과했다.

그리 오래지 않아 운중별거에 우신애와 북궁예연이 몰려
왔고, 역시 절반쯤 넋이 나간 표정이 되었다. 설마 엽자건이
남궁황의 고희연 당일 창룡검가를 떠날 줄은 상상조차 하지
못한 까닭이었다.

그리고 멀리서 그 같은 사실을 눈치챈 또 한 명의 여인!

조부인 남궁황의 고희연을 위해 외당의 대연무장으로 향
하다 운중별거에 들렀던 남궁수였다.

평소와 같은 백치미가 느껴지지 않는 뜨거운 눈빛.

남궁수가 고개를 가로저었다. 엽자건의 부재를 확인한 순
간 일시 난마와 같아진 심장이 전해주는 둔통과 격렬한 감정

의 폭류를 제어하기가 쉽지 않았기 때문이다.

'시비한테도 서신을 남겼는데, 나한테는 아무것도 없구나!
아무것도⋯⋯.'

내심 자신도 모르게 중얼거리던 남궁수가 해연히 놀란 기
색이 되었다.

한낱 시비에게 질투심을 느끼다니!

평소의 그녀에겐 결코 있을 수 없는 일이었다.

검만을 벗 삼아 살아온 그녀에게는.

주(註)

*환골탈태:뼈를 바꾸고 태를 빼낸다는 뜻으로 몸과 얼굴이 몰라볼 만큼 좋게 변한 것을 비유하는 말. 무협에서는 아예 체질 자체를 바꾸는 것을 말한다.

*수궁사:중국의 고전 《박물지》를 보면 처녀성을 증명하는 수궁사를 언급한 대목이 나온다. '수궁사의 재료는 도마뱀이다. 도마뱀을 그릇 속에서 기르면서 주사(수은)를 먹이면 도마뱀의 몸이 온통 붉은색이 된다. 계속 먹여서 일곱 근이 되었을 때 아주 여러 번 절구질을 해서 여자의 지체(보통 팔뚝)에 바르면 죽을 때까지 색깔이 변하지 않는다. 오직 성관계를 가질 때만 없어지니 자궁을 지키는 수궁(守宮)이라고 한다. 한무제가 시험하니 파연 효험이 있었다'.

第十三章

타구봉법(打狗俸法)

少林
棍王
소림곤왕

일타(一打)가 만타(萬打)이고, 또한 만변(萬變)이다.

소림사.

구대문파의 태산북두인 불교 문파로 선종(禪宗), 특히 임제
종(臨濟宗)의 중심지이다.

위치는 하남성 등봉현에 있는 숭산의 소실봉 중턱인데, 원
래 '소림사'라는 이름 자체가 '소실봉의 북쪽 숲 속에 있다'라
는 뜻에서 유래되었다고 전해진다.

데엥! 데엥!

묵직하게 울려 퍼지는 타종 소리에 엽자건은 잠시 걸음을
멈춰 세웠다.

숭산으로 향하는 소로(小路).

생각했던 것보다 훨씬 걷기가 수월하다.

예상했던 험산준령은커녕 평범한 동네 뒷산을 오르는 것 같았다. 어느 모로 보든 중원을 대표하는 오악(五嶽) 중 하나를 오르고 있다는 생각이 들지 않는다.

'쳇! 그래도 길을 잘못 들어선 건 아니었구먼! 그런데 이거 사부님이나 점소이한테 들었던 거하곤 산세가 완전히 딴판이 잖아?'

한 시진쯤 전이었다.

숭산이 위치한 등봉현에 도착한 엽자건은 평상시처럼 점소이를 돈으로 회유했다. 소림사에 들르기 전에 몇 가지 파악해 둬야만 할 일이 있다는 판단이었다.

그러나 소림사와 관련된 일이라서인가!

등봉현의 점소이는 뻣뻣했다.

무려 반 냥가량의 은자를 내줬는데도 돌아오는 대답이 무척이나 사무적이었다. 익히 엽자건이 알고 있거나 짐작할 수 있는 게 대부분이었다. 더 이상의 것은 촌놈을 바라보는 듯한 표정과 함께 싹 무시했다.

다른 때, 다른 장소 같았다면 엽자건이 이런 무도리함을 참아냈을 리 없다.

단호하게 계도한 후 내줬던 은자 반 냥 역시 회수하기를 주저치 않았을 터였다. 그게 향후 점소이의 앞날을 환하게 밝혀

줄 거란 굳건한 믿음을 품고서 말이다.

이번에는 달랐다.

엽자건은 기세등등한 점소이를 한차례 지그시 노려봐서 오줌을 지리게 만드는 것만으로 만족했다. 사부 보종과 소림사의 체면을 고려해 성질을 살짝 죽일 수밖에 없었다.

그렇게 소실봉의 초입에 이른 것이 정오 무렵이었다. 이젠 슬슬 점심밥을 먹을 때가 되었으니, 혼곤히 잠에 빠져 있는 보종을 깨울 때였다.

막 어깨를 흔들어 보종을 깨우려던 엽자건의 눈에 일순 이채가 스쳐 갔다.

방금 전까지 인적 하나 없던 소로다.

앞에도 없고 뒤에도 없었다.

그런데 뒤를 돌아보니, 어느새 추레한 차림을 한 늙은 거지한 명이 모습을 드러내고 있었다.

육 척을 조금 넘을 듯한 건장한 덩치.

살짝 등이 굽은데다 배가 불쑥 튀어나온 것이 흠이긴 하나 파뿌리같이 하얀 머리를 생각하면 상당히 좋은 몸이다. 같은 나이의 노인들치고는 그렇다는 뜻이다.

게다가 늙은 거지는 꽤나 그럴듯해 보이는 청죽봉을 허리춤에 끼워놓고 있었다.

평범한 거지들이 개를 쫓거나 뱀을 잡을 때 사용하는 몽둥이치곤 모양새가 범상치 않아 보인다.

'어느 틈에?'

무수히 많은 전장과 싸움터를 경험한 엽자건의 이목과 감각은 상당히 날카롭다. 웬만한 절정고수보다 더 낫다고 할 수 있었다.

당연히 느닷없이 소로에 나타난 늙은 거지의 존재에 관심이 집중되지 않을 수 없다. 범상치 않은 겉모습을 굳이 염두에 두지 않더라도 분명히 상당한 무력을 지닌 고수임이 틀림없다는 생각이 든다.

그때 근래 더욱 잠자는 시간이 많아진 보종이 갑자기 하품과 함께 눈을 떴다. 눈곱이 덕지덕지하니 달라붙어 있는 시선이 어느새 늙은 거지 쪽을 향하고 있다.

비죽!

더불어 슬쩍 치켜 올라가는 입꼬리.

평상시보다 세 배쯤 성마른 표정이 된 보종이 괄괄한 목소리로 말했다.

"자건아, 날 내려주거라!"

"예? 예!"

엽자건이 의문 어린 표정을 얼른 지우고 보종을 등에서 내려줬다. 어느새 자신과의 거리를 확 좁혀오고 있는 늙은 거지가 보종과 구면이란 걸 눈치챈 거다.

'게다가 숭천검군 남궁황 선배와 마찬가지로 과히 좋은 친분을 유지했던 사이 같진 않지?'

엽자건이 내심의 중얼거림과 함께 슬며시 몸의 근육을 긴장시켰다. 혹시 늙은 거지가 보종에게 곧바로 손을 쓸 것에 대한 대비였다.

바로 그때다.

갑자기 보종이 엽자건을 뒤로하고 늙은 거지를 향해 맹렬한 기세로 달려갔다.

외다리란 게 믿기지 않을 정도의 속도!

늙은 거지도 마찬가지였다.

그는 언제 어슬렁거리며 소로를 걸어왔냐는 듯 역시 보종을 향해 신형을 날려왔다. 속도가 바람 같다.

"엇!"

엽자건의 입이 크게 벌어졌다. 설마 이렇게 단도직입적이고 급박하게 상황이 전개될 줄은 몰랐다.

그런데 당장 한판 붙을 기세로 순식간에 서로 간의 거리를 좁힌 보종과 늙은 거지가 찰싹 달라붙더니 미친 듯 대소를 터뜨리는 게 아닌가!

"크하하하하!"

"크헐헐헐헐!"

언제 인상을 썼냐는 듯 보종의 만면에는 즐거운 기색이 가득했고, 늙은 거지 역시 입을 사발만 하게 벌린 채 마구 침을 튀어댔다.

"비루먹은 노개(老丐)가 놀랍게도 아직까지 죽지 않고 살아 있을 줄이야!"

"어찌 미친 파계승의 파천마곤을 타구봉법(打狗棒法)으로 박살내지 못한 채로 내가 죽을 수 있겠는가?"

"노개의 꿈이 참 야무지기도 하구나! 개봉(開封)에 틀어박혀서 후개(後丐)나 양성하며 여생을 보내야 할 녀석이 말야."

"후개? 당연히 몇 키워놨지!"

"그래서 이젠 홀가분하게 전날의 패배를 되갚음하고 싶어진 건가?"

"당시 나는 타구봉법의 삼십육초 이백팔십팔 변화 중 전반부밖엔 완성하지 못했지 않은가? 고심참담한 수련 끝에 후반부 역시 익히게 되었으니, 파계승의 파천마곤과 다시 한 번 자웅을 결해야만 하지 않겠는가 말야!"

"그도 그렇군."

보종이 그제야 늙은 거지에게서 떨어지며 천천히 고개를 끄덕였다.

노개.

송대 이후 천하제일대방의 명성을 단 한 번도 잃어본 적이 없는 개방의 당대 방주인 철담협개(鐵膽俠丐) 이구였다. 개방의 비전 절예인 강룡십팔장(降龍十八掌)과 타구봉법, 취팔선보(醉八仙步)는 이미 절정의 경지에 이르렀다는 평가이고, 협기 역시 드높은 정파의 기인이었다.

당연히 무림에서의 지위는 극상이라 할 수 있었다.

보종은커녕 소림사의 현 장문 방장인 불성(佛聖) 종아 선사와도 견줄 수 있는 위치였다.

그러나 본래 보종은 소림사에 뒤늦게 입문한 터라 나이가 결코 적지 않았고, 후일 파문까지 당해 강호에서 파천마곤이라 불리게 되었다.

당시 강호를 돌아다니며 비무를 가장한 싸움질을 거듭하던 보종과 철담협개는 우연찮게 만나 시비가 붙게 되었다. 애초부터 서로의 무공에 탄복하고 있었던지라 억지로 이유를 만들어서 사흘 밤낮을 싸우게 된 것이었다.

결과는 보종의 반 초 차이 승리였다.

소림곤과 타구봉법.

서로 비슷한 듯하면서도 극단적으로 차이 나는 절세의 무공이 처음으로 제대로 된 승부를 가름하게 된 사건이었다.

다만 철담협개는 당시 자신의 패배를 깨끗하게 인정하면서도 아쉬움을 떨치지 못하고 말했다. 후일 제대로 된 타구봉법을 완성한 후 다시 한차례 싸워보자고!

몇 걸음 떨어져서 보종과 철담협개 간의 대화를 하나도 빼놓지 않고 전해 들은 엽자건이 내심 이마를 짚었다. 하필이면 소림사를 앞에 두고 이런 강적을 만나게 된 것이 기가 막혔기 때문이다.

'가만! 그리고 보니, 이건 우연이 될 수가 없는 일이잖아! 절대로!'

순간 엽자건의 뇌리를 스친 생각.

그건 다름 아닌 개방을 천하제일대방이라 불리게 만든 엄청난 숫자의 거지와 그들이 캐내는 정보력이다.

방주인 철담협개의 위치라면 언제든 어렵지 않게 보종과 자신의 행적을 손바닥 보듯 알아낼 수 있었다. 이렇게 소림사가 위치한 소실봉으로 향하는 길에 불쑥 나타나지 않고서도 말이다.

그런데 어째서 지금 바로 이때에 모습을 드러낸 것일까?

분명 모종의 다른 이유가 존재할 터였다.

엽자건이 얼른 보종과 철담협개 사이에 끼어들었다.

등봉현으로 향하던 중 심심찮게 눈에 띄던 거지들까지를 떠올리곤 이제 자신이 주도적으로 나설 때가 되었다는 판단을 내린 것이다.

"자건아!"

"사부님, 제자가 한마디 개방 방주님께 물어볼 일이 있습니다. 부디 무례를 용서해 주십시오!"

"그거 꼭 지금 물어봐야 하는 게냐?"

"죄송합니다."

"알겠다. 너무 무리하진 말구."

"예."

보종의 염려 섞인 시선에 싱긋 웃어 보인 엽자건이 철담협개에게 슬쩍 포권해 보였다. 얼굴을 가린 방립 사이로 드러난 눈빛이 자못 사납다.

"후배 엽자건이 개방의 철담협개 방주님께 인사 올리겠습니다!"

"파천마곤이 그동안 제자를 두었구나! 그래, 내게 하고 싶은 말이 무언지 말해보거라."

"그럼 단도직입적으로 묻겠습니다. 방주님께서는 어째서 이제야 오신 겁니까?"

"뭐?"

"그동안 무수히 많은 개방도를 풀어서 저희 사제의 일거수일투족을 감시해 놓고 어째서 이제야 모습을 드러낸 것인지 궁금한 겁니다, 후배는!"

"……."

철담협개의 눈에서 일순 강렬한 신광이 튀어나왔다.

곰같이 건장한 몸집을 제외하곤 그다지 볼 게 없던 늙은 거지가 일순 강호를 호령하는 대고수로 변모하는 순간이었다. 그 정도로 놀라운 기도의 변화가 단숨에 이뤄졌다.

그러나 엽자건은 이미 창룡검가에서 승천검군 남궁황이라는 대검호가 발출한 무형지기와 정면에서 맞선 경험이 있었다. 철담협개에게서 갑자기 쏟아져 나온 노도와 같은 기도에도 결코 주눅 들지 않았다.

'이놈 보게?'

철담협개의 신광 어린 두 눈이 가늘어졌다. 설마 새파랗게 어린 후배인 엽자건이 자신의 강룡장 내력을 아무렇지도 않게 버텨낼 줄은 몰랐다.

그때 엽자건이 천천히 포권을 풀었다. 또다시 질문을 던지는 것 역시 잊지 않는다.

"방주님께서는 아직 후배의 질문에 답을 주시지 않았습니다만?"

"나이에 어울리지 않는 내공이로고!"

"다행히 훌륭한 사부님을 모신 덕분에 내공 수련은 게을리하지 않았습니다."

"녀석, 어울리지 않게 개수작 같은 겸양은!"

"그건 겸양이 아니라……."

엽자건은 다시 반박을 하려다 얼른 입을 다물었다. 순간 눈앞에서 어른거린 푸른 봉의 그림자!

개방이 자랑하는 천하무쌍 타구봉법의 등장이었다.

딱! 따닥!

엽자건은 순간적으로 두 눈에서 불똥이 튀는 걸 느꼈다. 갑자기 튀어나온 청죽봉에 머리와 옆구리를 거의 동시에 얻어맞는 봉변을 당한 거다.

비록 기습을 당했다곤 하나 굴욕적인 패배다.

적어도 셀 수 없을 정도로 많은 실전 속에서 실력을 키워온 엽자건에겐 그러했다.

"타구봉법의 일초식인 봉타쌍견(棒打雙犬)이니라!"

"다시 한 번 부탁드리지요!"

"오냐!"

호기로운 대답과 함께 철담협개가 수중의 청죽봉을 다시 엽자건에게 날려왔다.

여전히 현란한 푸른 봉의 그림자.

대놓고 펼친다 했음에도 봉의 변화를 가늠키조차 어렵다. 상대는 사부 보종의 전성기라 할 수 있는 파천마곤 시절에도 호각을 다퉜던 대고수인 것이다.

물론 엽자건은 그 같은 사정 역시 염두에 두고 있었다.

대비가 없을 리 만무하다.

파팟!

다시 철담협개의 청죽봉이 엽자건의 전신을 휘어 감아왔다. 좀 전에 펼쳤던 봉타쌍견의 변화다.

다만 초식은 같아도 변화가 다르다.

그 자신이 호언장담했던 이백팔십팔 개의 변초를 이용해 공격의 방식을 다르게 했다. 알고도 당할 수밖에 없게 만들었다는 뜻이다.

그러나 청죽봉은 허무하게 공중을 가로질렀다. 놀라운 변화에도 불구하고 엽자건의 몸을 지나쳐 버리고 말았다. 금강부동보의 부동무상이 펼쳐진 까닭이다.

"좋구나!"

철담협개의 입에서 칭찬의 말이 터져 나왔다.

보종과 싸운 그가 금강부동보를 모를 리 만무하다. 다만 그는 엽자건의 나이 어림을 다소 얕잡아보고 있었다. 금강부동보란 게 그리 쉽사리 익힐 수 있는 절기가 아니지 않는가!

그 순간 엽자건의 신형이 철담협개의 머리 위로 떠올랐다.

역습!

철담협개의 천령개로 엽자건의 철각이 맹렬하게 떨어져 내렸다.

항마연환신퇴의 태산이라도 쪼갤 듯한 일격!

철담협개에겐 그저 어깨를 한차례 흔들어 보이는 정도로 족했다.

그것만으로 엽자건의 회심의 일격을 무위로 돌렸다.

더불어 다시 움직인 청죽봉이 엽자건의 오금으로 파고들었다. 가벼워 보이는 동작과 달리 웬만한 통나무의 밑동 정도는 간단히 박살내 버릴 정도의 위력이 담겨 있다.

'망할!'

엽자건의 입이 절로 벌어졌다. 공중에서는 금강부동보를 펼칠 재간이 없다. 연대구품이나 운룡대팔식 같은 경공은 그저 이름만 들어봤을 따름이다.

그렇다면 어쩔 수 없다.

따다닥!

순간 엽자건의 손에 세 개의 단봉이 쥐어졌다. 그리고 그대로 하나로 결합되며 무찔러 오는 청죽봉을 막아냈다. 삼절마곤을 기어이 빼든 거다.

그러고도 부족했다.

천근추(千斤墜)와 함께 바닥에 떨어져 내린 엽자건은 맹렬하게 굴러야만 했다. 어설프게 빼든 삼절마곤으론 타구봉의 변화를 끝내 모두 막아낼 수 없었기 때문이다.

그렇게 삽시간에 먼지투성이가 된 엽자건이 신형을 일으켜 세웠을 때다.

그의 앞에 다시 지긋지긋한 청죽봉이 다가들었다.

세 번째 봉타쌍견!

여전히 전혀 다른 변화를 함유하고 있다. 엽자건으로선 기가 막히다 못해 팔짝 뛸 노릇이었다. 천하에 이렇게 변초가 극심하고 너저분한 무공이 있으리란 생각조차 해본 적이 없는 까닭이다.

그러나 소림곤의 일타일게는 본래 우직함으로 능히 다변(多變)을 제압할 수 있다.

엽자건은 앞의 두 번과 달리 봉타쌍견의 변화에 시선을 빼앗기지 않고 삼절마곤을 곧바로 내리꽂았다. 일시 끌어 모은 역근내경의 힘을 모조리 쏟아낸 거다.

우릉!

곤과 봉이 처음으로 맞부딪쳤다. 그런데 어째서 뇌성벽력과도 같은 소리가 터져 나오는가!

흔들!

엽자건이 몸을 한차례 휘청거리곤 천천히 세 걸음 정도 물러섰다. 철담협개가 펼친 봉타쌍견에 담겨져 있던 여력을 그런 식으로 해소한 것이다.

반면 철담협개는 수중의 청죽봉을 아무렇게나 내려뜨리고 있었다. 더 이상 공격할 생각이 없는 듯하다.

"헐! 내 타구봉법을 그런 식으로 막아낼 생각을 할 줄이야! 정말 파계승이 대단한 놈을 키워냈지 않은가!"

"그럼 간 보시는 건 이걸로 끝내신 겁니까?"

"간을 봐?"

"그 개막대기로 갑자기 후려 패려고 하셨던 거요! 제 얘기를 들어보기 전에 자격이 있는지를 확인해 보려 하셨던 거 아닙니까? 그러니 이젠 말씀해 주십시오! 어째서 사부님이 소림사로 돌아가는 걸 막으러 오셨는지를요!"

"……."

철담협개의 노안이 슬쩍 굳어졌다. 엽자건이 무공뿐 아니라 심기 역시 만만치 않다는 생각이 든 까닭이다.

'역시!'

엽자건의 눈이 빛을 발했다. 철담협개의 태도를 보고 자신이 넘겨짚은 게 옳았음을 확인한 거다.

그때 불현듯 한켠에 물러서 있던 보종이 철담협개에게 질문을 던졌다.

"노개야, 정말 그런 것이냐? 내가 소림사에 가는 걸 막기 위해서 찾아온 게 사실인 게야?"

"나는 그냥 부탁을 받았을 뿐이라구."

"누구의 부탁?"

"흥! 어리석은 파계승아! 소림사에서 나한테 그런 부탁을 할 사람이 누가 있겠느냐?"

"설마 장문 사숙께서……."

"그 설마다! 파계승 너는 잘 모르겠다만, 근래 소림사에서는 많은 일이 일어났다. 아주 많은 일이."

"……."

보종이 안색을 딱딱하게 굳힌 채 입을 다물었다. 철담협개의 말을 들은 후 뇌리를 스쳐 간 몇 가지 가능성에 당혹스러움을 감출 수 없었기 때문이다.

*   *   *

보종이 파문당할 당시.

천 년의 전통을 자랑하던 소림사는 역사상 유래가 없는 내홍을 겪고 있었다. 권종(拳宗)과 곤종(棍宗)의 양대 파벌로 나뉜 채 진통을 거듭했던 거다.

이는 모두 곤왕 유대유의 방문으로 인해 벌어진 일이었다.

천하공부출소림(天下功夫出少林)의 자부심!

그 중심에는 당나라 시절부터 천하에 유명했던 소림곤의

전설적인 명성이 자리 잡고 있었다. 칠십이 종이나 되는 절예 중 어느 하나 버릴 것이 없으나 절전된 오호란에서 파생된 곤 법을 뛰어넘을 만한 것은 존재하지 않았다.

그런 소림곤이 유대유에게 철저하게 부인당했다.

후폭풍이 없었을 리 만무하다.

종경과 보종이 유대유의 뒤를 따라 전장에 참전한 사이 당 대 장문 방장인 불성 종아 선사를 중심으로 쇄신안이 대두되 었다. 더 이상 절전된 곤법 오호란에 얽매이지 말고 신공과 외가권법에 치중하여 제자들을 키우자는 주장이 힘을 얻은 거다.

당연히 유대유의 가르침을 받고 돌아온 종경과 보종이 권 종을 주창한 종아 선사에겐 마뜩치 않을 수밖에 없었다. 자칫 잘못하면 달마(達摩)와 혜가(慧可)로부터 이어진 소림 무공의 전통이 당대에 완전히 흐려져 버릴 수도 있었기 때문이다.

은근한 압박과 견제!

그 속에서 종경은 순응을 택했고, 보종은 격렬히 반발했다.

그 결과 보종은 결국 종경의 만류를 뿌리치고 절전된 오호 란을 되살리겠다며 소림사를 뛰쳐나왔다. 항렬을 뛰어넘는 형제나 다름없던 종경을 홀로 남겨둔 채로.

          *   *   *

잠시의 고심.

내심 한숨을 내쉰 보종이 다시 조심스레 질문했다.

"노개야, 종경 사숙에게 혹 문제가 생긴 건 아닐 테지?"

"소림사에 어떤 간 큰 자가 있어 항마불장(降魔佛杖) 종경 대사의 안위를 위협할 수 있겠느냐? 오히려 애가 닳은 사람은 종아 선사인 게지."

"장문 사숙께서 어째서?"

"얼마 후에 포달랍궁에서 사람이 오는데, 종경 대사가 휘하의 십팔나한과 함께 나한당에 틀어박혀서 나올 생각을 하지 않거든. 하긴 사 년 전에 소림사를 떠났다가 돌아온 후 어찌 된 영문인지 종아 선사한테 엄청나게 핍박을 당했다지? 마음속에 맺힌 게 많기도 할 것이야. 하지만 포달랍궁의 라마들이 천하 불문의 으뜸을 가리자며 오는데 나서지 않는다는 건 지나치게 옹졸한 행동이잖아!"

"……."

보종의 안색이 더욱 딱딱해졌다.

그는 안다.

사 년 전 소림사를 나선 종경과 십팔나한이 자신을 일부러 놔준 탓에 종아 선사에게 꼬투리를 잡혔다는 것을.

'하지만 이상하구나! 종경 사숙은 항상 겸허하고 자신을 낮추는 성품이었거늘, 어찌 나한당에 틀어박혀 나오지 않는단 말인가!'

내심 염두를 굴리느라 침묵에 빠진 보종을 향해 철담협개가 진지한 기색으로 말했다.

"그러니 일문지주인 종아 선사가 어찌 지금 같은 때에 파계승과 같은 불안 요소를 소림사 경내에 들이고 싶겠느냐? 소림사에 복귀하기엔 때가 좋지 않으니 잠시 자리를 피하는 편이 좋을 것이야!"

"그건 안 됩니다!"

"엥?"

갑자기 소리를 지르고 나선 엽자건을 철담협개가 황당한 표정으로 바라봤다.

무림의 후대를 책임질 동량!

철담협개가 엽자건과 몇 초식을 나눈 후 가진 생각이었다. 내심 자신이 키운 후개 후보들보다 낫다고 여겨져서 입맛이 쓸 정도였다. 또다시 보종에게 패했다는 자괴감을 어찌할 수 없었기 때문이다.

하지만 엽자건에 대한 평가는 딱 거기까지였다. 무림의 대선배인 자신과 보종의 대화에 두 번씩이나 끼어드는 건 용납키가 쉽지 않았다.

'요런 건방진 놈을 봤나! 내 귀엽게 여겨서 나중에 장법이라도 몇 초식 전수해 주려 했거늘……'

못마땅함을 얼굴에 노골적으로 드러낸 철담협개가 내심 끌탕을 치고 있을 때였다.

그에게 바짝 다가선 엽자건이 여전히 얼굴을 가리고 있는 방립 사이로 눈을 빛내며 말했다.

"방주님, 사부님께서는 반드시 지금 당장 소림사로 가셔야만 합니다! 부디 사부님과 후배의 앞을 더 이상 가로막지 말아주십시오!"

"이유를 듣고 싶은데?"

"죄송하지만, 그건 말씀드릴 수 없습니다."

"헐! 결국 권주는 피하고 벌주를 마시겠다는 말이로구나! 파계승도 그리 생각하는 것이냐?"

보종이 고개를 가로저었다.

"어린아이의 말에 어찌 발끈하는 겐가? 노개의 권주를 내 기꺼이 받아 마시도록 하겠네."

"사부님!"

"자건아, 됐다. 사 년을 기다렸는데, 다시 몇 개월을 참지 못할 것도 없느니라."

"사부님, 하지만……."

"에잉! 인석, 됐다지 않느냐! 계속 이 사부의 말을 듣지 않아서 화를 돋울 작정이더냐!"

"…아닙니다."

엽자건의 목소리가 크게 줄어들었다. 방립 역시 슬며시 밑을 향하고 있다. 보종이 화를 내다가 독상이 재발할 것이 걱정된 까닭이다.

그때다.

묵묵히 보종과 엽자건, 사제지간의 대화를 지켜보고 있던 철담협개가 갑자기 수중의 청죽봉을 휘둘러왔다.

천하무구(天下無狗)!

뜻하는바 그대로 하늘 아래 한 마리의 개도 존재하지 않는다는 타구봉법의 최절초였다. 최극에 이르면 무려 이백여든 여덟 마리의 개라도 모조리 죽일 수 있는 놀라운 변화가 일시 보종과 엽자건을 동시에 덮쳐왔다.

엽자건은 눈이 어지러운 가운데서도 재빨리 혼란을 떨치고 사부 보종을 몸으로 덮쳐갔다. 그 외엔 도저히 철담협개의 느닷없는 일격을 막아낼 방법을 찾을 수 없었기 때문이다.

그러나 철담협개가 좀 더 빨랐다.

그는 어느새 엽자건보다 먼저 보종을 낚아채서 완맥을 제압하고 있었다.

아니다.

그것만으론 설명이 불충분하다.

그는 그에 더해 보종의 완맥을 통해 자신의 웅후한 강룡장 내력을 재빨리 불어넣었다. 그러기 위해서 불시에 타구봉법의 최고 절초인 천하무구를 펼쳐 엽자건을 떼어내고 보종의 시야를 어지럽힌 거다.

더불어 다시 엽자건을 향해 내친 웅혼한 일장(一掌)!

타구봉법과 더불어 개방을 대표하는 절학인 강룡장이 미

친 듯 삼절마곤을 휘두르며 달려들던 엽자건을 밀어냈다. 아니, 그러려고 했다.

흔들!

엽자건은 언제나와 마찬가지로 강룡장의 일격에 별다른 피해를 입지 않았다.

그저 한차례 몸에 진동을 느낀 게 다였다.

물론 아주 영향을 받지 않은 건 아니었다. 일시 급격하게 달아올랐던 머리가 다소 식었다.

'사부님을 공격하려 한 게 아니로구나! 그렇다면 치료를 해주시려는 건가?'

엽자건의 판단대로다.

보종의 완맥을 제압한 채 내부를 관조한 철담협개는 내심 크게 놀랐다. 정체를 알 수 없는 독기에 오장육부가 크게 상하고 기경팔맥 역시 잔뜩 오염되었음을 알아냈기 때문이다.

'헐! 어찌 이런 몸을 해가지고 여태까지 살아 있을 수 있단 말인고! 더군다나 방금 전에 펼쳤던 경공이나 기도의 발산은 또 어떻게 된 영문이고?'

내심 혀를 찬 철담협개는 보종의 몸속에 부지런히 자신의 내력을 불어넣으며 엽자건을 힐끔 바라봤다. 나름대로 강룡장의 위력을 조절하긴 했으나 의외로 잘 버텼다는 생각이 든다. 상황 판단 역시 빠르고.

그렇게 대략 두 시진가량이 지나갔을까?

처음 시작할 때와 달리 아예 엽자건에게 호법을 맡긴 채 보종의 치료에 매달려 있던 철담협개가 갑자기 벼락을 맞은 듯 전신을 떨어 보였다.

부르르!

그와 함께 보종에게서 떨어져 나온 철담협개의 안색은 어느새 시커멓게 변색되어 있었다. 보종의 몸속에 자리 잡은 마령귀사의 독기를 억지로 배출시키려다 오히려 그 자신이 공격을 당해 버리고 만 까닭이다.

그러나 철담협개의 강룡장 내공은 무림 전체를 통틀어도 열 손가락 안에 들 정도로 고강했다. 비록 마령귀사의 독이 지독하다곤 하나 보종의 몸속에서 그동안 기운이 크게 쇠한 터라 그에게까지 맹위를 떨칠 순 없었다.

"우웩!"

잠시 눈을 감고 운기조식을 한 끝에 철담협개가 입에서 검은 핏덩이를 토해냈다. 몸속에 침투한 독기를 모아서 몸 밖으로 배출해 낸 거다.

곁에서 충실히 호법을 서고 있던 엽자건이 얼른 피독주를 꺼내 들고 다가왔다. 사부 보종을 위해 기꺼이 내력을 소모해 준 철담협개에 대한 보답이었다.

"방주님, 이걸 사용하십시오!"

"피독주?"

철담협개는 엽자건이 건넨 피독주를 보고 내심 고개를 끄덕였다. 보종이 자신조차 어찌해 볼 수 없는 극독에 중독되고서도 아직까지 생존해 있는 이유 중 하나를 발견했다는 판단이었다.

어찌 됐든 지독한 극독에 노출된 터다.

피독주를 쓰라고 주는데 절대로 사양할 필요는 없다.

그는 얼른 피독주에 내공을 운기해서 그 기운을 몸속으로 빨아들였다. 잠시 시간이 더 필요할 것 같다.

거기까지 살핀 엽자건은 철담협개처럼 몇 차례나 독혈을 토해내곤 운기조식에 들어간 보종에게 다가갔다. 기대감을 품고서 그의 한결 편안해진 안색을 들여다보는 것이었다.

'철담협개 방주님의 타구봉법은 정말 대단했다. 사부님께 미리 공부하는 자세를 취하란 말을 듣지 않았다면 아주 오랜만에 죽기 살기로 달려들 뻔했어. 그나저나 그 대단한 내공으로 독상 치료를 받았으니 좀 나아지시려나?'

철담협개가 등장하고 얼마 지나지 않았을 때였다.

보종은 전음을 사용해 엽자건에게 철담협개에 대한 간단한 설명과 함께 무조건 타구봉법에 집중할 것을 명했다. 소림곤과 더불어 쌍벽을 이루는 타구봉법의 원리와 진수를 엽자건이 몸으로 직접 느끼게끔 해주려는 배려였다.

덕분에 엽자건은 몇 차례나 철담협개의 청죽봉에 얻어맞았는데, 그 속에 담겼던 기오막측한 변화 중 상당수를 이미 머릿속에 담아둔 상태였다.

물론 엽자건이 지금 가장 신경 쓰는 건 보종의 독상이었다.

승천검군 남궁황을 능가하는 철담협개의 강룡장 내력이 보종의 독상 회복에 조금이나마 도움이 되었기를 기대하고 있었다. 간절하게.

그때 철담협개와 보종이 거의 동시에 운기조식을 끝마치고 눈을 떴다. 어느새 평상시의 안색을 되찾은 철담협개와 입가에 쓴웃음을 매달고 있는 보종.

엽자건은 그리 어렵지 않게 결과를 알 수 있었다.

'제기랄!'

내심 욕설을 터뜨리는 엽자건의 귓전으로 예의 타종성이 들려왔다. 어느새 저녁 예불 시간이 된 거다. 곧 소실봉 전체로 어둠이 밀려올 터였다.

데엥! 데엥!

보종이 평상시와 하등 다름이 없이 웃는 낯으로 엽자건에게 말했다.

"자건아, 야영을 준비하거라! 오늘은 이미 시간이 늦었으니 오랜만에 만난 노개와 밤새 담소나 나눠야겠구나!"

"예."

엽자건이 사부 보종의 속셈을 모를 리 만무하다. 얼른 대답한 그가 주변을 바삐 뛰어다니기 시작했다. 마른 나무를 줍고, 노숙할 적당한 자리를 찾기 위함이었다.

    *   *   *

타닥! 탁!

기민하게 움직인 엽자건에 의해 만들어진 야영지에는 적절할 정도의 모닥불이 활활 타오르고 있었다.

그 위.

적당한 길이의 나무에 꼬치 꿰인 꿩 두 마리와 건량이 구수한 내음을 한껏 뿜어내고 있었다. 세 사람이 먹기엔 그리 부족하지 않은 한 끼의 식사가 마련된 것이다.

엽자건이 나뭇가지로 노릇노릇해진 꿩의 겉면을 몇 차례 찔러보곤 얼른 하나를 철담협개에게 공손하게 바쳤다. 그에게 얻어낼 게 많은 만큼 평소의 건방진 기색은 아예 찾아볼 수조차 없었다.

'그놈, 정말 잘생겼네. 천생의 무골인데다 저리 잘생겼으니 도화살이 아예 하늘 끝까지 뻗치지 않았겠는가?'

철담협개는 개방 출신들이 대개 그러하듯 잡학에도 꽤나 관심이 많았는데, 성복학의 조예는 상당히 깊은 편이었다. 즉, 사람의 관상에 꽤나 관심이 많았다.

"너, 여태까지 여자랑 엮인 적 많지?"

"아직 숫총각입니다."

"정말?"

"제가 어찌 감히 방주님께 거짓을 고할 수 있겠습니까? 어렸을 때부터 사부님을 따르느라 무공 수련에 용맹 정진하는 것만도 바빴습니다."

"하긴!"

철담협개가 크게 고개를 끄덕여 보였다. 엽자건의 말이 꽤나 타당하단 생각인 든 까닭이다. 그러자 자연스레 욕심이 불쑥 고개를 든다.

'이놈이 파계승의 제자이긴 하지만 아직 정식으로 소림사에 입문한 건 아니고, 중도 아니렷다!'

철담협개의 뇌리에 떠오른 건 다름 아닌 가장 강력한 후개 후보인 자신의 손녀딸이었다.

방년 열아홉!

아직 정해진 혼처가 없다. 어려서부터 무공 연마만 좋아한데다 부모를 일찍 여의고 조부인 철담협개의 손에서 키워져서 주변에 추레한 거지들만 득시글거린 탓이 크다.

"일타(一打)가 만타(萬打)이고 또한 만변(萬變)인 법! 봉을 휘두름에 있어 결코 변화에 휘둘리지 말고, 오직 상대만이 변화에 정신을 잃도록 해야 할 것이다!"

'이건!'

엽자건의 눈에 이채가 스쳐 갔다.

느닷없이 철담협개에게서 흘러나온 경구가 꽤나 심오하여 마음을 크게 움직였기 때문이다.

그때를 놓치지 않고 철담협개가 은근한 목소리로 말했다.

"뒷구절은 더 굉장한데… 아쉽구나! 아쉬워!"

"예?"

"타구봉법의 구결은 오로지 개방 방주에게만 전해지니, 여기까지가 자네에게 허락된 인연일 터인즉!"

"……."

엽자건의 얼굴에서 진한 아쉬움이 번져 나왔다.

곤과 봉.

하나이되 천이나 만처럼 다를 수 있었다.

특히 소림곤과 개방의 타구봉법같이 전혀 다른 원리로 극에 이른 절기를 동시에 연마한다는 건 광세기연이나 다름없었다. 둘이 합쳐져서 어떤 굉장한 폭발력이 발휘될지 짐작조차 쉬이 허락되지 않을 법하다.

그때 모닥불 앞에 쭈그려 앉아 꾸벅거리며 졸고 있던 보종이 불쑥 목청을 높였다.

"자건아, 나뭇가지 다 떨어져 간다! 냉큼 가서 더 주워오지 않고 뭐하느냐!"

"예? 하지만 이만하면 밤을 지새우기에 충분한데……."

"어허!"

보종이 짐짓 언성을 높이자 엽자건이 콧잔등을 찡그리면서도 얼른 고개를 숙여 보였다.

필요한 게 나뭇가지가 아님을 짐작한 거다.

'쳇! 그래도 잘만 하면 타구봉법의 진결 중 일부나마 얻어

들을 수 있을지도 모르는데……'

불만을 내심 깊숙한 곳에 묻어둔 채 엽자건이 모닥불 주변을 떠나갔다. 보종이 철담협개와 자신 몰래 나눌 말을 짐작조차 하지 못한 채였다.

주(註)

*천하공부출소림:천하의 모든 무공이 소림에서 나왔다란 뜻. 중원무림 중에 소림사의 위치를 짐작게 하는 말이다.

*달마:중국 선종(禪宗)의 창시자. 범어(梵語)로는 보디다르마이며 보리달마(菩提達磨)로 음사(音寫)하는데, 달마는 그 약칭이다. 남인도(일철에는 페르시아) 향지국(香至國)의 셋째 왕자로, 후에 대승불교의 승려가 되어 선(禪)에 통달하였다. 520년경 중국에 들어와 북위(北魏)의 낙양(洛陽)에 이르러 동쪽의 숭산(嵩山) 소림사(少林寺)에서 9년간 면벽좌선(面壁坐禪)하고 나서, 사람의 마음은 본래 청정하다는 이(理)를 깨달아야 한다고 주장하고, 이 선법(禪法)을 제자 혜가(慧可)에게 전수하였다.

第十四章

수구초심(首邱初心)

少林
棍王
소림곤왕

역근경을 먼저 수련한 후 세수경을 참오하라!
그렇지 않고선 결코 그 고심한 경지를 이해할 수 없으리니……

보종은 잠시 동안 터덜거리며 멀어져 가는 엽자건을 눈으로 배웅하였다.

자신이 직접 가르친 제자다.

오감의 감각이 지독히도 뛰어난데다 머리까지 비상하니, 일단 멀리 치워놓아야만 안심이 되었다. 철담협개와 협상을 하기 전에 말이다.

그렇게 다시 시간이 조금 더 지나 엽자건의 모습이 완전히 사라져 버리자 보종의 시선이 철담협개를 향했다. 어느새 절반쯤으로 가늘어진 두 눈이 매섭기 이를 데 없다.

"이 게걸스런 노개야! 어째서 남의 제자한테 눈독을 들이려 하는 것이냐?"

"파계승아, 누가 눈독을 들였다는 것이냐!"

"아니면? 어째서 느닷없이 같잖지도 않은 타구봉법의 구결 따위를 중얼거리는 게냐? 곤왕 유노사에게 도전조차 하지 못하는 새가슴 주제에!"

"누가 도전조차 못해!"

버럭 노성을 터뜨리며 철담협개가 자리를 박차고 일어섰다. 그러나 곧 기세가 크게 한풀 꺾인다.

"…내 타구봉법을 완성한 후 가장 먼저 그를 찾아갔었다!"

"그리고 깨지고 왔구먼?"

"곤왕은 사람이 아니라 무신(武神)이야, 무신!"

"내 익히 알고 있지."

"그런데도 그런 말이 주둥이에서 튀어나오느냐?"

"그래서 제안을 하고 싶은 것이다."

철담협개의 눈에 신광이 어렸다.

"제안?"

"그래, 제안이다. 노개야, 소림 야차곤과 개방의 타구봉법을 결합하여 곤왕 유노사의 무상곤에 다시 한 번 도전해 보고 싶지 않으냐?"

철담협개의 눈에서 빛이 사라졌다.

코끝을 한차례 찡그려 보인 그가 다시 자리에 앉았다. 시큰 둥한 목소리가 뒤를 잇는다.

"소림사의 전설인 오호란을 되살리겠다던 생각은 이젠 포기한 모양이지?"

"나로선 역부족이었던 게지."

"그래서 개방의 타구봉법의 도움을 받고 싶으시다?"

"절차탁마란 좋은 말이 있는 것 같은데?"

"그런 건 내 모르겠고. 나한테 손녀가 한 명 있는데, 아직 짝을 구하지 못했거든."

"두주불사(斗酒不辭) 이가흔이란 아이가 개방의 후개 후보 중 으뜸이란 말은 들었다."

"누가 두주불사야! 개방옥녀(丐幇玉女)라구, 개방옥녀!"

"그거야 노개가 함께 있을 때 기분을 맞추기 위해서 주변에서 하는 말이고. 그래서 내 제자를 손녀사윗감으로 점찍은 건가?"

"고것이 좀 사내 얼굴을 밝히거든."

"흐음."

보종이 손가락으로 턱을 더듬었다.

제자 엽자건에게 미래 개방 방주 부인이 생긴다는 건 그리 나쁘지 않은 일이었다. 덤으로 타구봉법의 심득까지 함께 얻는다면 말이다.

'하지만 너무 조건이 좋아! 이 노개 녀석에게 딴 꿍꿍이가 있는 게 틀림없으렸다!'

내심 철담협개에게 강한 불신을 표시한 보종이 턱에서 손가락을 떼어내곤 고개를 가로저었다.

"제자를 팔아먹는 건 역시 안 되겠어."

"거절이냐?"

"뭐, 그런 건 아니고. 제자 녀석한테 네 손녀를 만나보라고 명령하는 정도로 타협을 보자구. 대신에 타구봉법의 구결은 특별히 전수해 주지 않는 걸로 하고 말야. 어때?"

"형과 식은 필요없고, 단지 의(意)만 알려달라는 거로군?"

"그 정도면 충분하지 않겠나? 그 녀석의 곤법에 날개를 달아주는 데는 말야."

"타구봉법의 원리를 아는 것만으로도 분명 도움이 되긴 할 테지. 하지만 형과 식을 모르면 어차피 타구봉법 자체의 위력을 낼 수는 없을 텐데 괜찮겠나?"

"다시 말하지. 내 제자를 팔아먹고 싶진 않아. 그것도 비럭질해 먹으며 살아가는 개방엔 말야."

"……"

철담협개가 입을 다문 채 보종을 슬쩍 노려봤다. 자신의 속셈을 대번에 눈치챈 것이 못마땅했던 것이다.

'흥! 그래 봤자 파계승. 네 제자 녀석은 이미 내 손아귀에 들어온 거나 다름없다! 가흔이 고것이 성질이 좀 지나치게 호탕해서 그렇지, 얼굴이나 몸매는 가히 천하절색이란 말씀이야. 그러니 어찌 어릴 때부터 파계승 사부를 쫓아다니느라 아직까지 총각딱지도 떼지 못한 녀석을 홀리지 못하겠느냐!'

착각이다.

엽자건은 오히려 여자에게 절대 쉽사리 넘어가지 않는 사람이었다. 강북제일미녀인 남궁수를 앞에 두고서도 부동심을 지킬 수 있었을 정도인 것이다.

반면 보종은 엽자건에 대해 잘 안다.

'이번에 노개에게 타구봉법의 진의만 알아놓고, 나중에 구결이나 형식(形式)은 자건이 녀석이 미남계를 펼치게 하면 되지 싶구나!'

보종이 철담협개를 향해 비죽이 웃어 보였다. 웃는 얼굴에 침 못 뱉게끔 만든 거다.

결국 철담협개가 눈에서 힘을 풀었다. 다소 맥 빠진 질문이 뒤따른다.

"제자 문제는 그걸로 됐고. 내일 날이 밝는 대로 파계승은 나와 함께 소림사로 가세나."

"장문 사숙님의 부탁을 받았다고 하지 않았나?"

"그때는 사람이 죽고 사는 일인지 몰랐지. 내 아무리 무식한 거지라 해도 수구초심(首邱初心)을 모르진 않네."

"수구초심이라……."

보종이 철담협개의 말을 받으며 얼굴 가득 씁쓸한 기색을 담았다.

피독주와 철담협개의 내공.

몸속의 독기를 해소하는 데 적지 않은 도움이 되었다. 적어도 몇 개월은 더 목숨을 연명할 수 있게 된 것이다.

그러나 단지 그뿐이었다.

보종의 몸속에 쌓여 있는 마령귀사의 독은 오랜 세월을 거쳐서 상상을 불허할 정도로 깊숙이 몸속에 자리 잡은 상태였다. 다소 발작을 늦출 수는 있어도 완전히 해소시킬 순 없었다. 만성독약과 같아진 거다.

*   *   *

'웅?'

야영지를 떠난 엽자건은 건성으로 마른 나무를 찾다가 눈에 이채를 발했다.

문득 귓가를 스쳐 간 바람 소리.

그 속에 기묘한 기척이 스며들어 있었다.

바람에 옷자락이 나부끼는 소리랄까?

팔랑거리는 소음이 귓전을 건들고 지나가자 불쑥 호기심이란 괴물이 고개를 들어 올렸다.

'이곳은 소림사. 경공이 빼어난 고수가 떼로 몰려 있다 해도 그다지 이상할 건 없지. 하지만 이 야심한 밤중에 굳이 떼로 몰려다닐 까닭이 있을까?'

공명정대(公明正大)!

소림사를 필두로 하는 정파의 구대문파를 거론할 때 세인들에게 가장 먼저 언급되곤 하는 말이었다.

사부 보종은 전장을 돌아다니며 항상 덧붙이길 '헛소리!' 라 했으나 엽자건의 뇌리 속엔 꽤나 깊숙이 각인되어져 있었다. 잡극 공연을 하던 중 항상 영웅호걸들의 멋진 모습을 연기했던지라 어느 정도 동경심을 품을 수밖에 없었다.

소림사에 대해서도 마찬가지다.

그는 전장과 싸움터를 전전하며 경험했던 온갖 더럽고 추잡한 짓거리들과 소림사를 결부 짓고 싶지 않았다. 일종의 보상 심리라 할 수 있었다.

잠시 더 감각을 활성화시켜 바람 속에 깃든 잡소리에 집중한 엽자건의 시선이 떠나온 야영지 쪽을 향했다. 사부 보종을 꽤나 오랫동안 철담협개와 놔둬도 될는지를 타진해 보기 위함이었다.

결과는 '괜찮다!' 였다.

철담협개는 무림의 최절정에 군림하는 대고수였고, 노련한 노강호였다. 보종을 맡기기에 더할 나위 없는 적임자임을 의심할 여지가 없었다.

'게다가 저들이 향하는 방향은 소림사 쪽이 분명해! 명색이 소림사의 무공을 익힌 처지에 그냥 지나칠 순 없다구!'

내심 호기심 충족에 대한 자기 합리화를 끝낸 엽자건이 활성화된 감각이 가리키는 방향을 향해 얼른 신형을 날렸다.

금강부동보.

그중에서도 은밀함과 빠르기로는 소림사 신법 중 최고라할 수 있는 부풍무영(浮風無影)을 펼친 것이었다.

스스스스!

부풍무영은 부유하는 바람이 그림자조차 남기지 않듯 빠르다. 그런 속도로 한참 소실봉을 달리자니 눈앞에 웅대한 크기의 고찰이 모습을 드러냈다.

소림사.

붉은색 담장이 끝을 알 수 없을 만큼 펼쳐져 있고, 병풍처럼 작은 산봉들을 배후에 뒀다.

어둠 속에서도 역시 붉은색 주사로 칠해진 대문 위의 현판에 당당하게 쓰여 있는 세 개의 글자를 읽은 엽자건의 눈매가가늘어졌다.

극한까지 활성화된 감각.

분명 얼마 전까지 이쪽 방면으로 향하고 있는 상당한 숫자의 움직임을 확인시켜 주고 있었다.

'그런데 감쪽같이 사라졌네? 설마 내가 뒤를 쫓는 걸 눈치챈 건가?'

부풍무영의 은밀함을 생각하면 상상키 어려운 일이다.

하지만 엽자건은 오늘 낮 철담협개 같은 대고수를 만난 바있었다. 느닷없이 아무도 없던 소로에 나타나 상상조차 할 수없었던 무위를 선보인 그를 말이다.

게다가 이곳은 소림사다.

평상시와 같은 자신감을 계속 유지한다는 건 그리 현명한 판단은 아닐 터였다.

근데 바로 그때 밤의 고요 속에 머물러 있던 소림사 경내에서 화광이 충천해 올랐다. 감각을 극한까지 활성화시킨 채 이곳에 이른 엽자건이 상정했던 최악의 상황이 벌어지고 만 것이다.

벌컥!

어둠 속을 밝힌 불길과 함께 소림사의 대문이 활짝 열렸다.

그리고 우르르 몰려나오는 황포의 승려들!

손에 손에 장곤(長棍)과 방편산(方便鏟), 대도 등을 든 승려들이 단숨에 엽자건을 포위해 버렸다. 마치 은밀히 숨어서 기다리고라도 있었던 것같이 일사불란하고 빠른 포진이다. 소림사 경내에서 느닷없이 치솟아오른 불길과 전혀 관련이 없다곤 볼 수 없는 대응일 터였다.

포진한 황포 승려들 중에서 한 명의 장년승이 모습을 드러냈다. 유일하게 붉은색 가사를 걸쳤고, 한 손에는 염주가 걸려 있다.

"아미타불! 야심한 시각을 틈타 폐찰에 악도가 침노했구나! 계도를 받을 각오는 되었으렷다?"

'나는 계도를 하는 걸 좋아하지 받는 건 사양하고프다!'

내심 소리친 엽자건이 발끝으로 지축을 박차고 장년승을

향해 파고들었다.

부풍무영.

그림자조차 남기지 않는 쾌속한 움직임과 함께 엽자건의 손가락이 곧추세워졌다. 일시 방향을 가늠키 어려운 지력을 일으켜 장년승의 상반신 전체를 노린 것이다.

"일지선? 건방지다!"

장년승의 입에서 노한 대갈이 터져 나왔다. 더불어 일수합 장을 취하고 있던 그의 손바닥이 한차례 뒤집히자 일시 웅혼한 위력의 장력이 뿜어져 나왔다.

대력금강장(大力金剛掌)!

일지선공과 함께 칠십이종절학에 속하는 절정의 장법이 다. 장력에 담긴 위력으로만 보자면 개방의 강룡장과도 어깨를 견줄 수 있다.

그러나 애초 엽자건은 장년승과 정면으로 붙을 생각이 없었다.

스슥!

단숨에 일지선공을 와해시키며 밀려드는 대력금강장을 어깨너머로 스쳐 보낸 엽자건의 신형이 공중에서 한차례 튕겨져 올랐다.

이중 동작!

더불어 그의 발끝이 장년승의 팔뚝을 차며 다시 맹렬히 앞으로 뛰어올랐다. 애초부터 일지선공을 허초로 삼아 포진의

돌파를 시도한 것이다.

그 순간 장년승까지를 포진 속에 가두고 있던 황포승들이 움직였다. 애초부터 그런 식으로 오랫동안 훈련을 받아온지라 움직임에 전혀 머뭇거림이 없다.

'그렇지만 개개인의 무공 수준은 떨어지지!'

엽자건이 공중에서 반회전을 일으키며 맹렬하게 항마연환신퇴를 펼쳐 냈다.

퍼퍽!

방편산을 든 채 맹렬히 달려들던 두 명의 황포승이 항마연환신퇴에 깃든 내경을 감당치 못하고 바닥에 주저앉았다.

그럼 양쪽에서 횡으로 베어들던 두 개의 대도는?

방편산이 찌그러진 것과 거의 동시에 산산조각 박살나 버렸다.

더불어 가속된 부풍무영의 속도!

단숨에 네 명의 황포승을 뚫어버린 엽자건의 신형이 소림사의 경내로 사라졌다. 뒤로 물러서는 대신 앞으로 나아가는 걸 택한 것이다.

"허어!"

장년승 보경이 황망스런 표정을 지어 보였다.

그는 당당한 십팔나한 중 한 명으로 자신의 무위에 상당한 자부심을 가지고 있었다. 당장 무림에 출도한다 해도 변변찮은 적수를 찾지 못할 거라 내심 생각했다.

당연히 엽자건이 소림의 무공인 일지선공이나 항마연환신퇴를 사용하는 걸 보고 내심 비웃었다. 무림의 잡배가 감히 진수가 포함되지 않은 겉껍데기를 익혀서 어쭙잖은 재주를 부린다고 여긴 까닭이다.

그런데 이게 어찌 된 일인가!

보경이 우습게봤던 엽자건은 그의 특기인 대력금강장과 휘하 제자들의 포진을 간단히 뚫어버렸다. 마치 신출귀몰(神出鬼沒)하는 허깨비를 상대한 것처럼 말이다.

'으음! 처음부터 내 대력금강장을 맞상대하지 않을 작정을 하고 있었던 것인가……'

충분히 가능성이 있는 일이다.

삽시간에 포진을 뚫고 빠져나간 신법과 판단력을 생각한다면.

하지만 보경은 쉽사리 인정키가 어려웠다. 자신의 대력금강장을 앞에 두고 그같이 대담한 판단을 내릴 수 있는 자가 존재한다는 사실을.

고심에 빠져있는 보경에게 그의 수제자인 도진이 다가와 조심스레 말했다.

"사부님, 따라가 봐야 하지 않겠습니까?"

"아니다. 장문 방장께서 내게 이르기를 정문을 결코 떠나지 말라 하셨느니라! 어찌 명을 어길 수 있겠느냐? 경내로 들어선 이상 그자의 운명은 이미 결정된 것인즉, 동요치 말고 제자리를 지키도록 하거라!"

"예!"

도진이 복명과 함께 허리를 접어 보였다.

이곳은 소림사.

상명하복(上命下服)과 계율이 천하의 어떤 문파보다 엄격한 곳이었다.

*   *   *

화광.

삽시간에 모습을 드러내 소실봉의 야천을 환하게 물들이고 있다.

"저쪽은……."

자신 몫의 오리구이와 잘 구워진 건량을 삽시간에 해치우고 보종의 몫을 탐내던 철담협개의 눈이 번쩍 신광을 발했다.

화광이 치솟은 방향.

굳이 깊이 생각해 볼 것도 없다.

그때 그의 옆자리에 앉아 꾸벅거리며 졸고 있던 보종 역시 눈을 떴다. 뒤이어 흘러나오는 목소리에 긴장감이 진하게 흘러넘치고 있다.

"날 업게!"

"업어?"

철담협개가 황당한 기색을 던지자 보종이 고개를 끄덕여 보였다.

"자건이가 없으니 노개밖엔 없잖은가?"

"이곳에서 그냥 기다리는 방법도 있을 것 같네만?"

"소림사 천 년의 역사 동안 외적의 침입을 허용한 적은 단 한 번도 없었다네. 하지만 그때의 소림사는 하나였네. 둘로 나뉜 소림사가 만약 외적에 의해 유린된다면 중원무림의 앞날은 암운으로 가득할 것일세."

"그렇다고 독에 중독되어 죽어가는 파계승이 굳이 필요하진 않을 성싶네만?"

"자건이 녀석이 저 불길을 발견하지 못했을 리 없네. 그런데도 돌아오지 않고 있어. 만약 노개가 날 이곳에 혼자 내동댕이치고 간 걸 안다면 어찌 앞으로 좋은 관계를 유지할 수 있겠나?"

"협박인가?"

"그렇다고 해두지."

"……."

철담협개가 인상을 슬쩍 긁어 보이곤 얼른 자신의 등을 내보였다.

비죽!

보종이 입가에 특유의 미소를 지어 보이곤 냉큼 철담협개의 등에 올라탔다.

소림사에 일어난 변란!

마음속 한구석에 근심이 없다면 거짓말일 터였다. 하지만 그는 믿고 있었다. 사문 소림사의 천 년간 도도하게 이어져 내려온 미증유의 저력을.

그때 철담협개가 등에 업힌 보종의 무게를 가늠해 본 후 한 점 바람이 되어 공중으로 신형을 띄워 올렸다.

취팔선보.

개방의 비전 경공이 전력을 다해 펼쳐졌음은 물론이었다.

*   *   *

어쩌다 이렇게 된 것일까?

얼떨결에 소림사 경내에 뛰어든 엽자건은 한동안 정신없이 달렸다. 뒤는 절대 돌아보지 않았다.

어깨너머로 흘려보낸 보경의 대력금강장!

지독한 위력이었다. 차라리 몸으로 받아내길 잘못했다는 생각이 들 정도였다.

욱신거리며 쑤셔오는 오른쪽 어깨.

피륙이 스쳤을 뿐인데도 불구하고 통증이 뼛속 깊숙이까지 파고든다. 칠종진기의 절묘한 대치로 인해 완전무결하게 내부가 보호되고 있는 점을 지나치게 과신한 탓이다.

어찌 됐든 덕분에 엽자건은 쉽사리 정문의 포진을 벗어났
다. 자칫 좋은 일을 하러 나섰다가 벼락을 맞는 꼴이 될 뻔한
상황을 면한 것이다.

그래도 짜증이 천불처럼 치솟는다.

'도대체 어떤 개자식들이 소림사에 불을 지른 거야! 그러
다가 세수경(洗髓經)이 있는 장경각(藏經閣)이 불타기라도 하
면 어쩌려고!'

세수경.

역근경과 함께 소림사 무학의 근본을 이루는 양대 보경 중
하나이다. 달마 대사는 유명한 구년면벽 끝에 남긴 역근경을
먼저 수련한 후 세수경을 참오하라 했는데, 그렇지 않고선 결
코 그 고심한 경지를 이해할 수 없기 때문이었다.

그래서인가?

천하 무림인들은 역근경의 존재는 알아도 세수경에 대해
선 아는 바가 드물었다. 소림사 천 년의 역사 동안 종종 역근
경을 완성한 절대고수가 등장했으나 결코 세수경에 대한 언
급은 없었던 게 원인이다.

결국 세수경의 존재는 소림사에서도 전설이 되었다.

존재하되 완성한 자가 없는 환상의 신공이자 궁극의 비기
로 소림사 제자들 사이에서만 회자되었다.

하지만 이에 대한 보종의 의견은 조금 달랐다.

그 역시 역근경의 고심한 경지를 정리해 놓은 역근주해를

공부한 만큼 세수경에 관심이 가지 않았을 리 없다. 그래서 소림사의 역대 전적을 참오한 끝에 한 가지 결론을 내렸다.

해탈(解脫)!

역근경을 완성했다는 자체가 이미 득도에 가까운 깊은 깨달음을 얻었다는 뜻이다.

다시 세수경을 참오했다 한들 천하로 뛰쳐나와 이를 자랑할 까닭이 없었다. 하물며 불법을 깊이 참오한 소림사의 제자라면 더더욱 그러할 터였다.

그러니 보종이 엽자건에게 세수경을 언급한 건 어디까지나 푸념에 가까웠다. 지나가는 말로 역근주해의 내공이 칠종진기에 막혀 진보를 멈췄으니, 장경각에서 세수경이라도 가져다줘야겠다고 넋두리한 것이다.

엽자건은 그리 생각하지 않았다.

그날 이후 심중 깊숙한 곳에 세수경의 존재를 각인하고 있었다. 소림사에 가면 반드시 얻어야 할 심득이라 굳게 마음먹고 있었다.

내심 상념과 함께 버럭 노성을 터뜨린 엽자건이 불길이 치솟고 있는 방향을 눈으로 가늠했다. 일단 장경각이 안전한지부터 파악하고 보자는 심산이었다.

그때 엽자건의 시야로 오밀조밀하니 모여 있는 불전 주변에서 뛰쳐나온 십여 명의 소사미가 들어왔다. 우왕좌왕하는 모습들이 꽤나 귀엽다.

아직 정식으로 계조차 받지 못한 까까머리들.

소림사에서 가장 낮은 지위라 할 수 있는 공(空) 자 항렬이다. 젖비린내도 채 가시지 않은 녀석들인 거다.

'잘됐다!'

엽자건은 내심 눈을 빛내곤 얼른 신형을 날려 소사미 중 한 녀석의 앞에 떨어져 내렸다. 어느새 얼굴을 가리고 있던 방립은 뒤로 홀떡 젖혀진 상태다.

"아미타불! 본시 생사일여(生死一如)인 것을. 어찌 자랑스러운 소림의 제자들이 이리 안절부절못하고 있는 것이오?"

"아, 아미타불!"

조그만 키에 귀여운 인상의 소사미가 엽자건의 일수합장을 황급히 맞받으며 눈을 동그랗게 떴다. 한 번도 본 적이 없는 장발의 미청년이 기가 막히게 멋진 신법으로 날아와 꾸짖자 내심 크게 당황한 것이다.

엽자건이 이를 놓칠 리 만무하다.

"작은 스님, 법명이 어찌 되지?"

"소, 소승은 공지라 합니다. 시, 시주님은……."

"나는 소림사의 속가제자인 엽자건. 오늘 밤 소림사의 천 년 역사에 닥친 전대미문의 대참사를 막기 위해 불원천리(不遠千里) 달려온 것이야!"

"아아!"

공지의 두 눈이 초롱초롱하니 빛을 발했다. 얼굴 역시 당황감을 지우고 환하게 밝아진다.

그럴 수밖에 없다.

엽자건은 일시 자주 연기하던 영웅호걸과 같은 태도와 말투를 사용했다. 평시엔 거의 사용하지 않는 거창한 모습이나 순진한 소사미인 공지에겐 무척 살갑게 느껴졌다. 일시 엽자건을 대협객이자 영웅호걸처럼 여기게 된 거다.

엽자건이 말했다.

"공지 스님, 그래서 말인데, 내 한 가지만 질문할게. 저기 큰불이 난 쪽에 혹시 장경각이 있는 거 아냐?"

"불이 난 쪽이요?"

"그래."

엽자건이 진지한 표정으로 고개를 끄덕여 보이자 공지가 얼른 불이 난 방향을 살피다 고개를 갸우뚱거렸다. 하긴 아직 계도 받지 않은 소사미 신분으로 소림사에서도 중지라 할 수 있는 장경각을 구경해 봤을 리 만무하다.

그때 공지의 뒤에서 서성거리던 뭇 소사미들 중에서 한 놈이 불쑥 튀어나왔다.

좋게 말해 순진하고 나쁘게 말하면 다소 멍청해 보이는 공지와는 근본적으로 다른 녀석이랄까?

냉큼 나선 녀석은 키도 공지보다 반 뼘이 크고 얼굴도 똘망똘망해 보였다. 한마디로 머리가 제법 돌아가는 아주 성가시고 귀찮은 축에 속한 꼬맹이였다.

"공지 사형, 이곳은 초조암(初祖庵)과 지객당(知客堂)이 있는 장소입니다. 어찌 이런 깊은 밤중에 외인이 함부로 들어올 수 있겠습니까?"

"고, 공혜 사제……."

"게다가 언제 우리 소림사가 외적의 침입 때문에 속가제자의 도움을 받았습니까? 이건 아무래도…… 읍!"

"거기까지!"

엽자건이 조목조목 공지에게 따지고 있던 공혜에게 달려가 녀석의 입을 손으로 막았다. 더 이상 놔두면 다소 멍청한 공지는 둘째 치고 주변의 다른 소사미들 사이에서 동요가 심하게 일어날 것을 걱정한 때문이다.

그러자 공혜가 얼른 바닥에 엎드렸다.

엽자건에게서 몸을 빼내려는 기지를 발휘한 거다.

'그렇겐 안 되지!'

엽자건이 얼른 손을 뒤집어 바닥을 기는 공혜의 뒷덜미를 낚아챘다. 그리고 다른 손을 뻗어 녀석의 엉덩이를 대차게 내려친다.

철썩!

공혜가 공지를 비롯한 소사미들에게 놀라 소리 질렀다.

"크윽! 사형들! 사제들!"

"공혜 사제!"

"공혜! 공혜!"

공지를 비롯한 소사미들이 역시 놀라 엽자건과 공혜를 바라봤다.

기껏해야 소림사의 기본 무공 정도를 수습했을 뿐인 터.

소사미들 중 무공이 이미 절정의 경지를 훌쩍 뛰어넘은 엽자건의 움직임을 이해하는 녀석은 하나도 없었다.

그때 엽자건이 다시 공혜의 엉덩이를 손바닥을 때린 후 사뭇 대악당스러운 대소를 터뜨렸다.

"이놈으로 결정했다! 므하하하!"

"으, 으아앙!"

결국 공혜가 울음을 터뜨렸다. 엽자건이 자신의 예상대로 소림사의 속가제자가 아닐뿐더러 오히려 대악당이란 생각이 든 까닭이었다.

그러거나 말거나 엽자건은 공혜를 옆구리에 낀 채 신형을 공중으로 뽑아 올렸다. 부풍무영을 다시 펼쳐서 삽시간에 달을 가리며 화광이 충천한 방면으로 날아오른 것이다.

야천으로 멀어져 가는 엽자건과 납치된 공혜.

소사미들이 입을 크게 벌린 채 일제히 비명을 질러댔다.

"공혜! 공혜!"

"우아아앙! 공혜가 잡혀갔다! 공혜가 잡혀갔어!"

"공혜 사제에……."

울음을 터뜨리기 시작한 소사미들과 달리 공지는 연신 커다란 눈을 깜빡거렸다.

그에게 있어 엽자건은 여전히 소림사의 속가제자였다. 또한 영웅호걸이기도 했다.

그런데 어째서 공혜를 붙잡아가는 걸까?

뭔가 잘못됐다.

하지만 그게 뭔지는 잘 모르겠다는 게 현재 공지의 가장 큰 고민이었다.

스스스슥!

부풍무영으로 단숨에 몇 개나 되는 담장을 뛰어넘은 엽자건이 슬쩍 눈살을 찌푸려 보였다.

방금 전까지 울부짖던 녀석이 어째 조용해졌다 싶었다.

근데 갑자기 손등이 저릿해 왔다.

울어봤자 소용없다는 걸 깨닫고 이빨로 실력 행사에 나선 것이다.

"아이구, 아파라! 불문의 제자가 육식을 했으니, 너 이젠 파계승이 된 거다!"

"어?"

공혜가 당황해 얼른 엽자건의 손등에서 입을 떼어냈다. 혀 끝에 짠맛이 살짝 감돈다. 어둠 중에 피를 빨아먹은 것 같아 더럭 겁이 났다.

"소, 소승은 어쩔 수 없어서…….."

"어쩔 수 없으면 파계해도 되냐?"

"그런 것이 아니라……."

"그런 것이 아니면 파계해도 돼?"

"……."

공혜의 얼굴이 다시 울상이 되었다. 어린 나이치곤 똑똑하다. 사리도 분명한 것이 장래가 기대될 정도다. 그러나 엽자건과 말싸움 상대가 될 리 만무하다. 어림없다.

싱긋 웃어 보인 엽자건이 말했다.

"내 이번 일은 눈감아주도록 하지."

"조, 조건은요?"

'호오?'

엽자건이 공혜를 새삼스레 바라봤다. 역시 잘 골랐다는 생각이 든다.

"장경각이 어디냐?"

"몰라요!"

"그럼 어째서 공지란 사미한테 질문할 때 끼어들었어? 저기 불나서 환한 쪽에 장경각 있지?"

"……."

공혜가 입을 앙다물었다. 고개 역시 옆으로 팽 하고 돌리고 있는 게 절대 말할 생각이 없어 보인다.

그러나 엽자건은 그전에 똑똑히 봤다.

공지를 언급하며 넘겨짚어 본 말에 공혜가 즉각적인 반응을 보인 것을.

'귀여운 녀석! 꼴에 소림사의 제자라고 기골이 있구나. 하지만 아직 어려.'

내심 슬쩍 비웃어 보인 엽자건이 능치듯 화제를 바꿨다.

"그런데 너희들, 어째서 이 밤중에 잠도 안 자고 뛰쳐나온 거냐? 회 자 항렬의 사부들은 어쩌고?"

"회명 사부님과 회진, 회연 사숙님은 모두 불이 나자 대웅보전(大雄寶殿) 쪽으로 달려가셨습니다. 다른 분들은 나한당과 달마원(達磨院) 쪽으로 가시고요."

"그럼 너희들은 어쩌고?"

"회명 사부님께서 말씀하시길 위험하니까 일단 초조암으로 달려가 암주이신 도심 사백조님과 함께 있으라고 하셨습니다."

"사실은 너희들더러 도심 대사가 놀라지 않게 지켜주라 한 게 아니고?"

"그, 그건……."

"됐다!"

엽자건이 다시 싱긋 웃어 보이며 공혜의 머리를 한차례 쓰다듬어 줬다.

종보도회공(宗普渡悔空).

현 소림사의 항렬 순서였다.

장문 방장인 종아 선사와 나한당 수좌인 종경 대사 아래로 무수히 많은 고수가 존재하고 있었다.

하지만 대대로 초조암주는 무승이 아니라 학승(學僧)이 되는 게 전통이었다. 현 초조암주인 도심 대사 역시 전형적인 학승으로 다른 도 자 항렬들과 달리 별다른 무공을 연마하지 못했다.

엽자건이 그 같은 사실을 한눈에 알아채자 공혜가 총명한 눈을 반짝거렸다. 어쩌면 엽자건이 진짜로 소림사와 관계가 있는 사람일지도 모른다는 생각이 들었다.

"시주님은 정말로 소림사의 속가제자신 건가요?"

"물론."

엽자건이 한차례 몸을 뒤트는 동작과 함께 나한권(羅漢拳)과 나한기공(羅漢氣功)을 거의 동시에 펼쳐 보였다. 근래 공자 항렬의 소사미들이 죽어라고 연공하고 있는 소림사 입문 무공 중 핵심을 보여준 거다.

"나한권! 나한기공!"

"아무렴. 게다가 나는 이런 것도 할 수 있다!"

엽자건이 흥이 인 듯 제자리에서 반월형으로 회전하며 허리춤을 훑어 삼절마곤을 꺼내 들었다.

부아아아앙!

그냥 멋으로 빼들었을 리 만무하다.

회전과 동시에 엽자건의 손을 떠난 삼절마곤이 맹렬한 기세로 돌사자 상에 틀어박혔다.

아니다.

놈의 목을 박살내어 버렸다.

우직!

모로 쓰러지는 돌사자의 머리통 뒤로 얼굴이 파랗게 질려 있는 중년의 승려가 모습을 드러냈다. 느닷없이 날아든 삼절 마곤에 놀란 나머지 몸을 움직이지조차 못하고 있다.

'중?'

엽자건이 의아한 기색을 지어 보일 때 중년승을 발견한 공혜가 크게 소리 질렀다.

"도심 사백조님!"

"너, 너는······."

"공혜입니다!"

공혜가 다시 목청을 높인 순간 엽자건이 도심 앞에 이르렀다. 실수에 대한 사과를 하는 것보다 먼저 확인할 사항이 있었다.

"초조암주십니까?"

"그, 그렇소만······."

"장경각이 불타는 걸 보고 불경이 걱정되어 이곳까지 달려 오셨군요?"

"그, 그건······."

"괜찮습니다. 저는 엽자건. 소림사의 속가제자입니다. 사부님과 함께 소실봉을 오르던 중 소림사에 변란이 일어난 걸 알고 달려왔습니다."

"……."

도심이 입을 다문 채 공혜에게 시선을 던졌다. 엽자건이 한 말이 맞는지를 묻는 것이다.

공혜가 고심 끝에 고개를 끄덕여 보였다.

"나한권과 나한기공을 회명 사부님만큼 잘하시는 분입니다. 본 사의 제자가 아니라곤 생각이 되지 않습니다."

"회명이 네 사부더냐?"

"예!"

공혜의 대답에 도심이 비로소 안도의 한숨과 함께 엽자건의 양손을 굳게 붙잡았다. 여전히 파란 안색을 따라 두 줄기 뜨거운 눈물이 흘러내리고 있다.

"시주, 혹시 존사께서 보종 사백님이 아니시오?"

"사부님을 아십니까?"

"아아! 불조(佛祖)의 도움이로구나, 불조의 도움이야! 보종 사백님께서 이 위급한 때에 소림으로 돌아오실 줄이야!"

엽자건의 얼굴에 긴장이 돌았다. 예상했던 것보다 오늘 밤 소림사에서 벌어진 변란이 무척 크다는 생각이 들었다.

"어떤 자들이 감히 소림사에 불을 지른 겁니까?"

"불만 지른 것이 아닐세. 현재 소림사의 모든 위아래가 위험에 처해 있네! 소림사의 천 년 역사가 끝장이 날지도 모르는 상황이란 말이야!"

"……."

엽자건의 안색이 살짝 굳었다.

어느새 도심이 한 말을 증명이라도 해주려는 듯 그의 주변으로 십수 명이나 되는 복면인들이 몰려들고 있었다. 하나같이 일류고수 급의 무위를 지닌 자들이었다.

第十五章

장승불패(長勝不敗)

少林棍王

소림곤왕

❋ 본시 소를 잡던 백정도 손에서 칼을 놓고 돌아서면
바로 부처가 된다.

초조암.

원대(元代)에 만들어진 고루로써 소림사의 학승들이 모여
서 불경의 경전을 해석하고 연구하는 곳이다.

당연히 초조암의 학승들은 무공과 담을 쌓고 살았는데, 도
심 역시 그 범주에서 그리 벗어나지 못한 사람이었다. 소림사
승려라면 누구나 익혀야만 하는 나한권과 나한기공 정도만을
가까스로 수습했을 뿐이다.

그런 도심이 초조암을 떠나 장경각 주변에 오게 된 건 우연
이란 말로밖엔 설명할 수 없는 일이었다.

늦은 밤까지 이어진 불경의 주석 작업.

특히 이번에 작업하는 건 범어(梵語)로 된 거라 시간이 쏜 살같이 지나가고 있었다. 저녁 공양을 끝낸 후 얼마 지나지 않은 것 같은데, 어느새 깊은 밤이 되어버리고 말았다.

그런데 그제야 쑤셔오는 허리를 두드리며 소피를 볼 요량 으로 초조암을 벗어난 도심은 괴이한 광경을 보게 되었다. 매 이경마다 경내를 돌며 번을 서는 무승들과 계율원(戒律院)의 십계십승(十戒十僧) 중 하나가 힘없이 바닥에 널브러져 있었 던 것이다.

'기어이 일이 터졌구나!'

도심의 솔직한 심경이었다.

소림사 내부에서 장문 방장인 종아 선사와 나한당 수좌인 종경 간의 사이가 크게 벌어진 건 어제오늘의 일이 아니었다.

권종과 곤종.

향후 소림사 무학의 기풍을 어느 쪽으로 정할 것인가를 놓 고 종아 선사는 줄곧 종경과 나한당을 압박했다. 그들이 곤왕 유대유에게 얻은 형초장검의 곤법 대신 권법과 신공의 연마 에 치중하길 바랐기 때문이다.

이를 위해 종아 선사는 장로원 격인 장생전(長生殿)과 팔대 호원(八代扈院), 보리원(菩提院), 반야당(般若堂) 등의 지지까 지 억지로 얻어냈는데, 종경은 그저 침묵으로써 자신의 뜻을 견지할 따름이었다.

비록 계율원과 달마원, 조사동(祖師洞)이 중립을 지키고 있

었으나 도심 같은 학승조차도 현 소림사 내부의 상황이 일촉
즉발과도 같다는 건 알고 있었다.

여기까지를 생각한 도심은 황급히 쓰러져 있는 승려들에
게 달려갔다. 설마 같은 소림사의 제자들끼리 살계를 열지는
않았으리란 기대를 품고서였다.

그리고 마지막 숨을 몰아쉬던 십계십승 중 주계승(酒戒僧)
에게 전해 들은 끔찍한 전말은…….

"이놈들이었습니까?"

"그렇다네! 이 시주님들이 오늘 밤 본 사의 우물에 정체불
명의 산공독(散功毒)을 풀어놓고 몰려온 자들이라네!"

"후우! 또 독인가?"

엽자건의 입에서 진한 한숨이 흘러나왔다.

독!

그의 입장에선 진짜 지겹다 못해 끔찍할 정도의 마물이다.
사부 보종이 마령귀사의 독에 당했을뿐더러, 창룡검가에서는
당소교의 암계에 빠져서 백의검후 남궁수와 일을 치를 뻔하
기도 했다.

그런데 소림사에서도 독이 문제가 될 줄이야!

내심 고개를 가볍게 저어 보인 엽자건이 도심과 공혜에게
주의시키듯 말했다.

"두 사람은 뒤로 물러서서 절대 나설 생각 하지 마세요."

"호, 혼자 저들을 상대하겠다는 것인가?"

"물론 그건 아니죠. 도심 사형은 꼬맹이를 지켜주도록 하세요. 싸움에 말려들지 않도록."

"그것만으로 괜찮겠는가?"

"하하, 저 녀석들 정도라면 충분합니다."

엽자건은 이미 도심이 소사미인 공혜와 비교해도 그다지 큰 전력이 되지 않는다는 걸 파악하고 있었다. 굳이 어설프게 도와준다고 나서봤자 괜스레 일만 키울 뿐이니, 공혜와 함께 뒤로 물려놓는 편이 나았다.

'그렇다곤 해도 저 녀석들, 천천히 압박해 오는 모양새가 일반적인 무림인들이 아니잖아!'

그렇다.

불쑥 어둠 속에서 빠져나와 엽자건을 포위해 오고 있는 복면인들의 움직임은 사뭇 정돈되어져 있었다. 개개인의 무위를 믿고 막싸움에 나서는 무림인들이 아니라 철저하게 다수의 힘을 이용하는 병가의 병진을 떠올리게 했다.

경험상 이런 자들과의 싸움이 가장 힘들었다. 현재 몸에 남아 있는 상처 중 상당수가 이런 자들이 참가한 전장에서 당한 거였다.

반면 대응법 역시 명확히 알고 있었다.

'완벽한 포진을 이루기 전에 고리를 끊는다! 그리고 그 고리는…… 저놈이구먼!'

엽자건의 시선이 복면인들의 일차 포진으로부터 홀로 물러서 있는 자를 향했다.

특이하게도 좌수검을 사용하는 자.

검법의 특징은 괴이신랄할 게 분명하다.

…아니면 극히 빠르던가!

판단이 내려진 순간 엽자건이 움직였다. 포진의 틈을 비집고 좌수검을 사용하는 자를 노리며 파고든 것이다.

픽! 픽!

엽자건의 앞을 가로막던 복면인들의 머리가 단숨에 산산조각 났다. 삼절마곤이 어느새 움직인 거다.

더불어 양쪽으로 날아오른 쌍환.

황급히 달려들던 두 복면인의 가슴을 뭉개 버린다. 애초부터 계산했던 대로다.

그런데 바로 그때 엽자건을 향해 섬뜩한 검기가 파고들었다.

쾌검.

그것도 좌수검이다.

웬만한 절정고수라 해도 뒤로 물러서는 것 외엔 답이 없다. 먼저 네 명이나 되는 복면인들을 쓸어버린 직후였기 때문이다.

'안 되지! 다시 포진 속으로 밀려날 것 같았으면 내가 뭐하러 먼저 움직였겠어?'

엽자건은 오히려 좌수검을 향해 파고들었다.

자살이나 다름없는 짓!

일순 빛살 같은 속도의 좌수 쾌검이 엽자건의 몸을 역사선 형태로 베어버렸다.

분명 그랬다, 보이는 바로는.

부와앙!

좌수 쾌검의 역사선이 끝을 보인 것과 거의 동시에 엽자건의 삼절마곤이 움직임을 보였다.

야차곤.

배곤 삼로 무정세!

콰득!

섬뜩한 쇄골지음과 함께 좌수검을 사용하던 자가 바닥에 쓰러져 내렸다.

갈비뼈가 산산조각 났다.

더불어 폐와 심장이 박살났으니, 결과는 즉사였다.

"백인장(百人將)!"

"백인장이 당하다니!"

남은 복면인들의 입에서 짤막한 외침들이 터져 나왔다. 특이한 것은 한어가 아니란 점이다.

'백인장? 한어가 아니라 금나라 말을 하는 걸 보니, 역시 일반적인 무림인들이 아니었구나!

금나라!

현재 북방의 국경선 부근을 강하게 압박하고 있는 여진족의 후금을 뜻한다. 엽자건이 지난 사 년간 돌아다닌 전장 중에는 후금과 국경 분쟁이 벌어진 곳이 꽤나 많았다.

스스슥!

내심 눈을 빛낸 엽자건이 촌각의 여유도 주지 않고 남은 복면인들을 향해 달려들었다. 그들이 혹시라도 뒤에 물러서 있는 도심과 공혜를 목표로 삼는 걸 사전에 방비하기 위함이었다.

"크악!"

"아아악!"

"쿠아아아!"

삼절마곤이 만들어내는 변화 속에서 십수 명이나 됐던 복면인들은 단말마의 비명 속에 쓰러져 내렸다. 단 한 명도 살려두지 않고 모조리 죽여 버린 것이다.

아니다.

한 명은 일부러 살려뒀다. 물어볼 게 있었기 때문이다.

스슥!

피가 떨어져 내리는 삼절마곤을 내려뜨린 채 엽자건이 다가들자 홀로 남은 복면인이 몸 전체를 떨어댔다. 삽시간에 동료 전부를 잃고 혼자가 되어버린 자의 공포가 손에 닿을 듯 느껴져 온다.

'지금부터가 중요하지!'

엽자건의 눈에 특유의 살기가 담겼다. 수많은 전장과 싸움터를 거치는 동안 한 자루 칼날처럼 벼려진 기세가 최후로 살아남은 복면인을 압박해 갔다.

"크으으!"

"죽으려면 지금 당장 죽어라! 입 안에 감춰놓은 독약 같은 거 깨물고 말야! 아니면……."

"……."

엽자건이 유창한 여진어로 말하자 복면인의 공포에 질린 눈에 미세한 생기가 감돌았다.

희망.

바로 코앞에 닥친 죽음을 벗어나게 해줄지도 모르는 동아줄을 발견한 것이다. 다만 그 동아줄은 실은 잔뜩 썩어 있을지도 모른다.

"…몇 명이나 몰려왔고, 백인장 이상 되는 녀석은 몇 명이나 되는지 당장 말해보던가!"

"그, 그럼 날 살려줄 거요?"

"물론 그것만으론 안 되지. 소림사에 푼 독약의 해독제도 함께 내놓는다면 몰라도. 안 그래?"

여진어로 말을 끝낸 후 싱긋 웃어 보이는 엽자건의 모습에 복면인은 자칫 사타구니 사이를 적실 뻔했다.

잘생긴 얼굴.

그러나 그곳의 중심에 자리 잡은 건 살기 어린 눈빛이었다.

피로 물든 수중의 삼절마곤과 함께 흡사 사신(死神)을 만난 것처럼 느껴지지 않을 수 없다.

"오, 오늘 밤 이곳에 온 인원은 이백여 명이고, 열 명의 백인장이 함께했소이다."

"그 위로는?"

"대단한 고수가 총책임자라고 들었소이다. 백인장 열 명이 한꺼번에 덤벼도 이길 수 없을 정도로 무공이 대단하다고 하던데, 나는 신분이 낮아서 본 적이 없소이다."

"그렇겠지. 그만한 고수쯤은 끼어 있어야 얘기가 될 거야. 그럼 해독제는?"

엽자건이 손을 내밀어 보이자 복면인이 쭈뼛거리며 고개를 가로저었다.

"마비환몽산(痲痺幻夢散)은 본국에서도 매우 귀한 독약이오. 어찌 그 해독제가 나 같은 말단에게 있겠소이까?"

"그럼 그 총책임자라는 녀석한테 있다는 거군?"

"잘은 모르겠지만 그럴 거라 생각되오."

"흠! 그런데 너도 백인장 아니냐? 졸개치고는 아는 게 제법 많은데 말야?"

"……."

돌아오지 않는 대답에 엽자건이 고개를 한차례 끄덕여 보이곤 곧바로 삼절마곤을 휘둘렀다.

빠각!

복면인이 힘없이 바닥에 무너져 내렸다.

쇄골을 박살냈다.

목숨을 거두진 않았으나 앞으로 다시 검을 휘두를 순 없을 터였다.

"아미타불! 아미타불!"

엽자건이 야차가 되어 있는 동안 공혜의 눈을 손으로 가리고 있던 도진이 연신 불호성을 터뜨렸다.

학승.

평생 불경에 파묻혀 살아왔다.

비록 소림사의 제자라 하나 이런 끔찍한 광경을 본 적이 있을 리 없다.

'역시 보종 사백님의 제자가 맞구나! 어찌 저리 살계를 아무렇지도 않게 범할 수 있단 말인고! 나는 그저 지켜보는 것만으로도 심장이 떨리고 오금이 저려오는 것을……'

그때 여전히 단단히 검을 쥐고 있는 백인장 쪽으로 다가가 그의 얼굴과 품속을 뒤져 본 엽자건이 도진을 향해 다가왔다. 그리고 표정 하나 변치 않고 말한다.

"도진 사형, 혹시 장경각으로 몰래 숨어들어 갈 수 있는 개구멍 같은 거 있습니까?"

"개, 개구멍?"

"예, 일단 소림사 경내에 독이 풀렸으니 그 여파가 얼마나 클지 짐작조차 할 수 없는 상황입니다. 당장 장경각이 불타고 있으니 그곳으로 달려가 봐야 하지 않겠습니까?"

"그야 그렇네만, 장경각은 대웅보전이나 방장실과 더불어 본 사의 중지라네. 개구멍 같은 게 있을 리가……."

"있습니다!"

목청을 높인 건 여전히 도진에 의해 눈이 가려져 있던 공혜였다. 눈이 가려지자 귀를 쫑긋 세우고 엽자건과 도진의 대화를 엿듣고 있었던 것이다.

슥!

엽자건이 도진의 품에서 공혜를 빼냈다. 금룡십이해를 펼치자 독수리에게 병아리가 붙잡힌 거나 다름없는 형국이 된다.

그래도 공혜는 전혀 겁내지 않았다.

귀로 다 들었다.

엽자건이 얼마나 믿음직스럽고 단호하게 소림사에 쳐들어온 복면인들을 제거했는지를.

녀석이 똘망똘망한 눈으로 엽자건을 바라보며 말했다.

"엽 사백님, 제가 본래 책 보기를 좋아해서 초조암과 장경각에는 자주 드나들었습니다. 아주 후미진 길로 장경각에 갈 수 있으니, 안내를 맡겨주십시오!"

"무섭지 않아? 거긴 지금 무서운 녀석들 천지일 텐데?"

"저 역시 소림사의 제자입니다! 엽 사백님께서는 소림사

장승불패(長勝不敗) 175

경내의 지리에 어두우실 테니, 반드시 제가 안내를 해드려야 합니다!"

"사내군."

엽자건이 싱긋 웃어 보이곤 공혜의 머리를 한차례 쓰다듬어 줬다.

그러자 도진이 대경하여 나선다.

"어린아이를 어찌 데려간단 말인가! 내가 가겠네! 내가 갈 것이야!"

"죄송하지만 사형은 방해가 됩니다."

"뭐……."

"이 꼬맹이 녀석은 제가 어찌해 볼 수 있지만, 사형까지 악도들로부터 지켜드리긴 어렵다는 말입니다. 그리고 사형은 개구멍이 있는 장소도 모르시잖아요!"

"……."

엽자건의 직설적인 말에 도진이 입을 다물었다. 마음이 크게 상하긴 했으나 결코 틀린 말이 아니란 건 알고 있었다.

슉!

엽자건이 바로 공혜를 옆구리에 꿰고 전력으로 부풍무영을 펼쳐 냈다.

장경각이 불타고 있다.

그곳에 비치된 세수경을 생각할 때 도진의 상처 입은 마음까지 신경 써줄 수 없는 건 당연했다.

"아미타불! 아미타불!"

순식간에 어둠 속으로 멀어져 가는 엽자건의 그림자를 바라보며 도진이 다시 불호성을 입에 담았다. 지금 그가 할 수 있는 게 그뿐임을 한탄하면서.

*　　　*　　　*

나한당.

어둠 속에 파묻혀 있는 백팔나한(百八羅漢)의 상 저편으로 한 명의 장년승이 조용히 가부좌를 틀고 앉아 있다.

당대 나한당 수좌.

무림중에 소림제일고수라 알려진 항마불장 종경이다.

그는 사 년 전 소주에 곤왕 유대유를 만나러 갔다 온 후 줄곧 소림사의 산문을 벗어나지 않고 있었다. 파문된 파천마곤 보종을 휘하의 십팔나한과 연수합공을 하고도 놓친 것에 대한 장문 방장 종아 선사의 징계 때문이었다.

대내외적으로 드러난 이유였다.

소림사에 유래 없는 양대종의 대립과 같이 말이다.

흔들!

종경이 문득 한차례 상반신을 떨어 보이곤 반개하고 있던 눈을 떴다.

번쩍!

일순 어둠 속에서 황금빛 광채가 일었다 곧 사라졌다. 종경의 눈에서 인 신광이 나타난 것과 함께 소멸해 버린 까닭이다.

"지독한 독이로고. 한식경이 넘도록 역근내경을 일으켰거늘 절반밖엔 배출시키지 못하다니……."

나직한 뇌까림과 함께 종경이 가부좌를 풀고 일어섰다.

아직 체내에 남아 있는 독기.

웬만한 산공독하곤 비교가 되지 않을 정도로 내공을 흩어 놓고 있다. 지금 당장 조금의 여지도 남기지 않고 모조리 배출시키는 게 옳을 터였다.

하지만 종경은 그리할 수 없었다. 소림사가 걱정되었기 때문이다.

근데 바로 그때다.

적막과 어둠 속에 파묻혀 있던 나한당 안으로 다가드는 몇 개의 인기척이 있었다.

스슥! 스스스슥!

때가 때이니만치 재빨리 역근내경을 일으켜 대비하고 있던 종경의 얼굴에 온화한 기색이 떠올랐다.

"보영, 보문, 무사했구나!"

십팔나한에 속한 두 사람, 보영과 보문이 얼른 종경의 앞에 도착해 정중히 읍을 해 보였다.

"보영이 사부님을 뵙습니다!"

"보문이 사부님을 뵙습니다!"

종경의 눈이 뇌전과 같이 두 사람을 훑고는 뒤편으로 시선을 던졌다. 뒤에 또 한 사람이 따라왔음을 눈치챈 것이다.

과연 곧 그의 앞에 사대금강(四大金剛)의 수장인 보광이 나타나 역시 읍을 해 보였다.

"종경 사숙님, 장문 방장께서 여러 사백, 사숙님들과 달마원에 모여 연화법륜회(蓮花法輪會)를 여시고 있는 동안 악도들이 기습해 왔습니다."

"그럼 달마원은 어찌 되었느냐?"

"그것이……."

보광이 말끝을 흐리며 얼굴 가득 비분한 기색을 만들어냈다. 여태까지의 침착함이 한순간 날아가 버린 것 같다.

"설마 달마원이 악도들의 수중에 떨어졌다는 것이냐?"

"크흐흐흑! 이미 사대금강 중 셋이 죽고, 십팔나한 역시 태반이 목숨을 잃었습니다. 그리고 장문 방장께서는……."

"……."

보광의 말이 잦아들자 얼른 그쪽으로 신형을 기울이던 종경의 눈에서 다시 신광이 튀어나왔다. 일순 그의 품속으로 보광이 파고들며 맹렬한 쌍장을 쏟아내었기 때문이다.

퍼엉!

가죽으로 된 공이 터져 나가는 굉음!

그와 함께 방금 전까지 비분한 얼굴로 고개를 숙이고 있던 보영과 보문이 동시에 위로 신형을 띄워 올렸다.

부앙!

부아아아앙!

그들의 손에는 어느새 나한당의 수좌와 십팔나한에게만 허락되는 흑단목(黑檀木)으로 된 제미곤이 들려져 있었다. 강철만큼 강하고 탄성은 대나무를 능가하는 두 개의 곤봉으로 사부인 종경의 머리와 쇄골을 노린 것이다.

콰득!

그 순간 종경의 품속에 파고들었던 보광의 머리가 잘 익은 수박처럼 박살났다.

역벽화산(力劈華山)!

힘센 팔로 산을 가르듯 보광의 머리를 일격에 부숴 버렸다.

더불어 양손을 머리 위로 들어 십자 모양으로 교차시키니, 보영과 보문의 필생의 기력이 담긴 제미곤이 용수철처럼 팅겨 날아갔다.

해저로월(海底撈月)!

바다 밑의 달을 건지듯 종경이 다리를 벌리고 팔을 좌우로 힘껏 벌려 큰 대(大) 자를 만들었다.

또한 마치 바닷물을 푸듯이 양손을 아래로 내렸다가 달을 건지듯이 위로 올려쳐 갔다. 팅겨진 제미곤과 함께 허겁지겁 뒤로 물러서고 있는 보영과 보문을 향해서.

콰득! 우득!

순간적으로 일어난 요란한 파쇄지음.

그와 함께 보영의 머리가 통째로 목 속으로 쑤셔 박혀졌고, 보문의 턱뼈는 절반이나 날아가 버렸다. 일초양식 만에 세 명의 보 자 항렬 절정고수가 절명해 버리고 만 거다.

"후욱!"

결국 세 구의 시체 사이에 홀로 살아남은 종경.

회중포월(懷中抱月)!

건진 달을 가슴까지 올린 후 전중혈의 위치까지 오게 한 종경의 입에서 한차례 급한 호흡이 터져 나왔다. 더불어 입가로 번져 나오는 검은색 선혈!

뒤이어 단식 어린 목소리가 흘러나온다.

"놀랍게도 사대금강의 수좌와 십팔나한 둘이 배신을 했구나! 그렇다면 어찌 오늘 밤 소림의 천 년 역사를 지켜낼 수 있단 말인가! 우웩!"

마음이 크게 격동한 때문이리라.

결국 종경이 한 덩이의 핏물을 쏟아냈다. 그가 방금 전 펼친 건 미리 준비해 뒀던 역근내경을 이용한 나한권이었다. 급한 중에 몸에 완전히 녹아든 동작이 저절로 호신을 해준 거다.

그러나 확실히 방심했다.

보광의 첫 번째 일격인 혼원장공(混元掌功)은 폐부에 심각한 상처를 입혔다. 종경이 나한기공의 상급 단계인 금강불괴

체신공(金剛不壞體神功)을 완성한 상태가 아니었다면 오장육부가 단숨에 박살났을지도 모를 일이었다.

그때 또 다른 인기척과 함께 종경 앞에 하얀 백발에 피골이 상접한 외다리 노인이 모습을 드러냈다. 철담협개와 함께 소림사로 달려온 보종이었다.

"종경 사숙, 여태 이런 곳에서 뭘 하고 계셨던 게요? 소림이 악도들의 손에 멸망하는 걸 그냥 지켜보고만 있을 셈이시오!"

"보… 종……?"

"그렇소. 나요. 보종이외다!"

퉁명스런 말대답과 함께 보종이 종경 앞으로 달려와 바닥에 떨어져 있던 제미곤을 집어 들었다.

부아아앙!

일타일게의 수법으로 한차례 휘두르자 너른 나한당 전체로 곤명이 시원스럽게도 울려 퍼진다.

"웨엑!"

그때 다시 한 덩이의 핏덩이를 토한 종경의 얼굴이 화색을 되찾았다. 핏덩이를 토함으로써 막혀 있던 기혈이 뚫린 거다.

더불어 격동했던 심사 역시 평정을 되찾은 그에게 보종이 발끝을 이용해 바닥에 떨어져 있던 제미곤을 차서 건네줬다.

휘리릭! 탁!

종경의 손에도 제미곤이 들렸다. 또한 그 역시 보종과 마찬가지로 일타일게의 수법으로 맹렬한 곤명을 만들어낸다.

부아아앙!

결코 자신의 전성기 시절에 못지않은 종경의 곤명에 보종이 비죽이 미소를 지어 보였다.

"허허, 종경 사숙도 아직 그리 많이 녹슬진 않았구려. 피를 한 사발이나 토한 것치고는 제법이외다."

"보종, 어찌 된 것인가? 자네가 어떻게 이곳에……."

"내 몸을 보시오! 죽을 때가 되니 소림사에 돌아오고 싶더이다. 사숙한테 부탁할 일도 좀 있었고 말이오. 그나저나 사대금강과 십팔나한 중에 반란을 일으킨 녀석들이 있다니 큰일 아니오?"

"어찌 됐든 마침 자네가 와서 다행일세. 우린 지금 당장 달마원으로 가야 할 것이야!"

"달마원?"

"장문 사형께서 연화법륜회를 개최하고 계셨네."

"그렇구려."

보종이 무겁게 고개를 끄덕여 보였다. 생각했던 것보다 소림사의 현 상황이 매우 위험하다는 걸 깨달은 것이다.

*   *   *

철담협개는 고개를 절레절레 흔들었다.

그는 소림사에 도착한 후 보종과 헤어져 곧장 방장실이 위치한 대웅보전 쪽으로 내달렸다. 장문 방장인 종아 선사가 걱정되었기 때문이다.

그런데 지금 그의 눈앞에 황당한 광경이 펼쳐지고 있었다.

천하제일이라 불리는 소림사의 무승들이 한 떼의 복면인들에게 거의 일방적으로 몰리고 있는 거다. 그것도 두 배가 훌쩍 넘는 인원으로 말이다.

'저거 백팔나한진(百八羅漢陣) 아닌가? 그 소림사가 천하에 자랑해 마지않는다는. 그런데 어째서 저리 맥이 빠져서 이리 비틀 저리 비틀 하고 있는 거냐?'

철담협개의 안목은 정확했다.

지금 소림사의 대웅보전과 달마원으로 향하는 길목에는 팔대호원의 우두머리인 감원과 두 명의 사대금강, 열두 명의 십팔나한이 중심이 된 백팔나한진이 펼쳐져 있었다.

누가 보더라도 소림사 전력의 절반 이상이 모인 거라 할 수 있겠다.

한데 그 백팔나한진이 오십여 명밖에 안 되는 복면인들에게 거의 유린을 당하고 있었다. 진세의 정밀한 변화와 인원수로 현재는 어찌어찌 버티고 있긴 하나 붕괴가 거의 임박한 상태였다. 진세의 중심을 이루는 고수들이 연신 검은 피를 게워 내고 있었기 때문이다.

'독!'

철담협개는 비로소 현 상황이 어찌 돌아가는지를 깨닫고 내심 경악했다.

소림사 전체가 독에 중독되다니!

도대체 어떻게 그런 말도 안 되는 일이 벌어졌을까? 두 눈으로 확인하고도 쉽사리 믿기지 않는 일이었다.

그런데 그때 더욱 믿기 힘든 일이 벌어졌다.

오십여 명의 복면인들에 의해 거의 붕괴 직전에 이르렀던 백팔나한진이 움직임을 일신했다.

사방으로 퍼졌다가 일순 강력하게 조이기!

퍼퍽!

퍼퍼퍼퍼퍼퍼퍽!

단 한 차례의 변화만으로 오십여 명의 복면인 중 절반이 바닥에 나뒹굴었다. 어떻게 여태까지 승승장구 압박해 들어올 수 있었는지 의아할 정도의 반전이다.

'허허실실(虛虛實實)! 허허실실이로구나!'

철담협개가 내심 탄성을 터뜨리며 청죽봉을 쥐고 있던 손에 불끈 들어갔던 힘을 슬그머니 풀었다.

무림유일(武林唯一)! 장승불패(長勝不敗)의 문파!

바로 소림사를 일컫는 말이다. 그 외엔 어떤 문파에게조차 허용된 적이 없는 존귀한 칭호였다.

그런 소림사의 천 년 저력을 어찌 한낱 독이나 풀고 야습이나 하는 모리배들이 가늠할 수 있으랴!

철담협개는 잠시나마 의심을 품었던 자신을 탓하며 신형을 돌려세웠다. 대웅보전 쪽의 백팔나한진이 건재한 이상 소림사 내부의 사정에 끼어들어선 안 된다는 판단을 내린 것이다.

그때 그의 시야 속으로 여전히 야천을 환하게 밝히고 있는 장경각 방면의 불길이 유혹의 손짓을 해왔다.

'이쪽은 더 이상 문제가 없을 것 같으니 저기나 한번 가볼까나? 불까지 싸지르며 양동작전을 펼친 까닭이 분명 있을 터인즉!'

양동작전.

이유없이 펼칠 리 없다.

내심 눈을 빛낸 철담협개가 슬그머니 복면인 한 명의 머리를 청죽봉으로 박살낸 후 대뜸 취팔선보를 펼쳤다. 이번엔 일개 구경꾼으로 남지 않게 되길 바라며.

*　　　*　　　*

장경각.

다행히도 불이 붙은 전각은 장경각이 아니라 부근의 서왕모(西王母)를 모셔놓은 신당이었다.

그렇다 해도 바람이 거셌다.

언제 불똥이 장경각 쪽으로 튀어서 그곳을 불바다로 만들지 모르는 상황이었다.

공혜의 안내로 개구멍만 한 수챗구멍을 통해 장경각의 뒤뜰에 이른 엽자건의 눈매가 슬쩍 가늘어졌다. 족히 삼십 명이 넘어 보이는 복면인들이 한 명의 노승을 연수합공하고 있는 광경을 발견한 까닭이다.

'이런 개자식들! 불제자가 아니라 해도 경로사상은 있어야지! 저런 할배 하나를 잡겠다고 개 떼처럼 달려들다니! 웅? 그럴 수밖에 없는 건가?'

엽자건은 내심 마구 욕설을 내뱉다가 눈에 이채를 발했다.

복면인들에게 연수합공당하고 있는 노승.

하수나 평범한 무인이라면 당장 그들이 휘두르는 검날에 천참만륙을 당할 것처럼 위태롭게 볼 것이다.

그러나 고수라면 사정이 달라진다. 연수합공을 펼치고 있는 삼십여 명의 복면인들이 오히려 노승의 일장일권에 따라 쩔쩔매고 있음에 경악을 금치 못할 터이기 때문이다.

'백보신권(百步神拳), 항마연환신퇴(降魔連環神腿), 미륵삼천해(彌勒三千解)에 대력금강장까지… 케헥! 저건 금강부동보잖아아!'

엽자건은 노승에게서 줄기줄기 펼쳐지는 소림 칠십이절기에 연신 감탄성을 터뜨렸다. 설마 사부 보종보다 훨씬 더 소림지학에 능수능란한 사람을 보게 될 줄은 상상조차 못했다. 완전히 예상 밖의 일을 만난 셈이다.

그런데 잠시 후 엽자건이 인상을 슬쩍 찡그려 보였다.

싸움의 추.

노승에게 일방적으로 몰려 있다.

삼십 명은커녕 삼백 명이라 해도 노승이 마음만 먹는다면 벌써 장경각 앞은 피바다로 변했어야 했다. 그 정도로 노승의 소림지학은 압도적이었다.

하지만 이게 무슨 괴이한 일인가!

노승은 그 자신의 압도적인 무위에도 불구하고 복면인들의 공격을 방어하기만 했다.

반격은 없었다.

대부분의 공격을 금강부동보를 비롯한 각종 보신경으로 피해내고, 정 안 될 때에만 다른 절학을 쏟아냈다. 그것도 딱 복면인들이 뒤로 물러설 정도로만.

완전한 불승불패(不勝不敗)의 형세!

엽자건으로선 평생 처음으로 경험하는 색다른 광경이었다. 잠시 노승이 일부러 복면인들을 희롱하려 저런 짓을 벌이는 것이란 착각을 할 정도였다.

그때 노승이 다시 맹렬한 백보신권을 날렸다.

우르르르!

그 맹렬하면서도 거창한 권력에 밀려 여태까지처럼 삼 장밖까지 물러난 십여 명의 복면인들.

노승이 나직이 불호성을 입에 담았다.

"아미타불! 시주님들, 본시 소를 잡던 백정도 손에서 칼을 놓고 돌아서면 바로 부처가 된다고 했다오! 빈승도 이젠 크게 지쳤으니 그만 물러가 주시기를 부탁드리겠소이다!"

'오히려 원기 왕성해 보이는데?'

엽자건의 속내처럼 대나무처럼 마른 노승의 안색은 불빛에 반사되어 불그스레한 게 보기 좋았다. 낯모르는 자가 봤다면 밤에 몰래 술이라도 한잔 걸치고 오지 않았을까를 의심했을지도 모르겠다.

그러나 복면인들은 엽자건의 생각이 맞는다면 후금의 정예 군사들이었다. 노승의 다소 고리타분한 설득에 넘어갈 자들이 아닌 것이다.

'게다가 내 생각이 맞는다면 저 녀석들 중에 한어를 아는 자는 그리 많지 않을 거라구!'

내심 복면인들보다 먼저 결론을 내린 엽자건이 노승에게 그 같은 사실을 깨우쳐 주려 할 때였다.

갑자기 복면인들이 한차례 동요를 보이더니, 노승에 대한 포위를 풀고 우르르 좌우로 물러섰다.

설마 노승의 설득이 통한 것일까?

그런 게 아니란 건 금세 밝혀졌다.

차차착!

좌우로 물러선 복면인들이 갑자기 궁신을 한 것과 동시였다. 장경각 전면에 위치한 담장 위에서 한 명의 장발 장년인이 표홀한 신법과 함께 떨어져 내렸다.

불타는 듯한 적의와 바람에 펄럭이는 피풍의.

창백한 얼굴에 자리 잡은 매부리코와 가느다란 눈매.

한번 보면 결코 잊기 힘든 얼굴이다. 엽자건 역시 마찬가지였다.

'잔혹마군 냉고성!'

그렇다.

그는 엽자건의 어린 시절을 악몽으로 바꿔놓은 새외칠마 중 한 명인 잔혹마군 냉고성이었다. 악연이 사 년이란 세월을 뛰어넘어 다시 모습을 드러낸 것이다.

그때 냉고성이 노승에게 정중하게 포권하며 말했다.

"본인은 대금국 황천기주님의 휘하에 있는 냉고성이라 하오. 오래전부터 장승불패라 불리던 소림사의 명성을 흠모해왔는데, 오늘 보니 과연 명불허전이올시다. 법명을 물어봐도 되겠소이까?"

"빈승은 그저 장경각에서 비질을 하고 불경에 묻은 먼지를 터는 불목하니에 불과하외다. 어찌 법명이란 것을 입에 담을 수 있겠소이까?"

"불목하니?"

"그렇소이다."

정중한 노승의 대답에 냉고성의 뱀눈이 더욱 가늘게 찢어 졌다.

그가 멀리서 훔쳐본 노승의 무위.

전날 곤왕 유대유나 파천마곤 보종 이후 본 적이 없을 정도 였다. 과연 천 년 역사의 소림사는 만만치 않은 것이었다.

그래서 그는 노승이 조사동이나 장생전 같은 곳에서 죽을 때까지 수양한다는 무 자 항렬의 전대 고수라 여겼다. 그가 신강에서 아주 어렵사리 구한 극독 마비환몽산에 중독되지 않은 것만 봐도 알 수 있는 일이었다.

그런데 산에서 나무나 하고 청소하는 불목하니라니!

내심 노승이 자신을 희롱했다고 여긴 냉고성의 입가에 잔 혹한 살기가 번져 나왔다.

칠마.

그중에서도 가장 잔인한 심성을 지닌 게 바로 냉고성이었 다. 초절정의 무위와 소매 속에 비장의 무기까지 숨겨놓은 터 에 망설일 까닭이 만무했다.

촤라라라락!

그의 소매 속에서 일순 애도인 만리지도가 튀어나왔다. 더 불어 발끝으로 지축을 번개같이 박찬다.

그렇게 순간적으로 단축된 노승과의 간격!

대기를 순식간에 난도질한 잔혹심살도법 사이로 뿌연 황 사(黃砂)가 대량으로 쏟아졌다. 고작 한 움큼으로 소림사의 거의 모든 승려들을 중독시킨 마비환몽산을 몽땅 쏟아낸 거다.

더불어 한 마리 교묘한 뱀처럼 똬리를 틀며 노승의 머리를 베어가는 만리지도의 전광 같은 도강(刀罡)!

모든 것이 냉고성이 이 한 수에 승부를 걸었음을 말해준다.

결국 노승이 처음으로 노구를 휘청거렸다. 마비환몽산과 함께 파고든 만리지도의 도강에 휩싸여 절체절명의 위기에 빠져 버리고 만 것이다.

주(註)

*산공독:공력을 일시 흩어버리는 독약.

*서왕모:중국 신화에 나오는 불사(不死)의 여왕. 그녀는 서화(西華)라는 아름다운 땅에 사는 여자 정령들을 관리했고, 그녀의 명성 때문에 주목받지 못한 남편 목공(木公)은 동화(東華)의 남자 정령들을 감시했다. 전설에 의하면, 서왕모는 본래 인간과 비슷하지만 표범 꼬리와 호랑이 이빨을 가진 산신령이 아름다운 여인으로 변했다고 한다. 그녀의 서화 정원에는 희귀한 꽃들, 특이한 새들, 불로장생의 복숭아인 반도(蟠桃) 등이 있다고 한다.

*불목하니:절에서 밥을 짓고 물을 긷는 일을 맡아서 하는 사람.

第十六章

소림본색(少林本色)

少林
棍王
소림곤왕

소림이 본색을 드러내니
마두는 도주하고 만사는 결국 바른 곳으로 흘러가는구나!

"제기랄!"

엽자건은 자신도 모르게 입 밖으로 욕설을 내뱉었다. 냉고성을 본 후 속에서 천불이 치솟는 걸 참느라 힘들었다. 당장 달려가서 전날의 복수를 하고 싶었기 때문이다.

그런데 그가 먼저 선수를 쳤다.

노승하고 몇 마디 대화를 나누는가 싶더니 곧바로 살수를 펼쳤다.

마도의 초절정고수다운 빠른 결단.

저력의 끝이 보이지 않을 것 같던 노승이 처음으로 밀리는 모습을 보인 것도 결코 무리는 아니었다.

그때 눈에 은은한 살기를 드러내고 있는 엽자건의 모습에 놀란 공혜가 다소 겁먹은 목소리로 말했다.

"엽 사백님, 눈이 너무 무섭습니다!"

"뭐?"

엽자건이 비로소 자신의 신색을 깨달았다. 일시 흥분으로 인해 천연적인 살기를 드러내고 말았다. 대적을 앞두고 마음이 벌써 무너졌으니 반성할 일이다.

'나도 멀었구나. 놈을 보자마자 흥분해서 집단전의 기본조차 잊어버렸으니⋯⋯.'

집단전의 기본.

다름 아닌 냉철한 이성과 침착함을 체력과 함께 유지하는 거다.

특히 적보다 먼저 흥분하는 것.

그건 곧 자신의 목숨을 그냥 내주는 것이나 다름없었다.

전장에 참여한 엽자건이 큰 상처를 입은 건 난전 중에 튀어나온 창칼이나 유시(流矢), 그리고 지나친 흥분으로 눈이 뒤집어졌을 때였다.

'후욱!'

내심 호흡을 조절함으로써 눈에 담겨 있던 살기를 제어한 엽자건이 공혜에게 당부하듯 말했다.

"위험하니까 절대 여기서 나올 생각 말고 있어라!"

"그럼 엽 사백님은요?"

"나?"

엽자건이 손으로 자신을 가리키곤 싱긋 웃어 보였다.

"내가 얼마 전에 개방의 방주님한테 개를 때려잡는 방법을 몇 가지 배웠거든."

"개를 때려잡는 방법이요?"

"그래."

대답과 함께 손을 내밀어 공혜의 머리를 한차례 쓰다듬어 준 엽자건이 곧바로 부풍무영을 펼쳐 냈다. 마비환몽산이 자욱한 전장으로 노승을 구하기 위해 뛰어든 것이다.

냉고성의 무표정한 얼굴이 딱딱하게 굳어 있었다.

십수 년에 걸쳐 수행된 계획!

목적은 다름 아닌 장경각에 비치된 소림칠십이절예와 각종 무경의 탈취였다. 그 외에 중원무학의 태두인 소림사의 전력을 깎아낸다면 금상첨화(錦上添花)라 여기고 있었다.

하지만 소림사는 역시 소림사였다.

마비환몽산의 효능과 소림사 내부에 십수 년 동안 자리 잡고 있던 고정 간세의 내응으로 성공을 목전에 뒀던 계획은 장경각에 이르러 얼크러졌다. 스스로를 불목하니라 자처하는 한 명의 노승을 어찌하지 못한 까닭이었다.

결국 냉고성 자신이 나서야만 했다. 휘하 복면인들의 중독조차 도외시한 채 마비환몽산을 노승에게 쏟아내며 곧바로 승부를 건 것이다.

'크으! 그런데 이런 개 같은 경우를 만나게 될 줄이야!'

마비환몽산!

냉고성도 미리 해독제를 복용했을 정도의 극독이다. 단순한 산공독이 아니라 만성독약처럼 내공을 흩어버린 후 몸을 폐인화시키기 때문이다.

근데 눈앞의 노승에겐 별다른 효과가 없었다.

딱 한 번!

마비환몽산을 뒤덮어쓴 직후 한차례 몸을 휘청거린 게 전부였다.

이후 전력을 다한 심살기와 잔혹심살도법으로 맹공을 퍼부었으나 전혀 효과를 보지 못했다. 그가 나서기 전 수하들이 그랬듯이 불승불패의 형국에 빠져 이러지도 저러지도 못하게 되어버렸을 따름이다.

그때 냉고성의 심사를 다시 건드는 일이 벌어졌다.

'저놈은 또 뭐야?'

부풍무영으로 장경각을 뛰쳐나온 엽자건은 벼락같이 삼절마곤을 휘둘러댔다.

목표는 자명하다.

냉고성이 뿌린 마비환몽산에 절반 이상 중독된 복면인들을 냉혹하게 쓸어버리기 시작한 거다.

손속에 사정?

절대 두지 않는다.

적을 죽이지 않으면 내가 죽는 전장!

그곳에서 몸에 각인한 철혈율을 엽자건은 철저하게 지켰다. 가장 먼저 마비환몽산에 중독된 자들을 박살내고, 그다음엔 무공이 약한 자들 차례였다.

그렇게 단숨에 스물이 넘는 복면인들이 질펀한 피를 쏟으며 바닥에 널브러졌을 때다. 비로소 마비환몽산에 중독되지 않은 고수 급들이 엽자건을 향해 합공을 감행해 왔다.

당연한 수순.

이 역시 전장의 철혈율이다. 지극히 예상했던 대로의 반응이기도 하다.

사삭! 사사사삭!

삼절마곤을 바닥에 내려뜨리고 있는 엽자건을 노리며 세 명의 복면인이 파고들었다.

천지인(天地人)!

전형적인 삼재의 방향이다. 조금만 차륜전이나 합벽진에 대한 지식이 있는 자라면 어떻게든 대응할 수 있을 터였다.

'흥! 하지만 전장의 냄새가 나는 움직임인걸. 그렇게 간단할 리 없지!'

내심의 냉소와 함께 엽자건이 삼절마곤을 세 차례에 걸쳐 연환하여 휘둘렀다.

소야차 육로!
다시 천사 일로 무정세!

불꽃이 튀는 듯한 삼절마곤의 연환에 머리와 다리를 노리
며 파고들던 두 명의 복면인이 피떡이 되어 나뒹굴었다.

그럼 다른 한 명은?

동료들의 희생을 발판 삼아 엽자건의 심장 부위로 검날을
쑤셔 박아왔다.

일촌지간!

피할 여유가 없다.

그러나 막 검날이 심장에 박혀들기 직전이었다.

엽자건이 부동무상을 펼쳐 환상같이 뒤로 한 걸음 물러섰
다. 일 촌의 거리에 한 걸음의 간격이 더해진 것이다.

더불어 바닥을 향한 삼절마곤!

콰득!

뼈 부서지는 소리.

그것은 단숨에 한 자 가까이 땅속에 파고들어 간 삼절마곤
이 지둔술을 펼쳐 다가들던 복면인의 목뼈를 바숴 버린 소리
였다.

"괴물 같은 놈!"

"역시 여진족이구먼!"

엽자건이 진저리치는 외침과 함께 자신을 향해 날아드는 검날을 발끝으로 차올렸다.

항마연환신퇴!

그리고 삼절마곤에 몸을 의지한 채 공중으로 떠워진 신형이 반월형으로 회전한 것과 동시였다.

빠각!

최후로 남아 있던 복면인이 반대편으로 고개가 돌아간 상태 그대로 바닥에 주저앉았다. 일거에 후금 팔기군 중 황천기주에 속한 냉고성 휘하 백인장 네 명의 목숨이 날아가 버린 것이다.

'어떻게?'

냉고성의 뱀눈이 의혹의 빛으로 물들었다.

눈앞의 괴물 같은 노승은 일단 논외로 치고 장경각 주변에는 현재 마비환몽산이 잔뜩 뿌려져 있는 상황이다.

당연히 이에 중독된 자들은 내공이 흩어지고 전신이 무기력해지는 증상에 빠져들어야만 한다. 그러기 위해 뿌린 마비환몽산이기 때문이다.

그런데 놀랍게도 느닷없이 난입한 엽자건은 아무런 중독 증상 없이 수하들을 도륙해 버렸다. 마치 해독약을 미리 복용이라도 한 것처럼 말이다.

물론 그건 있을 수 없는 일이다.

마비환몽산의 해독약은 오로지 냉고성만 가지고 있었다. 그도 모르는 사이 유출되었을 리가 없다.

'그렇다면 저 애송이 녀석의 무공이 만독불침(萬毒不沈)의 경지에 이르렀다는 말인가? 있을 수 없는 일!'

냉고성이 내심 고개를 가로저었다.

달빛에 비추인 모습.

훤칠한 키에 관옥을 무색케 할 정도로 잘생긴 얼굴이다.

나이는 십칠, 팔 세가량?

아무리 많게 봐도 스물은 넘지 않았을 것 같다.

어느 모로 보든 만독불침이란 지고한 경지와는 어울리지 않는 것이다.

그런데 왠지 얼굴이 낯이 익다.

특히 잘생긴 얼굴과는 사뭇 어울리지 않는 눈빛.

자신을 보는 살기 어린 시선이 그러하다.

"설마……."

냉고성의 입에서 나직한 침음성이 흘러나왔을 때다.

마침 삼시간에 일류고수인 백인장 네 명의 합공을 박살내 버린 엽자건이 이를 드러내며 싱긋 미소 지었다.

"…소주의 그 녀석!"

"그래, 내가 엽자건이다!"

한소리 일성대갈과 함께 엽자건이 지축을 박차며 하늘로

솟아올랐다.

순간 삼절마곤과 일체가 된 모습!

달을 가리며 신곤합일(身棍合一)을 이룬 엽자건이 한줄기 벼락으로 화해 맹렬히 냉고성을 향해 내리꽂혔다.

대야차 육로!

그중 낙성추혼세(落星追魂勢)!

떨어지는 별이 혼을 쫓는 기세를 담은 채 떨어져 내린 삼절마곤에서 일순 우레성이 일었다. 냉고성이 쏟아낸 심살기와 충돌하며 벌어진 일이다.

빙글!

엽자건의 신형이 공중으로 튀어 올랐다.

냉고성의 심살기에 낙성추혼세가 밀린 때문이다.

그러나 공중에서 자세를 바꾼 엽자건이 다시 삼절마곤과 함께 떨어져 내렸다.

'어디 이것도 한번 받아봐라!'

엽자건의 삼절마곤에서 또다시 우레성이 일었다. 이번에는 심살기와 부딪치기도 전에 벌어진 일이었다.

'이 건방진 애송이 새끼가!'

냉고성은 마도의 초절정고수다.

위에서 공격하는 자가 아래에 있는 자보다 월등히 유리하다는 것쯤은 알고 있었다. 지금과 같은 형세를 계속 유지하고 있을 이유가 없다는 뜻이다.

하지만 그는 지금 괴물 같은 노승을 만리지도로 견제하고 있는 중이었다. 신형을 빼내기도 쉽지 않은 상황에서 심살기 외엔 딱히 엽자건의 삼절마곤을 상대할 수단이 떠오르지 않았다.

그 결과!

좀 전보다 더욱 큰 우레성과 함께 다시 엽자건의 신형이 공중으로 날아올랐다. 여전히 부상 같은 건 눈곱만큼도 당하지 않았고 기세는 더욱 등등해져 있다.

근데 엽자건이 다시 회전과 함께 세 번째 낙성추혼세를 펼치려 할 때였다.

촤라라라락!

느닷없이 냉고성이 노승에게서 만리지도를 회수하더니, 한줄기 바람과 같은 신법으로 장경각을 빠져나갔다. 칠마의 드높은 자존심을 버리고 도주하기 시작한 것이다.

스슥!

삼절마곤과 함께 바닥에 떨어져 내린 엽자건의 시선이 살기를 담은 채 냉고성의 뒷모습을 향했다.

대단히 빠르다!

과연 새외칠마다운 경공술이었다.

엽자건은 지금 당장 부풍무영을 전력으로 펼친다 해도 냉고성을 따라잡을 자신이 없었다. 노승의 지원 없이 그를 이길 수 없다는 것 역시 알았다.

그게 분하다.

지난 사 년간의 피투성이 수련으로도 당당한 정면승부를 걸 수 없다는 사실이 너무나 화가 났다.

'제기랄! 하지만 나는 아직 젊어! 무한한 가능성과 미래가 있으니, 너 같은 더러운 늙다리 따윈 곧 따라잡아 주도록 하마! 다음에 만날 때는 목을 씻고 기다리라구!

엽자건이 내심 마구 소리 지르고 있을 때였다. 그의 뒤에서 갑자기 풀썩 하는 소리가 들려왔다. 여태까지 괴물 같은 무위를 자랑하고 있던 노승이 바닥에 쓰러진 거다.

"대사님!"

엽자건이 대경하여 노승에게 달려갔다. 그가 마비환몽산에 중독된 채로 냉고성과 싸우다가 심각한 부상을 당했다고 여긴 것이다.

슥!

노승을 능숙하게 한 손으로 감싸 안은 엽자건이 얼른 품속에서 피독주를 꺼냈다. 그가 마비환몽산을 두려워하지 않고 냉고성과 싸울 수 있게 해준 물건이었다.

근데 갑자기 엽자건의 품에 안겨 있던 노승이 정신을 회복했다. 그리고 담담히 웃어 보인다.

"허허, 어찌 이리 어진 마음을 가진 이가 천살지기(天殺之 氣)를 타고났더란 말인고? 하지만 도화살(桃花煞)이 함께 있

으니, 스스로의 노력으로 운명을 바꿀 수도 있으렷다!'

'천살지기? 도화살? 둘 다 나쁜 것 같은데… 함께 있어서 나쁘지 않다고?'

노승이 무사한 걸 확인한 엽자건이 안도의 기색을 지어 보이다 눈살을 슬쩍 찌푸렸다. 느닷없이 노승이 미소와 함께 내뱉은 말이 왠지 신경이 쓰인 까닭이다.

그때 노승이 엽자건의 품속에서 슬그머니 빠져나왔다. 언제 정신을 잃고 바닥에 쓰러졌냐는 듯 지극히 건강하고 생생한 모습이다.

엽자건이 의심스런 표정으로 말했다.

"부상을 당한 것이 아니셨습니까?"

"당했다네."

"어딜……."

"마음을 크게 상처받았다네. 어찌 자네는 천살의 기를 소림까지 가져온 것인가?"

'그런 건 전혀 모르는 소리고.'

노승의 질문 중 이해가 가지 않는 건 살짝 마음 한켠으로 밀어놓은 엽자건이 관심이 가는 것에만 집중하기로 했다.

"그러니까 몸은 아무런 부상 없이 건강하시다는 거로군요?"

"그야 그렇지. 하지만 역시 평생 처음으로 목불인견(目不忍見)의 참상을 본 탓에 마음이 너무 아프구먼. 저들도 분명 하늘과 땅의 기를 받아 태어난 소중한 생명들인진대, 어찌 만리타향까지 와서 처참한 죽음을 당한 것인지……."

"……"

엽자건은 내심 한숨이 흘러나오려는 걸 억지로 참았다.

순진하다고 해야 하려나?

한순간 곤왕 유대유나 전성기 시절의 사부 보종과 비견할 법한 대고수라 여겼던 노승이다.

가슴이 크게 뛰지 않을 수 없다.

이만한 대고수라면 보종의 독상 역시 치료할 수 있을 거란 확신이 들었기 때문이다. 그런데 이런 어린애같이 순진한 태도를 보이니 일시 당황스럽지 않을 수 없다.

'뭐, 어쨌든 지금 중요한 건 그런 게 아니니까……'

내심 어깨를 한차례 으쓱해 보인 엽자건이 얼른 본론으로 들어갔다.

"대사님, 부상을 당하지 않으셨다니 다행입니다. 아시다시피 현재 소림사에는 큰 난리가 났으니 저와 함께 가주시지 않겠습니까?"

"빈승은 장경각을 떠날 수 없다네."

"예? 어째서……."

"빈승은 일생을 장경각에서 불목하니로 살았다네. 본래는 결코 외인들 앞에 모습을 드러내선 안 될 일이나 귀한 불경과 경서들을 지키기 위해 어쩔 수 없이 나선 것이라네."

"하지만 소림사의 제자시잖습니까? 소림사 전체가 위험에 빠졌는데…….”

“허허, 소림사는 괜찮다네. 굳이 빈승 같은 불목하니까지 나설 필요는 없음이야.”

가벼운 너털웃음을 끝으로 노승이 갑자기 홀연히 신형을 날리더니 장경각 안으로 사라져 버렸다. 아예 처음부터 존재하지도 않았던 것처럼 말이다.

“대사… 님?”

엽자건이 몇 차례에 걸쳐 깜빡거렸다. 일시 허깨비를 본 것 같은 착각에 빠진 까닭이다.

그때 엽자건의 말대로 얌전히 숨어 있던 공혜가 쪼르르 달려왔다.

“엽 사백님, 사람들이 몰려오고 있습니다!”

“복면을 덮어쓴 놈들?”

“아닙니다! 사백, 사숙님들입니다!”

‘귀신!’

엽자건이 내심 탄성을 터뜨렸다. 노승이 사람들이 몰려오는 걸 미리 알아채고 떠났음을 깨달았기 때문이다.

과연 얼마 지나지 않아 장경각 쪽으로 무수히 많은 소림승들이 몰려들었다. 죽어라 싸울 때는 한 명도 보이지 않더니 정리가 되자마자 몰려드는 게 마치 둑 터진 홍수 같았다.

*　　　　*　　　　*

뿌득!

냉고성은 도주하며 이를 갈았다.

당당한 새외칠마의 일좌.

그보다 더욱 중요한 건 그가 대금국 팔기군 중 황천기주의 최정예인 황천살검대(黃天殺劍隊)를 이끌고 왔음에도 임무에 실패했다는 점이었다.

'그 망할 늙은 중과 젊은 녀석만 방해하지 않았어도……'

노승과 엽자건.

전혀 예상치 못한 복병이었다.

그가 주군으로 삼고 있는 황천기주가 이번 소림사 전복 계획에 들인 공은 상상을 초월할 정도였다. 무려 수십 년에 걸쳐 소림사의 핵심이라 할 수 있는 사대금강과 십팔나한을 포섭하고 마비환몽산이란 귀한 독까지 준비했다. 칠마 중 하나인 자신을 휘하에 거둔 것 역시 그 같은 계획의 일환이었음은 미뤄 짐작할 수 있는 일이었다.

그런데 성공을 목전에 두고 실패하다니!

냉고성의 심사가 꼬이다 못해 부글거리며 끓어오르는 것도 결코 무리는 아니었다.

근데 갑자기 냉고성이 걸음을 주춤하고 멈췄다.

야조와 같던 신법의 속도를 단숨에 줄이고 뱀 같은 눈에 차가운 신광을 담았다.

이유가 없을 리 만무하다.

그에게서 얼마 떨어지지 않은 장소에 고목처럼 서 있는 추레한 차림의 노개가 원인이었다. 그의 손에 아무렇게나 들려져 있는 청죽봉이 무척이나 신경 쓰이기도 했고 말이다.

"소림사에서 거지를 만날 줄이야! 개방에서의 지위가 어찌 되시오?"

"매듭이 아홉 개라네."

"철담협개!"

"맞아. 내가 바로 철담협개 이구야!"

그 말을 끝으로 철담협개의 손에 들려 있던 청죽봉이 바람같은 속도로 냉고성을 찔러 들어갔다.

봉타쌍견!

엽자건에게 펼쳤던 것과는 비교조차 되지 않는 빠르기다.

물론 냉고성 역시 넋 놓고 당하고만 있을 리 없다.

그의 소매 속에서 다시 만리지도가 모습을 드러냈다. 더불어 극한까지 끌어올린 심살기!

일시 소림사의 하늘 아래에서 타구봉법과 잔혹심살도법이 격렬한 충돌을 일으켰다. 자타가 공인하는 정파의 대고수와 마도의 초절정고수 간의 결코 물러설 수 없는 대결이 벌어진 것이다.

콰득!

제멋대로 종횡하는 청죽봉이 만들어낸 변화.

그중 하나를 피하는 데 실패한 냉고성의 얼굴이 더욱 창백하게 변했다.

'과연 개방의 방주답구나! 세상에 이렇게 말도 안 되는 봉법이 있을 줄이야!'

냉고성은 고통을 참고서 얼른 신형을 뒤로 뽑아냈다. 다시 변화를 보이기 시작한 청죽봉을 막아낼 방도를 도저히 찾을 수 없었기 때문이다.

그때 막 다시 냉고성을 청죽봉으로 압박해 가려던 철담협개가 잠시 공격을 늦췄다.

그의 배후.

어느새 장년승 하나가 모습을 드러내고 있었다. 소림사의 정문을 방어하고 있던 십팔나한 중 한 명인 보경이었다.

"아미타불! 시주들은 뉘시기에 감히 본 사의 경내에서 소란을 부리고 있는 것이오!"

냉고성의 창백한 안색을 살핀 철담협개가 입가에 반가운 미소를 매달았다.

"오! 반갑네! 나는 개방의 방주인 이구라네. 금일 소림사 경내에 악도들이 몰려온 걸 알고 도움을 주러 달려왔다네."

보경이 일수합장을 해 보였다.

"본래 개방의 철담협개 방주님이셨군요. 그럼 저분 시주는 어찌 되시는지요?"

"저자?"

철담협개가 막 냉고성 쪽에 시선을 던졌을 때다.

갑자기 근엄한 표정으로 일수합장하고 있던 보경이 특기인 대력금강장으로 기습해 왔다. 시선이 냉고성을 향한 아주 짧은 순간을 놓치지 않고 출수를 한 것이었다.

때맞춰 냉고성 역시 잔혹심살도법 중 최절초인 마풍도도(魔風滔滔)를 철담협개에게 쏟아냈다. 사람의 허를 완벽하게 찌르는 합공이 펼쳐진 거다.

그러나 철담협개가 달리 정파를 대표하는 대고수가 아니다.

특히 그는 산전수전을 다 겪은 노강호였다.

비록 십팔나한 중 한 명인 보경의 느닷없는 기습에 크게 놀라긴 했으나 곧 심력을 둘로 나눴다.

좌수는 강룡십팔장 중 하나인 견룡재전(見龍在田)을.

우수에 들린 청죽봉으론 다급한 김에 천하무구를 완벽하지 못한 상태로 펼쳐 냈다.

콰릉!

빠박!

철담협개가 충돌의 여파를 줄이기 위해 황급히 취팔선보를 펼쳤다. 제아무리 무공이 등봉조극(登峯造極)의 경지에 오른 그라 해도 보경과 냉고성의 기습적인 합공은 다소 버거운 게 사실이었다.

반면 보경은 견룡재전의 무시무시한 위세에 눌려 피를 한 사발이나 토해냈고, 냉고성의 안색은 더욱 창백하게 질렸다.
두 사람의 상태 역시 철담협개보다 못하면 못했지 나을 게 없
었던 것이다.

그게 그들에게 빠른 결정을 내리게 만들었다.

스슥! 스스슥!

문득 시선을 마주친 두 사람이 마치 약속이라도 한 것처럼
도주하듯 신형을 날렸다. 철담협개가 쫓아오기라도 할까 봐
겁을 내는 기색이 완연했다.

'이놈들아! 천천히 가라! 나 못 쫓아가니까……'

철담협개가 내심 심통스레 부르짖고는 참았던 피 한 모금
을 바닥에 토해냈다.

보경의 대력금강장과 냉고성의 심살기!

둘이 합쳐지자 위력이 가히 무시무시했다. 비록 억지로 받
아내긴 했으나 가벼운 내상을 입는 것까지 막을 순 없었다.

＊　　　　＊　　　　＊

달마원.

소림사에서 중대한 사안이 있을 때만 열리게 되어 있는 연
화법륜회가 벌어진 이곳에도 겁화는 그냥 지나치지 않았다.

연화법륜회가 한참 진행되고 있을 무렵.

양심당주(養心堂主)이자 대장로인 무진 대선사가 가장 먼

저 이상을 눈치챘고, 곧 장문 방장 종아 선사와 다른 장로들 역시 독의 징후를 느끼고 일제히 운기조식에 들어갔다. 마비 환몽산의 독성을 내공으로 해독하려 한 것이었다.

그로 인해 무주공산(無主空山)과 다름없어진 달마원!

그때 마치 기다리고라도 있었던 것처럼 백여 명이 넘는 복면인들이 몰려들었다. 격전의 시작이었다.

그런데 한참 싸움이 절정에 이르고 있을 무렵, 또다시 이변이 벌어졌다.

십계십승 중 일곱과 각 당과 원에 속해 있는 무승들이 중심이 되어 있던 방어진에 배신자가 나타난 거다. 그것도 사대금강과 십팔나한 중에서 말이다.

결과는 처참했다.

십계십승 중 둘이 그 자리에서 목숨을 잃었고, 각 당과 원의 주요 고수들 역시 다섯이나 중상을 당해 쓰러졌다. 가장 무공이 떨어지던 도 자 항렬의 여섯 또한 생사를 장담할 수 없는 상태가 되어버렸다.

도저히 회복할 수 없는 대타격을 입은 거다.

나한당에서 재회한 종경과 보종이 나타난 건 바로 그때였다.

한때 소림사를 대표했던 두 사람.

비록 현재 보종은 외다리에 심각한 독상을 당했고, 종경 역시 내상을 당한 상황이었으나 두 사람의 무위는 압도적이었다. 삽시간에 서른 명이 넘는 복면인들을 제미곤으로 때려눕혀 완전히 기울어졌던 전세를 급격히 회복시켰다.

그리고 바로 그때 굳게 닫혀 있던 달마원의 문이 열렸다.

소림사의 진정한 고수들이 운기조식으로 마비환몽산을 몰아내고 드디어 싸움에 가담한 거다.

폭풍?

그런 표현보다 더욱 어울리는 게 있다.

소림본색(少林本色)!

남아 있던 오십여 명의 복면인들은 채 일각도 지나기 전에 깨끗하게 쓸려 버렸다. 언제 기세등등하게 난리를 피웠냐는 듯 얌전한 양 떼처럼 모조리 제압당해 얌전히 처분을 기다리는 신세가 되어버린 것이었다.

그렇게 어느새 평온을 되찾은 달마원.

한켠에서 종아 선사와 무진 대선사가 얘기를 나누는 동안 다른 장로들은 일제히 종경과 보종 앞에 몰려와 있었다. 빠진 사람은 복면인들과 배신자들에 대한 처리를 생각하느라 머리가 복잡한 계율원주 종지와 살아남은 무승들을 이끌고 불이 난 장경각으로 달려간 반야당주(般若堂主) 종수뿐이었다.

본래 종경과 친분이 두터운 보리원주(菩提院主) 종심과 참선동주(參禪洞主) 종기가 연신 칭찬의 말을 늘어놨다.

"종경 사제 덕분에 천년 소림의 명운이 끊기지 않을 수 있었네! 고마우이! 고마워!"

"종경 사제의 곤법이 대단한 줄은 익히 알았지만, 내공까지 무쌍의 경지에 올랐을 줄은 몰랐거늘! 참으로 대단한 활약을 해줬네!"

종경이 고개를 가로저었다.

"운이 좋았을 뿐입니다. 두 분 사형께서 무사하시니 다행일 뿐입니다."

그때 달마원주 종상이 역시 칭찬의 말을 늘어놓고 표정을 조심스럽게 바꿨다.

"그런데 종경 사제, 함께 온 시주가 혹시 파문당한 보종이 아닌가?"

종경이 고개를 끄덕였다.

"보종이 맞습니다. 전날의 죄를 청하기 위해 소실봉을 오르던 중 마침 본 사에 난이 발생한 걸 알고 나한당으로 달려와 제 생명을 구했습니다."

"종경 사제의 생명을 구했다고?"

"예, 보영과 보문이 절 암산했을 때 보종이 도와주지 않았다면 제 생명은 위험했을지도 모릅니다."

"선재(善哉)! 선재!"

종상이 탄성을 터뜨리며 보종을 향해 고개를 끄덕여 보였다. 내심 장문 방장인 종아 선사에게 보종에 대한 좋은 말을 해줘야겠다고 마음먹은 것이다.

그때 보종이 두 사람 사이에 끼어들었다.

"종경 사숙, 어찌 없는 말을 지어내시는 것이오. 내가 도착했을 때 이미 보영과 보문은 사숙의 손에 요절이 난 상황이었거늘."

"보종!"

"나 보종이 소림사에 돌아온 게 전날의 죄를 청하기 위함임은 맞소이다. 하지만 어찌 거짓으로써 죄의 사함을 받을 수 있겠소이까? 그건 결코 내가 원했던 것이 아니올시다. 그러니 그런 거짓된 말은…… 우웨에에엑!"

강경한 표정으로 말을 이어 나가던 보종이 갑자기 입으로 핏덩이를 토해내곤 신형을 크게 흔들어 보였다.

토혈!

그리고 불현듯 찾아온 어지러움!

그가 근래 피독주와 철담협개의 내공으로 도움을 받았다곤 하나 마령귀사의 독기가 이미 골수에 미쳐 있는 상태였다. 달마원에서 벌어진 싸움에서 무리하게 힘을 쓰자 일시 독기가 심장으로 몰려들었다.

급작스런 심장마비 상태에 빠져들고 만 거다.

쿵!

결국 보종이 더 이상 버티지 못하고 바닥에 쓰러지자 종경과 장로들이 대경해 그에게 달려갔다.

그러나 그들 중 의학이 고명한 이는 아무도 없었다.

일반적인 내상이 아니라 독상임을 금세 알아봤다. 누구 하나 쉽사리 손을 쓰지 못하는 게 당연하다. 자칫 보종의 죽음을 앞당기는 결과를 야기할 수도 있다는 판단 때문이다.

그때 종아 선사와 얘기를 나누고 있던 무진 대선사가 나섰다.

소림사 유일의 대장로!

더불어 그는 소림사에서 역근경을 가장 깊이 참오하여 내공에 있어선 최고의 경지에 오른 사람이기도 했다. 무려 칠단공을 이루고 있다 알려져 있었다.

파꽉!

탄지신통(彈指神通)으로 손가락에 순양의 진기를 담아 보종의 심맥을 보호한 무진 대선사가 눈을 반개했다. 같은 역근내경을 연마한 보종의 체내 기경팔맥의 흐름을 정확히 관(觀)하기 위함이었다.

'아미타불! 어찌 이런 몸을 하고서 여태까지 부처님께 귀의하지 않을 수 있었더란 말인고! 기경팔맥은 물론이거니와 오장과 육부가 벌써 절반 이상 독기의 침습을 받아 썩어버리지 않았는가!'

장탄식이 절로 나온다.

어떠한 방법을 사용해도 보종의 죽음을 막을 수 없다는 생각이 들었기 때문이다.

하지만 늦출 수는 있다.

힘을 다한 촛불처럼 사그라져 가는 생명을 잠시나마 연명시킬 힘이 그의 역근내경 칠단공에는 존재했다. 망설임이 있을 리 만무하다.

"아.미.타.불……!"

무진 대선사의 입에서 장엄한 불호성이 터져 나왔다.

더불어 그의 손이 다시 움직이자 보종의 몸이 가벼운 경련과 함께 반응을 보이기 시작했다. 끊어져 가던 생명의 줄을 그 역시 아직 놓지 못하고 있었다.

사삭!

사사사삭!

종경을 비롯한 장로들이 일제히 무진 대선사와 보종의 주변에 도열했다. 혹시라도 있을지 모르는 적의 기습에 대비한 호법에 들어간 거다.

"아미타불! 보종이 어쩌다 저런 지경에 처했더란 말인고! 보종이 어쩌다가……."

일시 혼자서 동떨어져 고적한 신세가 된 장문 방장 종아 선사가 불호와 함께 나직이 중얼거렸다.

그 외엔 딱히 할 게 없달까?

과거 곤왕 유대유가 소림사를 방문했을 때와 마찬가지로 괜스레 손아귀에 쥐어져 있는 염주만 만지작거릴 수밖에 없었다. 자신이 나설 자리가 없다 여긴 것이다.

*　　　　*　　　　*

엽자건은 장경각으로 몰려든 소림승들과 함께 온 철담협

개를 보고 인상을 썼다.

문득 뇌리를 스쳐 간 불안한 생각.

철담협개가 확인 사살하듯 확인시켜 준다.

"푸헐! 과연 사제지간이 똑같구나, 똑같아!"

"방주님, 뭐가 똑같다는 겁니까?"

"나무를 주우러 갔던 사람이 어째서 소림사 경내에 있는 것인가?"

"그야… 소림사로 향하는 묘한 기척을 느끼고 쫓아왔다가 장경각 쪽에 불이 난 걸 보고 참을 수가 없어서……."

"자네 사부도 마찬가지였지 않겠는가? 십수 년 만에 돌아온 소림사에서 불길이 치솟았으니 말일세!"

"그럼 사부님도 함께 소림사에 오신 겁니까?"

"그렇지."

"어디에……."

"그게 말일세. 나도 지금은 잘 모르겠네. 나한당에서 헤어졌거든."

'이놈의 노친네가! 몸도 성치 않으시면서 또 사고 치신 건 아닐 테지?'

엽자건의 인상이 더욱 굳어졌다.

그가 아는 사부 보종.

결코 싸움에 임해서 몸을 사리는 성격이 아니다. 목표로 했던 자를 죽이거나 완전히 박살내기 전에는 절대로 뒤로 물러서는 법이 없는 것이다.

당연히 걱정이 앞선다.

독상을 고치러 소림사에 왔는데, 오히려 몸을 더 상할 짓을 할까 봐 염려스러웠다.

그때다.

능숙하게 휘하 무승들을 진두지휘하고 있던 반야당주 종수가 두 사람에게 다가들었다. 어느새 서왕모 신당의 불길을 잡고, 부근에 널브러져 있는 복면인들의 시신 수습까지를 끝낸 거다.

"이 방주님, 보종 사질은 현재 종경 사제와 함께 달마원에 있습니다."

"달마원?"

"연화법륜회가 벌어지고 있던 달마원에도 악도들이 몰려왔습니다. 장경각과 함께 양동작전을 펼쳐서 본 사의 무경과 경전을 털고, 장문 사형을 비롯한 소림의 정기를 크게 훼손시키려는 술책이었을 테지요. 만약 보종 사질과 종경 사제가 때마침 달마원으로 달려오지 않았다면 금일 소림사에서 벌어진 참극의 정도는 더욱 심각했을 것입니다."

"으음, 그랬었구려. 하나 과연 소림사올시다! 소림이 본색을 드러내니 마두는 도주하고 만사는 결국 바른 곳으로 흘러가게 되었지 않소이까?"

"별말씀을. 이 방주님께서 도움을 주신 것을 빈승은 이미 알고 있습니다."

"헐! 별거 아니었소이다."

철담협개가 나직이 웃어 보이면서도 표정만큼은 심각했다. 종수가 한 말을 듣고 보니 뒷골이 서늘하다. 내심 고개가 절로 흔들리지 않을 수가 없다.

소림사!

누구나 인정하는 정파의 대산북두이다.

만약 오늘 밤 소림사의 장경각이 털리고 좋아 선사를 비롯한 핵심 고수들의 신상에 문제가 발생했다면 그 후폭풍은 상상을 불허할 정도로 끔찍할 터였다. 중원의 정파무림 전체가 대지진을 만난 것처럼 뒤흔들릴 수도 있는 일이었다.

그때 엽자건이 슬그머니 두 사람 곁을 떠나 여전히 장경각의 뒤편에 숨어 있던 공혜에게 갔다.

"달마원, 어디 있는지 아냐?"

"예!"

"안내해라!"

"저기… 그런데 저는 이만 초조암으로 돌아가 봐야 할 것 같은데요? 사부님이 돌아오시면 혼나거든요."

"너는 오늘 날 제때에 장경각으로 데려오는 대공을 세웠다. 공(功)으로 과(過)가 상쇄되니까 괜찮아."

"정말 그럴까요?"

"물론이지!"

엽자건의 단호한 대답에 공혜가 눈을 몇 차례 깜빡여 보이곤 얼른 앞장섰다.

엽자건이 한 말.

그다지 신뢰가 가지 않는다.

공혜의 사부는 회 자 항렬의 무승들 중에서도 후일 계율원의 십계십승에 발탁될 가능성이 높다고 알려진 깐깐한 성격이었다. 공으로 과를 상쇄하느니 하는 말 따윈 씨도 먹히지 않을 게 분명했다.

'에휴! 그래도 엽 사백님은 굉장히 멋있는 분이니까! 나중에 징벌방에 갇히더라도 일단 끝까지 도와드리는 게 도리일 거야!'

징벌방.

소림사에서 크게 사고치거나 말썽을 부린 제자들이 갇혀서 벌을 받는 장소다.

어디까지나 귀 너머로만 그곳의 무서움을 전해 들었던 공혜는 나름 단단히 각오했다. 어찌 됐든 오늘 밤 본 엽자건의 모습은 소년을 홀딱 반하게 만들 만큼 멋있었던 것이다.

꾸욱!

뒤따르는 엽자건 또한 내심 단단히 각오하고 있었다. 삼절마곤을 쥔 손에 절로 힘이 들어갔다.

'어찌 됐든 사부님은 소림사에서 파문을 당한 처지다! 소림사의 계율이 엄격한 건 유명하니까 어쩌면 지금쯤 무척 곤

란한 상황에 처해 계실지도 몰라!'

전장.

언제 무슨 일이 벌어질지 모르는 대지다.

그런 곳에서 오랫동안 굴러다닌 엽자건이니만치 매사 조심하지 않을 수 없었다. 특히 사부 보종의 일에 관해서는 더욱더.

어느새 밝아오기 시작한 여명!

소림사의 길고 길었던 밤은 서서히 그 끝을 보이고 있었다.

주(註)

*천살지기:하늘로부터 부여받은 천연의 살기를 뜻한다. 이 기운을 타고 태어난 자는 무수히 많은 사람을 죽일 운명이라 한다.

*도화살:사람이나 물건을 해치는 독하고 모진 기운을 살이라고 하며, 남자든 여자든 이 도화살이 끼면 파도하고 잘못된 성욕으로 재앙을 당하게 된다고 믿고 이를 꺼린다. 그러나 현대에는 시대의 변화에 따라 예전처럼 부정적으로만 해석하지는 않는다. 오히려 이성의 주목을 끌고 매력적으로 다가가는 긍정적 요소로 여기기도 하며, 특히 연예인들이 반드시 갖추어야 할 사주라고까지 이야기한다.

第十七章

불법무한(佛法無限)

少林
棍王

소림곤왕

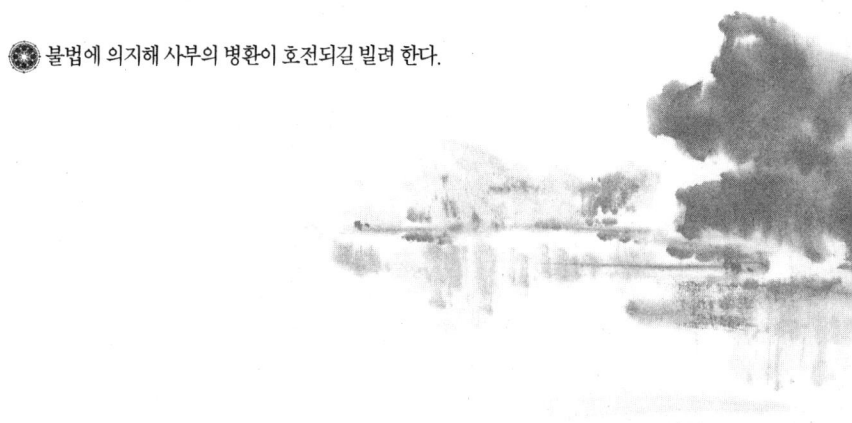

불법에 의지해 사부의 병환이 호전되길 빌려 한다.

공혜의 안내로 달마원에 도착한 엽자건은 그곳에 들어갈
수 없었다.

입구를 가로막고 있는 위압적인 진세!

대웅보전 앞에 펼쳐져 있던 백팔나한대진의 축소판인 십
팔나한진(十八羅漢陣)이다.

배신자와 그로 인해 죽은 자 몇 명을 제외한 십팔나한이 모
두 모였고, 빈자리는 십계십승과 사대금강 중 생존자가 대신
했다. 일류고수 급 이상의 제자라면 무조건 나한진 수련을 거
치는 터라 전혀 어색함이 없었다.

소림사 역사에 남을 만한 혈전의 직후다.

외인의 달마원 출입을 허락해 줄 리 만무했다.

엽자건이 공혜까지 동원해 몇 번이나 사정을 설명했으나 십팔나한진은 요지부동이었다. 아예 상대조차 해주지 않았다. 돌아오는 건 불호성과 위맹스런 눈빛이 전부였다.

'제기랄! 내가 오늘 밤 소림사를 지키기 위해 어떤 개고생을 했는데 이것들이……'

엽자건은 화가 나서 견딜 수가 없었다.

굳이 공치사를 하고자 함이 아니었다. 사부 보종의 사문을 조금 도와줬다고 티를 내는 것도 우스운 일이 아니겠는가!

하지만 사람이 알아듣도록 몇 차례나 설명을 했으니, 누구 한 명쯤 달마원에 들어가 보종의 안위 정도는 알아봐 주고 와 줬으면 했다.

사실 그 정도는 해줄 수 있는 거 아닌가!

그 같은 불만 속에 엽자건이 아침을 맞이할 무렵이었다. 뒤늦게 그가 사라진 걸 깨닫고 달마원으로 달려온 철담협개가 서운하다는 듯 말했다.

"어딜 갔나 했더니 제 사부만 챙기려 왔구먼 그래?"

"방주님!"

엽자건이 철담협개를 반색하며 맞았다. 그의 무림에서의 지위를 이용할 수 있겠다는 생각이 든 거다.

"왜? 갑자기 이 노개의 얘기를 듣고 보니 마음 한구석이 켕기기라도 하는 것인가?"

"방주님, 사부님을 아직까지 뵙지 못했습니다. 도와주십시오!"

"자네 사부를 어째서 보질 못해?"

"달마원이 이렇게 가로막혀 있으니 어찌 사부님을 뵐 수 있겠습니까?"

"흐음."

철담협개가 비로소 달마원에 펼쳐져 있는 십팔나한진을 살폈다.

한눈에 보기에도 철벽!

만약 그 자신이 전력을 다 기울인다 해도 달마원에 들어갈 수 있다는 자신을 가질 수 없었다. 그냥 바라보기만 해도 숨이 콱 막히는 게, 소림사의 정예가 집결해 있음을 알 수 있었기 때문이다.

그렇다 해도 엽자건이 기대 어린 시선으로 바라보고 있었다.

내심 손녀사위로 점찍어놓은 터에 얼굴이 깎이는 모습을 보여줄 순 없었다.

'푸흴! 게다가 무림이란 본시 무공만 가지고 살아가는 곳이 아닐 터인즉!'

내심 염두를 굴리며 너털웃음을 터뜨린 철담협개가 하단전에서 진기를 불끈 끌어올려 버럭 일성대갈을 터뜨렸다.

"좋아 선사아! 나 왔네! 노개가 왔어! 당장 달마원의 포진을 풀지 않으면 그냥 갈 거네에에!"

'케헥!'

엽자건이 내심 비명을 터뜨리며 얼른 양손으로 귀를 막았다.

소림사의 사자후 신공이 이 정도일까?

평생 경험한 가장 큰 대갈에 일시 귓속의 세반고리관이 흔들리고 머리가 어질어질해 왔다. 내공이 한참 부족한 공혜는 비명과 함께 바닥에 주저앉기까지 했다.

파팟!

얼른 손을 뻗쳐 공혜를 자신의 품으로 끌어당긴 엽자건이 역근내경을 운기해 귀를 막아줬다.

똑똑하고 귀여운 녀석이다.

게다가 의리도 있으니 이렇게 챙겨주는 것이 당연하다.

그러길 얼마나 지났을까?

여전히 동요조차 보이지 않고 있던 십팔나한진 저편에서 한 명의 노승이 모습을 드러냈다.

귀밑까지 늘어진 백미.

적당히 보기 좋을 정도의 살집에 주름진 얼굴.

바로 소림사의 장문 방장인 종아 선사다.

그가 나타나자 어떤 일이 있어도 절대 미동조차 하지 않을 것 같던 십팔나한진이 변화를 보였다.

일사불란하고 절도있는 동작으로 길을 터준 거다.

그 사이를 빠르지도 늦지도 않은 걸음으로 통과한 종아 선사가 철담협개를 향해 부드럽게 미소 지어 보였다.

"이 방주, 고생을 시켰소이다."

"고생은 무슨! 새외칠마 중 한 놈인 잔혹마군 냉고성과 맞상대를 하긴 했으나 이 노개한테는 택도 없었네. 그저 새벽 운동거리 정도였달까? 푸헐헐헐헐!"

철담협개는 일부러 십팔나한의 배반자인 보경에 대해선 언급하지 않았다.

그가 오래전에 터득한 세상을 살아가는 도리다.

근데 한참 통쾌하게 대소를 터뜨리던 철담협개의 코에서 한줄기 핏물이 흘러내렸다.

냉고성과 갑작스런 보경의 합공으로 적지 않은 내상을 입은 터.

그 후 별다른 운기조식도 없이 계속 활동하다 무리하게 내공을 끌어올려 소리까지 지르자 내상이 도지지 않을 재간이 없다. 확실하게 터져 나와 버린 거다.

엽자건의 도움으로 기절을 면한 공혜가 그 모습을 보고 천진난만하게 말했다.

"시주님, 코에서 피 납니다!"

"뭐? 그게 무슨……."

엽자건이 확인 사살에 들어갔다. 조심스런 표정과 목소리로.

"방주님, 코피 나십니다, 코피!"

"……."

철담협개가 얼른 소매로 코끝을 문지르곤 인상을 와락 일그러뜨렸다. 엽자건은 둘째 치고 절친한 사이이자 맞수라 할 수 있는 종아 선사 앞에서 낯을 있는 대로 팔게 된 까닭이다.

미소를 거둔 종아 선사가 말했다.

"이 방주, 보종 때문에 소리를 지르신 것이외까?"

"맞네."

"그렇다면 잠시만 더 기다려 주셔야 할 것 같소이다. 현재 무진 사숙님께서 보종을 치료하고 있으니까요."

"무, 무진 대선사께서 직접 손을 쓰셨다는 말인가?"

"그렇소이다."

종아 선사가 미미하게 고개를 끄덕여 보이곤 엽자건에게 시선을 던졌다.

속내를 대번에 꿰뚫어 보는 듯한 눈빛.

일순 폐부까지를 무형의 창에 관통당하는 듯한 느낌을 받은 엽자건이 안색을 가볍게 굳혔다. 종아 선사의 무공이 결코 철담협개에 못하지 않다고 여긴 까닭이다.

그렇다 해도 엽자건은 이미 이 같은 압박이나 무형지기에 충분할 정도로 익숙해져 있었다. 절대 정신적으로 뒤로 밀리진 않는다.

부릅!

엽자건이 두 눈에 힘을 담자 천생의 살기가 일어났다. 종아 선사의 무형지기에 깃든 항마지력(降魔之力)에 자연스레 반발을 일으킨 것이었다.

'허어! 보종만 해도 불문과는 어울리지 않는 살기를 품고 있었거늘! 어찌 천살지기를 품은 아이를 제자로 받아들였더란 말인고!'

천살지기!

딱히 정해진 건 아니다.

단지 천생적으로 야수와 같이 공격적인 기질을 많이 가진 자를 일컫는 말이었다.

당연히 불문인 소림사에서는 그 같은 기운을 매우 경계했다. 자칫 천하무쌍이라 불리는 소림 칠십이절예가 사악하게 사용될 수도 있음을 잘 알고 있었기 때문이다.

그런 기준으로 볼 때 엽자건은 최악이었다.

천살지기라 할 만큼 선천적으로 짙은 살기를 타고 태어난 데다 사 년여에 걸쳐 전장과 싸움터를 전전해 왔다. 아직 마인이 되지 않은 것이 다행일 지경이었다.

내심 엽자건의 기질과 기운을 세세히 살핀 종아 선사가 위엄 어린 목소리로 말했다.

"네가 보종의 제자이더냐?"

"예, 그렇습니다."

"좋은 기골을 가지고 있구나. 그래, 너는 소림에 대해 어찌 생각하고 있더냐?"

"그게……."

엽자건은 평소와 달리 말끝을 슬며시 끌었다.

눈앞의 노승.

사부 보종을 소림사에서 쫓아낸 당사자인 장문 방장 종아 선사였다. 자칫 잘못 말을 했다가는 문제가 심각해질 수 있으니 잠시 고심의 시간을 갖지 않을 수 없었다.

그래도 타고난 기질이 어디 가지 않는다. 곧 종아 선사와 시선을 정확히 맞춘 엽자건이 평소 생각하던 바를 말했다.

"…제 생각에 소림은 위대하나 근래 지나치게 고리타분한 것 같습니다."

"고리타분하다?"

"예. 소림사가 비록 사찰이긴 하나 천하에서 유명한 건 무공입니다. 실제로 과거 무수히 많은 국가와 무림의 위기를 소림 절학을 통해 극복할 수 있게끔 나섰지 않습니까? 그런데 근래 소림은 천하가 혼란하고 무림에 마인들이 횡행(橫行)하는데도 어떠한 일도 하지 않고 있습니다. 일반적으로 불법을 수련하는 불제자의 입장으로선 옳은 일이나 천하 무학의 대종이라 불리는 소림사답지는 않은 행동이라 생각됩니다."

"보종이 그같이 말하더냐?"

변함없는 표정이나 말투 속에는 불쾌한 감정이 섞여 있다.

종경과 보종.

서슴없이 곤왕 유대유를 따라나섰던 두 사람에 대한 감정의 찌꺼기가 종아 선사에겐 여전히 남아 있었던 거다.

엽자건이 고개를 가로저었다.

"사부님은 제게 불법이나 소림사에 관해서 말씀하신 적이 거의 없습니다. 오로지 곤법과 무공만을 전수해 주셨습니다."

'그리고 어떻게 싸우고 이기는 방법하고요.'

엽자건은 뒷말을 적당히 생략했다. 딱 보기에 고지식하고 권위적인 성품을 지닌 종아 선사로부터 사부 보종을 지켜주고 싶었던 것이다.

종아 선사가 천천히 고개를 끄덕여 보았다.

이만하면 충분하다.

불확실한 요소이던 엽자건에 대해서 정확한 판단을 내리기엔.

'전날 밤 공을 세웠으나 심성이 불문에 어울리지 않는 아이이니 계속 보종에게 맡겨둘 순 없을 터. 불법과 덕이 깊은 사제나 사질에게 맡겨서 아주 오랫동안 계도를 해야만 할 것이야.'

계도.

엽자건이 평소 매우 신봉하는 말이다.

이번엔 아주 대차게 돌아왔다. 소림사의 장문 방장인 종아 선사의 심중 결정에 의해서.

그 후 엽자건을 떠난 종아 선사가 철담협개와 몇 마디를 더 나눈 후 다른 장로들과 함께 경내 순시에 나섰다. 전날 벌어진 혈전의 뒷마무리가 제대로 되었는지 확인하기 위함이었다.

*　　　*　　　*

점차 밝아져 오는 하늘.

여명의 때를 넘긴 숭산 전역이 뿌연 안개를 점차 걷어내고 있었다.

"크으으!"

가까스로 소림사를 탈출한 냉고성의 입에서 문득 고통스런 신음이 흘러나왔다.

철담협개에게 당한 부상.

뼛속 깊이까지 사무쳐 온다.

더군다나 드높은 자존심에 가해진 상처는 상상을 불허할 정도였다.

칠마의 일좌인 잔혹마군!

황천기주의 밑에 속해서 무수히 많은 사람의 고문을 즐겨 왔던 대마인이다. 이런 고통과 패배의 굴욕을 감내해야만 하는 상황은 무척이나 생소했다.

그때 냉고성의 뒤를 쫓아 소림사를 빠져나온 십팔나한의

배신자 보경이 조심스레 질문해 왔다.

"냉 대인, 소림사에서의 일이 실패로 돌아갔으니 앞으로 어찌하실 겁니까? 금국으로 돌아갈 생각이시면 소승도 함께 데려가 주십시오!"

"금국으로 돌아가?"

냉고성이 짤막한 반문과 함께 얼굴에 묻어 나오던 고통의 기색을 순식간에 지워 버렸다. 그리고 보경을 바라보는 시선은 지극히 차갑게 가라앉아 있다.

"보경, 자네는 황천기주의 성품을 아는가?"

"어찌 소승같이 천한 자가 황천기주님의 성품을 알겠습니까? 그분을 오랫동안 곁에서 뫼신 냉 대인이시라면 몰라도."

'흥! 소림사에서 오랫동안 신분을 숨기고 십팔나한까지 된 자답게 처세가 꽤 능숙하구나! 하지만 황천기주의 사람이니 결국은 제거해야만 할 자일 터인즉!'

믿을 수 없는 자!

보경에 대한 냉고성의 평가였다.

그러나 어찌 됐든 상당한 중상을 입은 현재로선 꽤나 유용한 우군이었다. 굳이 내쳐서 적으로 돌릴 까닭은 없었다.

내심 냉소를 던진 냉고성이 뱀눈을 더욱 가느다랗게 만들어 보였다.

"황천기주는 자신이 계획한 일에 대한 실패를 결코 용납하지 않는 사람일세. 더군다나 수십 년간 공을 들였던 소림사

건 같은 경우는 더더욱 신상필벌(信賞必罰)에 엄격할 것일세."

"그, 그럼……."

"만약 이대로 자네와 내가 금국으로 돌아간다면 목숨을 부지할 수 없을 거야. 만약 목숨을 건진다 해도 기껏해야 나 정도일 테고 말야."

"……."

보경의 안색이 창백하게 질렸다.

그가 수십 년간 소림사에서 노력한 건 후일의 부귀공명(富貴功名)을 바랐기 때문이다.

그런데 갑자기 목숨이 오락가락하는 상황에 빠졌다 하니, 기가 막히고 마음이 혼란스럽지 않을 수 없다.

냉고성이 기다렸다는 듯 말을 이었다.

"그래서 말인데, 내게 한 가지 방책이 있긴 하네. 자네와 내 목숨을 건지고 잘만 하면 이번 실패를 성공으로 바꿀 수 있는 방책이 말야."

"아미타불!"

습관적으로 불호성을 입에 담은 보경이 갑자기 냉고성 앞에 부복했다. 더불어 감격한 표정을 짓고 목소리 역시 가느다랗게 떨려 나온다.

"소승은 앞으로 오로지 냉 대인만을 따르겠습니다! 부디 소승을 바른길로 이끌어주시기 바랍니다!"

"내 명령을 무조건 따르겠다고?"

"그렇습니다! 소승더러 섶을 짊어지고 불속으로 뛰어들라 하셔도 명에 따르겠습니다!"

"좋다! 그럼 앞으로 내 자네를 한 팔처럼 생각하겠네. 그러니 방금 한 말을 결코 잊어선 안 될 것이야."

"존명!"

보경이 중답지 않은 대답과 함께 머리를 바닥에 연달아 박아 보였다.

보름 후.

냉고성과 보경은 소림사가 위치한 등봉현에서 삼백 리가량 떨어진 여양(汝陽)에 도착했다.

소림사와 개방의 이목과 추격대를 따돌리기 위한 도주행.

그리 쉽지 않았다.

그동안 열 명이 넘는 거지가 냉고성의 손에 죽었고, 보경은 산적으로 변장한 채 몇 개나 되는 표행(鏢行)을 털기까지 했다. 추격대의 이목을 다른 쪽으로 돌리기 위함이었다.

그렇게 이른 곳.

여양에서 가장 큰 기루인 귀래향(歸來香)이다.

각기 부유한 상인과 짐꾼으로 변복한 두 사람이 상방에 들어서자 한 명의 금빛 가사 차림에 황금 면사로 진면목을 가린 미부(美婦)가 반가이 맞아주었다.

"호호, 냉 선배님, 어서 오세요! 그런데 함께 동행하신 분은 누구신지 모르겠군요?"

"존불이 직접 온 게 아니었던 건가?"

"존불님은 대법대불왕 사부님을 뫼시느라 아직 하남성에 들어서지 못하셨습니다. 그래서 미천한 이년을 먼저 보내서 냉 선배님을 모시라 명하셨지요."

"그런가?"

"예."

미부가 황금 면사를 살랑이며 고개를 끄덕이자 냉고성이 뱀눈을 가늘게 만들어 보였다.

눈앞의 미부.

나름 인연이 깊다고 할 수 있다.

사 년여 전 곤왕 유대유를 상대하기 위한 소주행에서 만난 적이 있었기 때문이다.

'맹랑한 년! 그때 내 앞에서 했던 거짓말을 고대로 다시 지껄이다니! 하지만 현재 대법대불왕의 총애를 받고 있는 년이라니……'

대법대불왕!

현 포달랍궁의 대라마이자 새외무림의 절대강자였다.

현재 금국의 팔기군 기주들이 가장 영입하고 싶어하는 칠마의 실질적인 우두머리인 홍의마불이 그의 오른팔이니 그 위세를 가히 짐작할 수 있을 터였다.

눈앞의 미부는 바로 그 대법대불왕이 근래 받아들인 제자 중 한 명이었다.

포달랍궁이 위치한 서장무림의 인사들 사이에선 애첩이란 시각이 지배적이나 누구도 감히 입 밖에 내진 못했다. 대법대불왕의 존엄을 상하게 한다는 건 목숨을 내놓는 거나 진배없었기 때문이다.

잠시 눈앞의 미부를 냉소 어린 시선으로 바라본 냉고성이 한차례 어깨를 으쓱해 보이곤 보경을 소개했다. 대수롭지 않은 기색을 내보이며.

"이자는 소림사 십팔나한 중 한 명인 보경이라네. 내 수족과 다름없는 사람이니 경계할 필요 없네."

미부의 눈매가 슬쩍 치켜 올라갔다.

"과연 냉 선배님! 어떻게 소림사의 십팔나한 중 한 분을 수족으로 삼으실 수 있었는지 궁금하군요?"

"깊은 사정까지 자네한테 말해줄 순 없지 않겠는가? 잡담은 그만 하고, 존불은 언제 대법대불왕을 모시고 하남에 오시는 건가?"

"석 달이 가기 전이 아니겠습니까?"

"석 달이나!"

"워낙 주변의 이목을 끄는 행렬인지라… 날파리가 많이 꼬이는 것 같습니다."

"그렇군. 그럼 자네는 어찌할 셈인가?"

"소림사 부근으로 이동해야겠지요."

"이동해서?"

"대법대불왕 사부님께서 오실 때를 예비하고 있어야 하지 않겠습니까?"

"……."

냉고성의 가느다란 입술 꼬리가 슬쩍 치켜 올라갔다. 눈앞의 미부가 제정신이 아니란 생각이 든 까닭이다.

그가 확인한 소림사의 저력!

상상을 불허할 정도였다. 어째서 천 년간 단 한 번도 패하지 않은 장승불패의 문파인지 알 수 있을 것 같았다.

더군다나 현재 그곳에는 개방의 방주인 철담협개까지 있었다. 소림과 개방의 이목이 거미줄처럼 쫘악 깔려서 파리새끼 한 마리 오고 갈 수 없을 만큼 삼엄한 경계망이 펼쳐져 있는 것이었다.

그런데 그런 곳으로 가겠다고?

미친 짓도 이런 미친 짓이 없다. 당장 자리를 털고 일어서고 싶은 걸 냉고성은 억지로 참았다. 만약 소림사에서 대패를 당해서 아쉬운 처지가 되지 않았다면 무조건 그리했을 터다.

하지만 대법대불왕과의 합류는 그에게 꽤나 중요했다. 자칫 평생 동안 도망자 신세가 될 수도 있는 상황만은 되고 싶지 않았다.

잠시 내심 치솟는 열불을 억누른 그가 억지로 미소를 만들어냈다. 일단 눈앞에서 황금 면사를 하늘거리고 있는 미부가 하는 말을 더 들어보자는 심산이었다.

미부가 말했다.

"저 역시 현재 등봉현 일대에 소림사와 개방의 제자들이 잔뜩 집결해 있다는 건 알고 있습니다. 아마 냉 선배님이 이곳에서 존불님과 만나기로 약속을 한 것과 관련이 없진 않은 일일 테지요?"

"그건 자네가 굳이 알 필요가 없는 일이네."

"예, 물론입니다."

냉고성에게 살짝 고개를 숙여 보인 미부가 말을 이었다.

"소림사는 강합니다. 하지만 본 궁 역시 막강합니다. 냉 선배님께서 저와 함께 동행하신다면 대법대불왕 사부님께서 오실 때까지 전혀 안전을 걱정하지 않으셔도 될 겁니다."

"나더러 포달랍궁의 후광 속에 숨어 있으라는 뜻인가?"

"하늘의 해가 결코 둘일 수 없는 법! 이번 중원행 동안 대법대불왕 사부님께서는 소림사를 시작으로 불문의 수없이 많이 갈라져 있는 계파들을 몽땅 정리하실 작정이십니다. 어찌 냉 선배님께서는 이 장대한 정벌에 동참하시는 걸 후광 속에 숨는다는 속된 말로 폄하하시는지요?"

'나 잔혹마군 냉고성더러 포달랍궁 중놈들의 뒷수발이나 들라는 말을 하는 건가? 이년이 감히!'

냉고성의 미소 짓고 있던 입꼬리가 제자리로 돌아왔다. 손아귀로 시퍼런 힘줄이 빠르게 도드라졌다 사라지길 반복하는 게 살기가 거진 폭발 직전에 이르렀음을 알 수 있다.

그러나 미부의 말대로 포달랍궁은 강했다.

특히 대법대불왕은 역대 최강의 대라마라 불리기까지 했다. 두 서장과 중원을 대표하는 사찰이 충돌한다면 어찌 될지 누구도 예상할 수 없을 터였다.

결국 냉고성은 심중의 살기를 억눌렀다.

일단 대법대불왕과 황천기주를 연결시키는 게 중요했다. 그때까지 다소간의 굴욕은 참을 필요가 있었다. 소림사에서 대패를 당한 일을 수습하기 위해선.

그렇게 내심 생각을 정리한 냉고성이 미부에게 천천히 고개를 끄덕여 보였다. 입가엔 어느새 사라졌던 미소 역시 감돌고 있다.

"내 대법대불왕과 존불이 오기 전까지 자네에게 한 팔의 힘을 거들도록 함세."

"그래 주시겠습니까?"

"물론이네. 본래 자네와 내 인연이 그리 적은 것은 아니지 않은가?"

"호호, 그야 그렇지요."

미부의 입을 가린 황금 면사가 다시 팔랑거림을 보였다. 호수를 연상시키듯 아름다운 두 눈이 기묘한 기운을 뿜어내고 있다. 매혹적이나 위험한.

　　　　*　　　　　*　　　　　*

보름이 빠르게 지나갔다.

매일같이 지객당과 달마원을 풀 방구리에 쥐 드나들 듯 오고 가던 엽자건이 비로소 보종의 앞에 엎드릴 수 있었다.

의식불명 상태가 된 사부.

언제나처럼 잠을 자고 있는 게 아니다.

그동안의 무리가 한꺼번에 터져서 식물인간에 가까운 상태가 되어버렸다. 십여 일간 보종을 살리기 위해 전력투구한 무진 대선사는 내력 소모가 하도 극심해 다시 폐관에 들어갔다고 알려졌다.

"큭!"

엽자건은 일순 두 눈에 고여든 눈물을 얼른 소매로 훔쳐 닦았다.

울어선 안 된다.

절대로 그리할 순 없었다. 만약 지금 눈물을 흘린다면 사부 보종의 현실을 그대로 인정해 버리는 게 되기 때문이다.

'사부! 일어나! 일어나라구! 천하의 파천마곤이 이게 뭐야? 기껏 이런 꼴이 되려고 소림사로 돌아온 건 아니잖아! 그건 내가 용서할 수 없다구!'

엽자건이 내심 이를 악문 채 소리 질렀다.

그렇게라도 하지 않으면 기혈이 뒤집어질 것 같았다.

근데 그런 엽자건의 배후로 며칠간의 정양 끝에 내상 치료를 끝낸 종경이 모습을 드러냈다. 그 역시 보종의 상세가 걱정되어 달마원에 들렀다가 억지로 눈물을 참고 있는 엽자건을 보게 되었다.

'새외칠마의 칠종진기를 몸속에 아우르고 있는 녀석이라고 했던가?

문파의 항렬을 떠나 형제와 같던 사이!

자신보다 나이가 많은 사질 보종이 깊은 애정을 담아 말하던 제자 엽자건이다.

왠지 그가 남같이 느껴지지 않아 잠시 지켜보고 있던 종경이 문득 손을 뻗어 엽자건의 어깨를 건드렸다.

토옥!

엽자건은 대경했다.

마음이 크게 흩어져 있던 때라 하나 완벽하게 배후를 찔렸다. 전장이나 싸움터에서라면 당장 목이 잘려 더러운 바닥에 나뒹군다 해도 할 말이 없을 터였다.

그렇다 해도 아직 죽은 건 아니었다.

스르륵!

한 마리 영묘(靈妙)한 뱀이 바위를 따라 흘러내리듯 엽자건의 몸이 밑으로 푹 꺼져 내렸다.

어찌 부복한 상태로 그런 일이 있을 수 있는가!

단단할 뿐 아니라 유연함 역시 함께 기른 근골의 놀라운 탄력이 이 같은 동작을 가능케 한다. 죽음 중에서 삶을 구할 수 있는 구명절초(求命絶招)를 몸의 용골 전체에다 각인하듯 새겨 넣은 거다.

당연히 다음 동작은 더욱 중요하다.

휘릭!

극도의 유연함을 발휘해 종경의 손아귀로부터 빠져나온 엽자건이 순식간에 신형을 뒤로 물렸다. 곧바로 반격에 나설 수 있게끔 시야를 확보한 것 역시 잊지 않았다.

'좋구나!'

종경은 일순 자신의 허벅지를 손으로 내려칠 뻔했다.

기대 이상이다.

보종의 제자는 전날의 자신이나 보종과 견주어 결코 떨어지지 않았다. 방금 전까지 곤왕 유대유를 쫓아 선혈이 강처럼 흘러내리는 전쟁터를 돌아다닌 것처럼 제대로 벼려져 있었다. 저만하면 본래 무위보다 두어 수쯤 앞선 상대를 만난다 해도 이길 수 있을 터였다.

더군다나 무공 수준 역시 예상보다 월등하다.

칠마의 칠종진기 때문에 역근내경의 진보가 멈춘 지 제법 오래되었다는 얘기가 믿기지 않을 지경이었다.

그러니 욕심이 난다.

처음에 생각했던 것보다 훨씬 더 제대로 된 시험 역시 통과

할 수 있을지 궁금해진 거다.

흔들.

심동체동(心動體動)이라!

마음이 움직이니 어찌 몸이 따르지 않을 것인가. 순간 종경의 신형이 한줄기 미풍이 되어 뒤로 물러서 자세를 바로잡던 엽자건을 덮쳐갔다.

그의 품으로 파고들었다.

빠박!

빠바바바박!

그냥 움직이기만 했을 리 없다.

질풍 같은 권각이 하나가 된 듯 뒤따랐다. 곧바로 엽자건의 전신을 난타해 대기 시작한 것이다.

'나한권, 소림금나십팔타(少林擒拿十八打), 여영수영퇴······.'

무엇 하나 엽자건에겐 생소하지 않다. 보종을 따르며 가장 먼저 배운 것들이기 때문이다.

그만큼 많이 수련하기도 했다.

순식간에 전신 구타를 당하고서도 정신을 잃거나 쓰러지지 않고 버틸 수 있는 이유였다. 처음 몇 대를 제외하곤 권각의 변화를 미리 읽어 상당 부분 방어하는 데 성공한 거다.

그렇다 해도 무릎이 후들거린다.

당장 주저앉지 않은 것만 해도 스스로를 칭찬하고프다.

"조, 종경 사숙조님이십니까?"

뒤로 몇 걸음 물러서 입가에 만족스런 미소를 매달고 있던 종경의 눈에 이채가 어렸다. 굳이 다시 시험을 해볼 필요는 없을 듯하다.

"어찌 나를 아는 것이냐?"

'그야 하는 짓이 사부님과 똑같으니까 알지!'

내심 입을 삐죽 내밀어 보인 엽자건이 정중하게 허리를 숙여 보였다. 보종이 인정한 당대 소림제일고수에 대한 예의를 다한 것이다.

"사부님께서는 종종 제자에게 무공을 전수하시며 종경 사숙조님에 대한 얘기를 하셨습니다."

"그랬느냐?"

"예."

"그럼 내가 한 번도 실전에서 보종을 이겨본 적이 없다는 얘기도 들어서 알겠구나?"

"사부님께서는 종경 사숙과 자신의 무공은 각자 특징과 기질이 상당한 차이점을 보여 고하를 가리는 것 자체가 무의미하다고 말씀하셨습니다."

"허허, 고하를 가리는 게 무의미하다니! 전쟁터에선 결코 할 수 없는 말을 보종은 제자에게 늘어놓았구나!"

너털웃음 속에 자조의 그림자는 전혀 깃들지 않았다.

깔끔하다.

종경은 그저 심중을 있는 그대로 표현했을 뿐이다. 그리고 신광을 담은 눈길을 엽자건에게 던진다.

"네 몸속에 새외칠마의 칠종진기가 깃들어 있다고?"

"예, 그렇습니다."

"사 년 전 소주 곤산장에서 행방불명된 녀석이 바로 너였구나?"

"어찌 그걸……."

"나 역시 당시 소주에 있었느니라! 네 친우인 척호란 아이도 만난 바 있고."

"척호!"

엽자건의 목소리에 살짝 아련한 기운이 담겼다.

소주 곤산장 시절 유일하게 사귄 친우.

보종의 뒤를 따르며 단 한 번도 곤산장 시절을 그리워해 본 적이 없으나 척호만은 종종 생각했다. 어디에서든 잘 먹고 잘 살 거란 점 역시 믿어 의심치 않았고 말이다.

그렇게 잠시 사 년 전 엽자건이 보종에게 구출된 후 벌어진 일에 대한 설명을 한 종경이 다시 눈을 빛냈다. 이제 본론에 들어갈 때가 된 것이다.

"…그래서 장문 사형께서는 네가 세운 공을 높이 사서 소림사의 정식 제자로 인정해 주기로 하셨느니라. 그러니 너는 한동안 경대에 머물면서 보종을 대신해 무공과 불법을 가르쳐 줄 스승을 찾도록 하거라."

"종경 사숙조님의 말씀은 고맙습니다만, 제 스승은 오직 보종 사부님뿐입니다. 다시 다른 분께 가르침을 받을 생각은 없습니다!'

"보종은 당연히 네 사부이니라. 하지만 그는 지금 의식불명이 된 상황이니 앞으로 네게는 다른 스승이 필요할 것이다. 그래야만 역근경을 더욱 참오해서 몸속에 깃든 새외칠마의 칠종진기를 없애 화(禍)를 제거할 수 있지 않겠느냐? 이는 보종의 뜻이기도 했느니라."

"사부님의 뜻이라고요?"

"그래, 보종은 내게 널 맡겼구나. 본래는 이처럼 항렬을 어지럽히는 일은 할 수 없는 게 마땅하나 마침 보종은 전날 파문을 당한 처지. 네가 다시 내 문하에 들어온다 해도 그리 큰 흠이 될 것은 없을 것이다. 그러니 너는 한동안 생각을 해본 후 뜻을 밝히도록 하거라!'

"……."

종경은 강요치 않았다.

단지 자신과 보종의 뜻을 전달했을 뿐이다.

그게 엽자건의 마음을 흔들리게 만들었다. 종경에 대한 존중심과 함께 사부 보종의 내심 역시 아플 정도로 잘 알 수 있었기 때문이다.

'사부님께서는 당대 소림사에서 가장 까다로운 상대는 종경 사숙조님이라 하셨다. 한 번도 진짜 실력을 다 보여준 적이 없는 강적이라고. 하지만 내공이나 소림 무학의 진체를 체득한 걸로 보면 현 장문 방장 사숙조님이나 무진 태사숙조님이 최고라고 하셨다.'

엽자건이 본 장문 방장 종아 선사!

대단했으나 딱히 개방 방주 철담협개보다 나아 보이진 않았다. 보종을 치료하다 내공이 크게 소진되어 폐관에 들었다는 무진 대선사 역시 마찬가지고 말이다.

그렇다면 눈앞의 종경은 볼 것도 없었다.

현재 엽자건이 간절히 바라고 있는 건 보종을 치료할 수 있을 정도로 압도적인 내공을 지닌 사람이었기 때문이다.

내심 염두를 굴린 엽자건이 종경에게 정중하게 고개를 숙여 보이곤 말했다.

"종경 사숙조님, 저는 한동안 불목하니로 지내고자 합니다."

"불목하니로 지내겠다고?"

"예."

"그건 어째서지?"

"본래 불법무한(佛法無限)이라지 않습니까? 하지만 제가 보종 사부님의 제자이긴 하나 불법에 대해선 아는 게 거의 없습니다. 앞으로 출가해서 중이 될지 안 될지도 생각해 본 바가 없고요. 그러니 한동안 불목하니로 소림사의 잡일을 거들면서 불경 공부를 해볼까 합니다."

"불법에 의지해 사부의 병환이 호전되길 바랄 작정이더냐?"

"그렇습니다!"

"선재! 선재! 좋은 아이로구나! 좋은 아이를 보종이 제자로 삼았어!"

종경은 크게 감동했다.

다소 살기가 짙어서 걱정했던 엽자건이 스스로 불법을 익혀 사부 보종을 구하려 하는 마음이 무척 가상했던 거다. 설혹 그게 아무런 도움이 되지 않는 헛된 노력일지라도 말이다.

물론 엽자건이 갑자기 불법에 귀의할 마음이 들었을 리 만무하다. 헛된 노력 따위에 목을 맬 성격 역시 아니고. 그에겐 나름대로 계산이 서 있었다.

'장경각에서 만났던 그 불목하니 할배! 그분밖엔 없다, 울 사부를 구해줄 사람은!'

전날.

장경각의 앞을 홀로 지켜낸 노승.

스스로를 불목하니라 말한 노승의 정체는 불가사의 그 자체였다.

지난 한 달간 달마원을 드나드는 한편 장경각 주변을 살피며 노승의 정체를 캐고 다녔으나 누구도 아는 자가 없었다. 미친놈 취급까지 당할 정도였다.

그렇다고 포기할 엽자건이 아니었다.

다른 건 몰라도 그 노승의 내공이나 무공의 깨달음이 철담협개나 장문 방장 좋아 선사보다 우위라 여겼기 때문이다. 물론 실제로 싸움을 한다면 결과가 어찌 날진 알 수 없을 테지만 말이다.

결국 엽자건은 승부를 걸기로 했다.

어떻게든 그 노승을 찾아낼 작정을 한 것이다. 자신의 모든 걸 걸고서라도.

종경이 말했다.

"그래, 내가 불경이라도 몇 권 내줄 테니 읽어보겠느냐?"

"이미 초조암주인 도심 사형에게 배움을 받고 있습니다."

"도심이라면 충분할 테지."

"……"

역대 초조암주들은 항렬이나 무공은 낮아도 불법에 대한 이해나 깨달음이 범상치 않았다. 당대 초조암주인 도심이라면 더 말할 것도 없을 터였다.

"그럼 마음이 바뀌면 언제든 나한당으로 날 찾아오거라!"

"예."

종경이 고개를 숙여 보이는 엽자건의 어깨를 다시 한차례 두드려 주곤 방을 빠져나갔다. 달마원주 종상을 만나러 간 거다.

다시 사제지간만 남겨진 방 안.

잠시 더 보종의 곁을 지키고 있던 엽자건이 천천히 자리에서 일어섰다.

마음을 이미 굳혔다.

시간을 허비하고 있을 까닭이 없었다.

'사부, 다시 올게!'

끝으로 보종에게 고개를 숙여 보인 엽자건이 달마원을 빠져나갔다.

언제나와 마찬가지로 다음 행선지는 초조암이었다.

주(註)

*표행:물건이나 서신, 사람 등을 옮기고 호위하는 곳을 표국(鏢局)이라 한다. 그 표국에서 물건이나 서신을 전달하는 허드렛일을 하는 사람을 쟁자수(爭子手)라 하고, 보호하는 일을 하는 자를 표사라 한다. 그리고 따로 사람을 호위하는 업무를 중점적으로 하는 자는 보표라 하는데, 현대의 경호원이라 할 수 있다. 또한 위와 같은 모든 일을 총칭한 움직임을 표행이라 한다.

*범어:산스크리트어. 인도의 옛 언어로, 힌두교, 불교, 자이나교의 경전은 모두 이 언어로 되어 있다. 한자 문화권에서 범어라 하는 건 브라만이 쓰는 말이란 뜻이다. 사어로 알고 있는 사람이 대부분이지만, 아직도 학교에서 읽고 쓰는 법을 가르치고 있다. 일부 브라만은 산스크리트어를 모국어라고 하고 있다.

第十八章

개방옥녀(丐幇玉女)

少林
棍王
소림곤왕

홍구육(紅狗肉)을 먹은 이상
개방의 제자나 사위가 되어야만 한다!

"카악, 퉤!"

바닥에 누런 침 덩이가 떨어져 내렸다.

지난 며칠간 모래바람을 먹어가며 개봉(開封)에서 달려오느라 칼칼했던 목이 조금은 풀린 것 같다.

'망할! 그런데 어째서 우리 개방이 소림사의 뒷구멍까지 닦아줘야 하는 거야? 이게 다 할아버지인지 방주인지 하는 늙다리 영감쟁이의 오지랖이 대륙 십팔만 리만큼 넓은 탓이잖아!'

눈앞으로 보이는 숭산.

그 크지도 작지도 않은 산봉의 경계를 눈으로 살핀 황색 장포 차림의 여인이 시원스런 콧잔등을 찡긋해 보였다.

개방옥녀 두주불사 이가흔.

철담협개 이구를 조부이자 사부로 둔 여인은 하남성에서 꽤나 유명 인사였다.

육 척에 약간 못 미치는 훤칠한 키.

개방의 후개 경쟁에서 최선두를 달리고 있는 뛰어난 무공.

더불어 빼어난 용모까지.

비록 거지들의 방파인 개방의 제자인 관계로 옷차림은 다소 추레하지만 이가흔은 같은 또래에서 군계일학(群鷄一鶴)과도 같은 존재였다. 강북제일미라 불리는 창룡검가의 후계자 백의 검후 남궁수와 신진 여류고수로 은근히 비교까지 될 정도였다.

단!

그녀에게도 단점은 존재했다.

개방옥녀 뒤에 꼬리표처럼 따라붙는 네 글자.

두주불사다.

한번 술을 마시기 시작하면 반드시 끝을 보는 성격. 그것도 웬만큼 독한 술이 아니면 입에도 대지 않는 독주 애호의 성품까지.

이가흔의 미모에 흑심을 품고 다가들었던 후기지수나 사내들은 곧 고개를 절레절레 흔들며 줄행랑을 놔야만 했다. 술을 마시자고 꾀었다가 먼저 취하기 일쑤요, 다른 방법을 사용하면 비 오는 날 먼지 나게 두들겨 맞는 수순으로 모든 일이 진행되었기 때문이다.

그러다 보니 이가흔은 빼어난 미모에도 불구하고 십대 중반부터 주변에 남자가 씨가 말라 버렸다. 혼기가 찬 십구 세의 현재는 더욱 말할 것도 없고 말이다.

사정이 그렇다 보니 근래 들어 이가흔은 조부이자 사부인 철담협개를 만날 때면 미리부터 골치가 아파왔다. 항상 무공 수련이나 개방 내의 주요 현안은 대충 넘어가고 시집 문제를 집요하게 붙들고 늘어졌기 때문이다.

'이번에도 소림사 땡중들 앞에서 시집 문제만 끄집어냈단 봐라! 콱 그냥 포달랍궁의 변태 화상 녀석들에 대해 그동안 조사한 걸 죄다 씹어 먹어버리고 말 테니깐!'

내심 단단히 염두를 굴린 이가흔이 이마의 땀을 닦느라 풀어 들었던 황색 두건을 다시 머리에 덮어썼다. 그러자 잠시 모습을 드러냈던 길고 풍성한 모발이 두건 안으로 거짓말처럼 사라진다.

그 후,

긴 목을 한차례 풀어 보인 이가흔이 일순 한 점의 바람으로 화했다. 조부 철담협개와 견줘도 그리 크게 떨어지지 않을 만큼 훌륭한 취팔선보를 펼친 것이다.

*   *   *

초조암.

지난 두 달간 엽자건이 꾸준하게 오고 간 장소다.

이곳의 주인은 학승인 도심이었다.

그는 비록 항렬은 그리 높지 않으나 불법에 대한 이해나 불심은 어느 고승 못지않다고 알려져 있었다. 소림사의 뭇 승려들 중 유일하게 범어를 해석해서 불경에 주석을 달 수 있는 인물이기도 했다.

그런 도심의 곁에 찰싹 달라붙은 게 진심으로 불문에 귀의하고자 함일 리 없다. 어디까지나 장경각을 오고 가는 자격을 부여받는 게 진짜 목적이었다.

그렇게 두 달의 시간이 지나 엽자건은 도심과 크게 친해졌다. 그가 내심 초조암의 학승으로 끌어들이려고 점찍어 놓은 공혜를 적당하게 구슬린 덕분이었다.

이용할 수 있는 건 무엇이든 이용한다!

엽자건이 전장과 싸움터에서 살아남기 위해 가장 먼저 깨우친 삶의 진리였다. 거기다 자신이 진짜로 바라는 걸 철저하게 숨기고 드러내지 않는 연기력까지 더하면.

'뭐, 어떠한 전장이나 싸움터에서든 제 목숨 하나쯤은 건질 수 있게 되는 게지!'

산더미처럼 마른 나뭇가지를 짊어진 채 초조암에 이른 엽자건이 주변을 이리저리 훑어봤다. 이맘때가 되면 공혜를 비롯한 공 자 항렬의 소사미들이 불경 공부를 위해 몰려오는 걸 알고 있었기 때문이다.

과연 지객당이 있는 방면에서 조그만 까까머리 녀석들이 우르르 쏟아져 왔다.

하나같이 색이 바랜 황색 승포를 걸치고 있는 게 마치 한 떼의 병아리가 몰려오는 것 같다.

개중 엽자건과 친한 공혜와 공지가 좋다고 달려왔다. 애들답게 목소리들이 무척이나 해맑다.

"엽 사백님!"

"엽 사백님!"

엽자건이 손을 들어 아는 척을 해주곤 곧 허리를 푹 숙여 보였다. 목소리 역시 상당히 정중하다.

"스님들, 수련 끝마치고 오셨습니까? 소인은 미천한 불목하니까 '사백'이라 부르지 말라고 부탁드렸잖습니까?"

"아참!"

공지가 자신의 머리를 주먹으로 때리며 혀를 내밀어 보였다. 전날 엽자건이 한 말이 이제야 기억난 거다.

반면 공혜의 얼굴엔 불만이 가득하다. 녀석은 애초부터 엽자건이 불목하니를 자처하는 걸 몹시 못마땅하게 생각하고 있었다.

"제게 있어 한번 엽 사백님이면 끝까지 엽 사백님입니다! 저는 절대로 엽 사백님을 불목하니라 하지 않을 테니 강요하지 마십시오!"

'쳇! 요런 귀엽지 않은 꼬맹이 녀석!'

엽자건이 내심 혀를 차면서도 공혜를 향해 싱긋 웃어 보였다. 묘하게 정이 가는 녀석이란 생각이 들어서다.

그런 엽자건에게 공혜가 눈을 빛내며 말했다.

"엽 사백님, 오늘도 나무를 하러 가셨다가 거지 시주님과 싸우고 오셨습니까?"

"싸웠지."

"그럼 이번엔 이기셨나요?"

"아니. 오늘도 된통 두들겨 맞다가 돌아왔다. 여기 봐봐. 잔뜩 멍이 들었지?"

과연 상의를 들추어진 엽자건의 몸 여기저기엔 흉터에 가까운 멍 자국이 가득했다. 강철같이 단련된 근골을 감안하면 얼마나 지독스레 얻어맞았는지 알 수 있을 듯하다.

공혜의 표정이 심드렁해졌다.

"저는 엽 사백님이 굉장히 강한 줄 알았는데……."

"맞아. 나는 강해."

"하지만 벌써 두 달이 다 되도록 거지 시주님한테 얻어맞기만 하시잖아요?"

"그야……."

엽자건이 변명을 늘어놓으려다 말끝을 흐렸다. 갑자기 어린 꼬맹이 앞에서 길게 말을 늘어놓는 자신의 모습이 한심스럽게 느껴진 까닭이다.

툭!

변명 대신 공혜의 머리에 군밤을 한 대 먹인 엽자건이 얼른 몸을 돌려 세웠다.

소사미들이 몰려왔으니 슬슬 도심이 밤새 작업한 불경을 들고 나올 차례였다. 그를 따라 장경각에 가려면 빨리 산에서 해온 나무를 초조암 뒤꼍에 쌓아놔야만 했다.

잠시 후.

꼬맹이들의 불경 공부를 사제인 도연에게 맡기고 도망치듯 초조암을 빠져나온 도심 곁에 엽자건이 찰싹 달라붙어 있었다. 그가 가지고 나온 불경 중 상당수를 나눠 들었음은 물론이다.

"아미타불! 사제는 진정 불성(佛性)이 몸에 밴 사람일세!"

"과찬의 말씀이십니다."

"아닐세. 대개 본 사의 제자들은 불존께 귀의해 놓고도 불경을 공부하고 불법을 닦는 일에 소홀하다네. 달마 조사께서 무공을 남기신 건 어디까지나 건강한 몸에서 건강한 정신이 나온다는 뜻이었는데 말일세. 그런데 사제는 전날 대공을 세우고도 불목하니를 자처했지 않은가? 열심히 초조암과 장경각을 오고 가며 불경을 공부하는 것과 더불어 참으로 훌륭한 일이라 아니 할 수 없을 것이야."

'후우! 그래서 근래엔 몸속에서 곰팡이가 피는 것 같긴 합

니다. 빨리 장경각에 숨어사는 그 불목하니 할배를 찾아야 할 터인데……'

내심 몰래 한숨을 내쉰 엽자건이 도심에게 슬며시 질문했다.

"근데 도심 사형, 며칠 전 장경각에 주석을 단 불경을 가져다 놓다가 이상한 일을 경험한 적이 있었다고 하지 않으셨습니까?"

"이상한 일?"

"그 왜 불경을 가져다 놓은 장소에 다른 책이 놓여 있었다고……."

"아, 그 일은 정말 이상했지. 내가 장경각을 드나들기 시작한 지 벌써 햇수로 십 년째인데, 그렇게 책의 배치가 잘못된 경우는 없었거든."

"처음 있는 일이라고요?"

"그렇지. 본래 본 사의 제자라면 장경각에 누구든 드나들 수 있네만 대부분 불경에는 관심을 보이지 않거든. 특히 내가 전날 주석을 달아 가져다 놓은 천수경언해(千手經諺解)는 저 멀리 해동의 봉암사(鳳岩寺)에서 가져온 걸세. 지난 삼 년간 내 죽어라 해동어를 공부해서 주석을 달아놓긴 했으나 웬만한 학승이라 해도 그 뜻을 풀어서 이해하긴 쉽지 않을 거야."

"해동어가 그리 어려운가요?"

"어렵다기보다는 아는 자가 드물다네. 범어 같은 건 어렵긴 해도 아는 자가 더러 있는데, 해동어로 된 불경은 중원에서 찾아보기가 그리 쉽지 않거든."

"그렇군요."

엽자건이 천천히 고개를 끄덕이곤 도심에게 슬쩍 고갯짓해 보였다. 어느새 저만치 멀리 장경각의 큼지막한 현판이 눈에 들어오고 있었기 때문이다.

타탁! 탁탁!

엽자건은 입을 소매로 가린 채 묵묵히 장경각 곳곳을 청소했다.

본래 이 일은 초조암의 학승들이 할 일!

지난 두 달간 도심과 친목을 나눈 끝에 불목하니를 자처한 엽자건에게도 주어졌다. 드디어 장경각의 내부를 세세히 둘러볼 수 있는 기회를 잡은 것이다.

그러나 엽자건은 일단 청소에만 집중했다.

어차피 처음 한 번이 힘들었다.

초조암 학승들과 마찬가지로 장경각 청소를 할 수 있는 자격을 얻게 된 이상 마음을 급하게 먹을 필요는 없었다. 사부 보종의 상세는 현재 더 나빠질 것도 없는 상황이었기 때문이다.

그렇게 한참 동안 책 먼지를 털기 위해 고안된 불진을 묵묵히 휘두르고 있던 엽자건의 눈에 이채가 스쳐 갔다.

천수경언해!

해동 봉암사에서 가져와 도심이 삼 년에 걸쳐 주해를 달았다는 아주 귀한 불경이다. 오늘 장경각으로 오는 동안 들었던 얘기이다.

근데 이게 어째서 생뚱맞게 눈에 띈 것일까?

분명히 가져다 놓은 장소에서 사라져 보이지 않는다고 들었는데 말이다.

슥!

엽자건은 자신도 모르게 손을 뻗어 천수경언해를 집어 들었다.

파락!

몇 장이 저절로 넘어갔다. 그리고 드러나는 꼼꼼하게 주석이 달려 있는 해동어의 구절들.

'도심 사형이 삼 년간이나 붙잡고 있었다더니! 정말 완전히 다른 글자 형태구나!'

엽자건은 내심 감탄하며 품속에 천수경언해를 집어넣었다.

별다른 뜻은 없었다.

그냥 귀한 불경이라니 한번 읽어보자는 생각이 들었다. 도심의 얘기를 듣고 뇌리를 스쳐 간 어떤 예감을 확인해 보고 싶었기도 하고 말이다.

'뭐, 아니면 말구!'

속으로 픽 하고 웃어 보인 엽자건이 다시 청소를 시작했다.

이런 불경 말고 혹시 역근경과 한 쌍을 이루는 세수경이라도 발견할 수 있기를 바랐으나 택도 없었다.

족히 십만 권이 넘는다고 알려진 책들 사이에서 세수경을 찾아낸다는 건 모래밭에서 바늘을 찾는 것이나 다름없는 일이었다. 혹시 누군가 친절하게 알려준다면 몰라도.

밤.

장경각에서 집어 들고 온 천수경언해를 몇 장 읽어 내려가던 엽자건이 입을 크게 벌렸다. 가부좌를 틀고 앉아 있던 몸도 연체동물처럼 제멋대로 흐느적댄다.

"으게게게! 그러면 그렇지. 이거 그냥 완전히 불경이잖아! 부처님 가라사대, 관음보살님 가라사대 하는. 아! 그건 또 아닌가?"

엽자건은 본래 공부를 좋아하는 편이 아니다.

천자문(千字文)은 그럭저럭 떼었으나 사서삼경(四書三經) 같은 건 근처에도 가보질 못했다.

머리는 나쁘지 않다.

하지만 주로 잔머리 굴리는 걸 좋아했고, 복잡한 일은 그다지 즐기지 않는 편이었다.

하물며 사부 보종을 만난 후엔 죽도록 무공 수련과 싸우는 법만 줄곧 배워왔다. 이제 나이도 적지 않으니 갑작스레 딱딱하게 굳어버린 머릿속에 불경의 심오한 내용을 우겨넣는 게

쉬울 리 만무했다.

어쨌거나 천수경언해를 살피기로 작정한 터였다.

한번 시작했으면 끝장을 보는 성격이니만치 지겹고 따분하다고 중도에 포기할 순 없었다.

슥슥!

소매로 눈가에 매달린 눈물을 닦아낸 엽자건이 다시 천수경언해를 살피기 시작했다.

내용 이해?

그런 것은 대충 넘어가고 도심이 촘촘하게 적어놓은 주석에만 집중했다. 어차피 불교에 대한 지식이나 이해에 한계를 지닌 터이니 그냥 주석을 통째로 외워 버릴 심산을 한 것이다.

그렇게 시간이 꿈결같이 흘러갔다.

어느새 밤의 장막이 서서히 걷히기 시작한 시각이 된 거다.

흠칫!

엽자건은 천수경언해의 책장을 넘기다 몸을 한차례 떨어 보였다.

불경의 심오함에 심취해서?

그런 것이 아니라는 건 어느새 그의 입가에 허옇게 흔적을 남기고 있는 침 자국이 증명한다. 그새 깜빡 정신 줄을 놓아 버렸던 거다.

"후루룹!"

입가에 여전히 살짝 묻어 있던 침을 처리한 엽자건이 몸을 이리저리 뒤틀어 보였다.

뿌득! 뿌드드득!

그의 잘 단련된 용골에서 연신 소리가 인다. 마치 방금 전까지 매우 격한 연공을 한 것 같다. 그 정도로 몸 전체가 욱신거리고 아파왔다.

탁!

결국 천수경언해의 책장을 닫은 엽자건이 자리를 털고 일어섰다.

새벽이다.

수련을 할 때가 된 거다.

"암! 나는 새벽 수련을 위해서 불경 공부를 중단한 거야. 절대로 게으름을 피우는 건 아니라구!"

주변에 아무도 없다.

굳이 그렇게 부르짖을 필요는 없었다. 마음 한구석이 찔리지 않는다면.

과연 주변을 이리저리 둘러본 엽자건이 천수경언해를 품속에 대충 찔러 넣고 초조암의 골방을 빠져나왔다.

아직 새벽이라기에도 이른 시각.

다른 때와 달리 새벽 타종과 함께 염불이 시작되기까지 다소 여유가 있어 보인다.

'그럼 뒷산에나 올라가 볼까나? 괜스레 초조암 주변에서 수련하다가 몸 부실한 학승 사형들 잠 설치게 만드는 것도 미

안하니까.'

내심 염두를 굴린 엽자건의 신형이 어느새 한줄기 바람으로 화했다.

부풍무영.

금강부동보 최극의 신법이 펼쳐진 게다.

쉬익! 쉬이이익!

귓가를 스쳐 가는 바람 소리가 더할 나위 없이 상쾌하다.

속이 뻥 뚫리는 것 같다.

근래 소림사에 잘 적응하기 위해 꾹꾹 눌러놨던 성질로 인해 생긴 울화가 조금쯤 풀린다. 이런 맛에 새벽 수련을 끊을 수 없기도 하다.

근데 막 소림사가 위치한 소실봉의 중턱을 벗어나 아예 정상까지 치달아 오르려던 엽자건의 눈에 이채가 어렸다.

새벽 찬 공기와 함께 어우러진 한줄기 연기!

아직 밤기운이 채 물러나지 않은 상황이나 엽자건의 눈엔 똑똑히 보였다.

'노개 어르신이 또 몰래 짐승을 잡았구나!'

엽자건은 내심 쾌재를 올렸다.

철담협개는 지난 두 달간 소림사에 식객으로 머물고 있었다. 무진 대선사와 함께 보종을 치료하기 위해 사방팔방으로 애를 참 많이 썼다.

물론 그 외에도 이유는 있다.

보종과 한 약속대로 엽자건에게 타구봉법의 진의(眞意)를 전수해 주기 위해 소림사를 떠날 수 없었던 거다. 손녀사위로 점찍어놓은 건 싹 숨기고서 말이다.

덕분에 엽자건은 지난 두 달간 철담협개에게 딱 죽지 않을 정도로 맞으며 보냈다. 타구봉법의 심법이나 구결은 건너뛰고 오로지 변화의 원리만을 접하니 당최 어떻게 뭘 배우란 건지 감조차 잡을 수 없었던 거다.

그래도 근래엔 제법 커다란 맥이 보이는 것 같았다.

아직은 흐릿하지만 곧 명확한 그림의 형태가 될 그런 것 말이다.

그 같은 생각과 함께 눈을 빛낸 엽자건이 얼른 기척을 최대한 죽였다. 호흡을 없애고 땀구멍까지 모조리 닫아버렸다. 그렇게라도 하지 않는다면 어찌 대고수인 철담협개의 근처라도 몰래 다가갈 수 있겠는가!

더불어 펼쳐진 부동무상!

일시 엽자건의 신형이 어둠 속으로 거짓말처럼 녹아들어 갔다.

아예 처음부터 존재하지 않았던 것처럼.

홍얼! 홍얼!

이가흔은 되지도 않는 가락에 맞춰서 콧노래를 부르며 모닥불 위에 올려져 있는 개고기를 나뭇가지로 꾹꾹 눌러댔다.

그에 따라 자글거리며 떨어져 내리는 기름.

모닥불이 타닥거리는 소리를 내며 기운차게 치솟아오른다. 그럭저럭 제대로 익혀지고 있다는 뜻.

"좋구나! 역시 백주에는 개고기를 안주로 삼는 게 최고지! 암, 최고고말고!"

이가혼이 잘록한 허리춤에 매달려 있던 호로병을 떼어내 뚜껑을 열었다.

물씬 풍겨 나오는 독한 주향!

웬만한 술꾼이라 해도 섣불리 병나발을 불기 쉽지 않은 독주임을 알 수 있겠다.

이가혼에겐 천상의 향기나 다름없었다.

이미 전작이 있어 보이는 발그레한 안색을 개의치 않고 이가혼이 호로병을 입에 가져다 댔다. 슬슬 개고기가 익기 시작했으니 식사 전에 반주로 호로병 반병가량은 해치울 작정이었다.

주룩!

놀라운 일이 벌어졌다.

이가혼의 입가로 술이 흘러내린 거다.

게다가 단숨에 속의 내용물 중 대부분을 쏟아낼 듯 기울어져 있던 호로병 역시 제자리로 돌아가 있었다.

"햐아! 이거 제대로 익혔는걸. 하지만 과연 냄새만큼 맛도 좋은지는 모르겠구먼."

"……."

이가혼의 바로 앞.

도대체 어디에서 튀어나왔는지 짐작조차 할 수 없는 한 사내가 모습을 드러내고 있다. 부동무상을 이용해 몰래 모닥불가까지 다가드는 데 성공한 엽자건이었다.

그의 손.

방금 전까지 모닥불 위에 걸쳐진 채 기름을 뚝뚝 떨어뜨리고 있던 개고기 중 가장 맛있는 다리가 주욱 찢긴 채 들려져 있었다. 자신의 착각을 확인하고 출출한 속이나 채워야겠다는 생각을 한 것이다.

'내가 술에 취했나?'

말도 안 되는 소리다.

그녀가 비록 등봉현에 도착하자마자 객점에서 독주 계열의 백주를 세 병이나 해치우긴 했으나 간에 기별도 가지 않았다. 평상시 식사 전의 반주에도 못 미치는 양을 마셨을 뿐이었다. 조부님이자 사부님이자 위대한 방주님이신 철담협개를 만나기 위해 다소나마 예의를 차린 것이었다.

당연히 그녀는 멀쩡했다.

방금 전에 낮술에 취한 것이 아니다.

내심 고개를 흔들어 보인 이가혼이 샐쭉하게 눈꼬리를 치켜 올렸다.

"누구 마음대로 남의 개고기를 뜯어 먹는 거야!"

"응?"

엽자건이 그제야 이가혼 쪽에 시선을 던졌다. 벌써 입 안 가득히 고기를 물고 있다.

"응이 아니잖아, 지금!"

"우물우물… 그게…… 그러니까……."

"아아, 됐어! 일단 그거 다 처먹고 얘기해! 나한테도 다리 하나 떼어서 던져 주고!"

"……."

엽자건의 입가에 슬쩍 미소가 번져 나왔다. 그래 봤자 개고기를 입 안 가득 쑤셔놓고 있는 얼굴이지만.

그가 얼른 다리를 떼어 던져 주자 이가혼이 능숙하게 받아 들고는 다시 내려뜨렸던 호리병을 입에 가져갔다. 언제 엽자건의 귀신 같은 등장에 놀랐냐는 듯 술 마시고 고기를 뜯는 동작에 전혀 거침이 없다.

'여자 맞나? 성격 한번 호탕하네!'

엽자건이 이가혼에게 내심 엄지손가락 하나를 추어올려 보이곤 역시 고기 뜯는 데 집중했다.

소림사에 들어온 지 두 달여!

고기 비슷한 것도 맛본 적이 없었다.

매일같이 풀떼기와 밥만 보시할 뿐이었다.

어차피 각오했던바.

고기를 포식하고 싶다는 욕망을 꾹 눌러 참고 있었는데, 잘 구워진 개고기를 뜯다 보니 세상 참 별게 없다는 생각이 든다. 마음이 크게 여유로워지고 푸근한 게 새벽 수련을 하러 나온 것조차 싸악 잊어버리게 된다.

"…자지 마라!"

"으응?"

엽자건이 개다리 하나를 다 먹고서 꾸벅거리다가 고개를 추켜올렸다. 어제 밤새도록 천수경언해를 보느라 무리하긴 무리했는가 보다. 이렇게 고기를 먹다가 졸기까지 하는 걸 보니.

고개를 들어 올리자 다소 화난 여인의 얼굴이 보인다.

대충 십대 후반에서 이십대 초반 정도?

갸름한 계란형의 얼굴.

콧날이 시원스레 오뚝하고 눈이 크다.

피부는 어둠 속이라 잘 파악이 안 되나 세안만 제대로 하면 잡티 같은 게 거진 보이지 않는 게 좋아 보인다.

한마디로 미인이다.

남궁수나 육우에 속한 여인들 중 당소교 정도를 제외하곤 미모를 자랑하지 못할 듯하다.

그러나 엽자건은 곧 그 같은 내심을 수정했다.

고개를 조금 더 들어 올리니, 늘씬한 몸의 곡선 전체가 드러나 보인다.

그냥 멀대같이 키만 큰 게 아니다.

몸 전체에서 탄력이 흘러넘친다. 손가락만 슬쩍 가져다 대도 폭발할 것 같은 느낌의 활력 역시 느껴진다.

이만한 팔등신의 몸매는 남궁수를 제외하곤 본 적이 없다.

매력적이다.

적어도 당소교의 극히 죄의식을 자극하는 깨끗한 얼굴과 비견될 만큼은 될 듯싶다. 솔직한 심경이다.

찌릿!

이가흔이 대답없는 엽자건을 노려봤다. 고개를 옆으로 기울인 채 자신을 대놓고 관찰하고 있는 모습에 화가 치밀어 오른 거다.

'이런 파렴치한 자식을 봤나! 그래도 소림사 행자 복장을 하고 있길래 내 개고기를 훔쳐 먹은 것도 그냥 넘어가 주려 했더니만……'

아니다.

전혀 그렇지 않다.

평상시의 이가흔은 사내들이 자신에게 찝쩍거리는 건 참아도 술과 안주를 훔쳐 먹는 건 용납하지 않는 여인이었다. 어차피 요 몇 년 새 어떤 사내도 감히 그녀와 술 대작을 하거나 무공을 겨뤄보려 나선 적이 없었기 때문이다.

그런 그녀가 피 같은 개고기를 먹는 걸 그냥 봐준 건 어디까지나 엽자건의 얼굴이 원인이었다.

근래 본 적이 없는 잘생긴 얼굴이다.

아직 어둠에 가려져 제대로 보이진 않으나 처녀의 마음이 슬쩍 동하지 않을 수 없다. 이만한 얼굴이라면 잘 구워진 개고기를 핑계로 은근슬쩍 수작을 부리는 것도 조금쯤은 귀엽게 봐줄 만하다 여긴 거다.

그런데 이게 무슨 말도 안 되는 상황인가!

엽자건은 개다리를 뜯어 먹다가 꾸벅거리며 졸기 시작했다. 자신 쪽에는 아예 시선조차 던지지 않았음은 물론이다.

그게 이가흔을 열받게 만들었다.

당장 발로 꾸벅거리고 있는 얼굴을 문대 버리려다 억지로 참았다.

문득 눈에 들어온 얼굴.

참 잘생겼다.

그래서 다시 한차례 참고서 엽자건을 부른 것인데, 이번엔 아예 대놓고 얼굴과 몸매를 훑어본다. 시정의 잡배라 해도 이런 식으로 노골적인 시선을 던지진 않겠다는 생각이 들 정도다. 잘생긴 얼굴이 아깝다.

결국 마음이 차갑게 식은 이가흔이 막 본색을 드러내려 할 때였다.

슥!

엽자건이 엉덩이를 털고 자리에서 일어섰다. 웬만한 사내만 한 이가흔보다 머리 하나가 크다.

"잔 게 아니오. 잠깐 불존께서 부르셔서 놀러 갔다 왔을 뿐이오."

"불존?"

"아미타불! 소승은 소림사의 불목하니올시다. 본래 새벽 수련을 위해 나왔다가 여시주가 대죄를 짓고 있는 장면을 목격하고 특별히 계도를 위해 온 것이오."

"소림사의 불목하니시라고?"

"그렇소."

"그럼 입가에 침이나 닦고 말하시지?"

"침?"

엽자건이 얼른 입가를 소매로 닦았다. 그러자 덕지덕지 묻어 나오는 개기름.

이가흔이 배를 잡고 웃어댔다.

"아하하하하! 내 오늘 소림사에서 타락한 불목하니 하나가 쫓겨나는 꼴을 보겠구나!"

"……."

기름이 잔뜩 묻어난 소매를 보며 엽자건이 인상을 슬쩍 찡그려 보였다.

하지만 어차피 벌어진 일이다.

화를 내기보다는 수습할 생각을 하는 편이 건설적이다.

"여시주, 저쪽 아래로 나랑 좀 갑시다."

"왜?"

이가흔이 반문과 함께 슬쩍 자세를 취했다. 엽자건이 싸움을 걸어온다고 여긴 거다. 그리고 고개를 한차례 추어 보인다.

"한판 뜨려면 여기서 하자! 아직 고기도 많이 남았는데, 너 같이 양심도 없는 날파리들이 또 꼬이면 곤란하잖아?"

"여시주, 나는 날파리가 아니오. 그리고 한판 뜨자니! 불문성지인 소림사 앞에서 너무 망발이 심한 거 아니오?"

"그럼 왜 저 아래로 가자는 건데?"

"저 아래에 개울이 있소. 내 옷을 여시주의 장난으로 버렸으니 빨래를 해줘야 공평하지 않겠소?"

"지, 지금 나한테 빨래를 해달라는 거냐?"

"그렇소."

엽자건이 단호하게 고개를 끄덕인 것과 동시였다.

파곽!

지축을 박차는 소리와 함께 이가흔의 늘씬한 신형이 공중으로 날아올랐다.

딱 엽자건의 안면 높이.

더불어 권각이 번개같이 튀어나오니, 그 모습이 마치 두 마리 제비가 노니는 듯하다.

연쌍비(燕雙飛)!

개방의 비전 권법 중 하나다.

여태까지 얼마나 많은 사내들이 이가흔에게 수작을 부리다가 이 권법에 치도곤을 치렀는지 모른다. 충분히 그만한 위력을 지닌 상승 권법이란 뜻이다.

그러나 당장 엽자건의 안면을 박살내 놓을 것 같던 연쌍비는 허무하게 허공을 갈랐을 뿐이다. 지척이나 다름없는 거리에서 펼쳐졌음에도 목표물을 놓쳐 버리고 만 거다.

'역시 내가 꿈꿨던 건 아니었구나!'

이가흔이 바닥에 착지하며 눈을 빛냈다. 비로소 엽자건이 자신의 예상을 훨씬 웃도는 무위를 지녔다는 걸 간파했다. 그렇다면 이젠 대응이 달라질 수밖에 없다.

스스스스슥!

이가흔의 신형이 갑자기 분신을 보였다. 곧바로 취팔선보의 중요 요결 중 하나인 팔선대취(八仙大醉)를 펼친 거다.

팔선!

도가(道家)에서 가장 유명한 신선들이다.

더불어 이 팔선들은 각기 독특한 습성과 행동으로 유명했는데, 취팔선보는 뜻하는바 그대로의 변화를 보법 속에 취합하고 있었다.

하물며 팔선대취는 최고의 초식이었다.

팔선이 크게 취한 채 제멋대로 행동하는 양상을 단 하나의 보법에 담았기 때문이다.

변화무쌍!

이가흔의 신형이 여전히 개고기가 지글거리며 익고 있는 모닥불 주변을 일시 수십 개나 되는 그림자로 에워쌌다. 그렇

게 함으로써 연쌍비를 피한 엽자건을 혼란 속에 몰아넣으려
한 거다. 또한 충분히 그럴 수 있다고 여겼다.

그러나 하필 엽자건은 이미 취팔선보에 꽤나 익숙한 상황
이었다. 이가흔보다 월등한 무위를 지닌 철담협개에게 두 달
여에 걸쳐 죽도록 두들겨 맞다 보니 자연히 그리되었다.

'취팔선보? 어쩐지 복장이 좀 추례하더라니……'

엽자건이 눈을 빛냈다.

철담협개가 펼치는 취팔선보와 이가흔의 취팔선보는 변화
와 속도 자체가 전혀 다르다. 대충 비슷한 느낌이긴 한데 왠
지 금강부동보로 가볍게 농락할 수 있을 것 같았다. 철담협개
와는 달리 말이다.

그렇다면 이런 건 한번 몸으로 부딪쳐서 시험해 봐야 한다.
그냥 보고만 있긴 아까운 기회니까.

스슥!

엽자건이 곧바로 금강부동보의 부동무상을 펼쳤다.

신법 대 신법!

소림사와 개방 중 어느 문파의 신법이 더 뛰어난지 견줘보
려 한 거다. 그동안 철담협개에게 얻어맞은 것에 대한 복수심
도 전혀 없었다곤 할 수 없겠지만.

퍼퍽!

투타타타탁!

그렇게 순간적으로 모닥불 사이에서 얽혀든 두 신형 사이

에서 폭풍 같은 권각의 난타성이 터져 나왔다. 정파무림을 대표하는 초절정의 신법과 권각이 격돌했으니, 그리 간단히 끝날 문제로는 보이지 않는다.

*   *   *

'얼씨구?

늙으면 잠이 없어진다고 했던가?

근래 보기 드물게 잠에서 일찍 깬 철담협개는 몰래 소림사 지객당을 빠져나왔다.

밤 마실이라도 가는 것같이 은밀하고 조용한 움직임.

극상의 취팔선보로 소림사 경내를 빠져나온 철담협개는 산속을 빠르게 가로질렀다. 전날 개방의 제자 몇이 연달아 가져온 전언으로 손녀 이가혼이 이미 등봉현에 도착했음을 알고 있었기 때문이다.

엽자건과 엮어주기 위한 사전 작업!

당연히 이가혼에게 몇 가지 당부할 일이 있었다. 일테면 항상 옆구리나 손에서 떼지를 않는 술병을 빼앗고 주사를 부리지 않게끔 단단히 당부해 놓는 것 따위 말이다.

그런 그의 발걸음을 잡아끈 건 다름 아닌 개고기 굽는 냄새였다.

홍구육(紅狗肉)!

철담협개가 개발한 개고기 굽는 법이다. 즉, 개방의 제자가 아니면 흉내조차 내지 못하는 명품 요리의 냄새가 소실봉 중턱에서 흘러나온 거다.

더 이상 생각할 필요도 없이 철담협개는 입 안 가득 고인 침을 꿀꺽 삼키곤 단숨에 냄새의 근원지를 찾아왔다. 이가흔이 이미 소실봉에 올랐음은 두말하면 잔소리일 터였다.

근데 이게 무슨 황당한 광경인가!

이가흔은 혼자가 아니었다.

홍구육이 그윽한 냄새를 한껏 풍겨내는 가운데 그녀는 죽어라 권각을 쏟아내고 있었다. 철담협개가 지난 두 달간 손녀사위로 삼기 위해 죽어라 공을 들이고 있던 엽자건을 잡아 죽일 듯 몰아쳐 가고 있는 것이었다.

그러나 엽자건은 역시 만만치 않았다.

거의 자신이 가진 최대치까지 취팔선보를 펼치며 연달아 개방 비전의 무공을 쏟아내는 이가흔을 마치 고양이 쥐 다루듯 했다. 금강부동보를 이용해 살초는 가볍게 피하고, 어설픈 공격이 들어오면 여지없이 반격을 가해 뒤로 물러서게 만들었다.

능수능란하다.

또한 그렇다고 해서 연속기를 펼쳐 궁지로 몰아넣진 않는다.

그냥 이가흔이 자신이 가진 개방 비전을 모조리 쏟아내게 부추기고 화를 돋울 뿐이었다.

'어이쿠! 저런 멍청한 것을 봤나! 그냥 놔뒀다가는 본 방의 절기를 모조리 저놈한테 내주고야 말겠구나!

내심 고개를 절레절레 흔든 철담협개가 돌멩이를 주워 냉큼 집어 던졌다.

투욱!

막 연쌍비와 버금간다고 알려진 용호팔십팔장(龍虎八十八掌)을 펼치기 직전이던 이가흔의 안색이 가볍게 변했다.

그녀의 바로 앞에 떨어져 내린 돌멩이.

공교롭게도 용호팔십팔장과 함께 펼치려던 취팔선보의 투로를 가로막았다.

우연?

그런 게 있을 리 만무하다.

과거 철담협개에게 무공을 전수받을 때 툭하면 당했던 일이기 때문이다. 투로가 틀린 것에 대한 지적 대신에.

"할아버지 오셨어요?"

"할아버지?"

과연 철담협개가 바람같이 그녀의 앞에 떨어져 내렸다. 그리고 짐짓 엄한 눈빛을 던져 온다.

'아참! 저 재수없는 뺀질이 자식이 있었지?'

재빨리 철담협개 어깨너머에 삐죽이 모습을 드러낸 엽자건을 향해 눈을 흘긴 이가흔이 정중하게 허리를 숙여 보였다. 호칭 역시 바뀐다.

"개방 육결제자 이가혼, 지엄하신 방주님을 뵈옵니다!"

"오냐!"

평상시와 달리 잔뜩 위엄을 부린 채 이가혼의 인사를 받은 철담협개가 엽자건에게 힐끔 시선을 던졌다. 어째서 당장 달려와 인사하지 않느냐는 강한 압박이 담긴 눈빛이다.

'어쩐지 아는 무공이 많더라니, 노개 어르신의 손녀였구먼! 육결이면 타주 급이고 말야!'

내심 염두를 굴린 엽자건이 얼른 철담협개에게 다가가 정중하게 인사했다. 이가혼 쪽엔 시선 한번 주지 않고.

"후배 엽자건, 방주님을 뵈옵니다! 간밤에 편히 쉬셨는지요?"

"허허, 자네 덕분에 근래 잠은 푸욱 자고 있다네. 지객당에 나무를 참 많이도 해놨더구만?"

"밥값은 해야 하지 않겠습니까?"

"물론이네. 사람은 본래 밥값을 반드시 해야만 한다네. 특히 아주 특별한 밥값은 말일세."

"……."

엽자건이 일순 긴장했다.

왠지 조짐이 좋지 않았다. 철담협개의 말속에 무언가 의미가 깃들어 있다는 생각이 든 까닭이다.

철담협개가 홍구육 쪽에 시선을 던졌다.

"가혼아, 홍구육의 다리가 어찌 두 개밖에 남지 않았더냐? 설마 네가 벌써 두 개나 먹은 건 아닐 터인데……."

"저 새끼가 다리 하나를 훔쳐 먹었어요!"

"새끼라니! 내 그리 다 큰 계집애답게 말투를 조신스레 하라 일렀거늘. 에잉!"

"언제 그런 말씀을……."

이가흔이 반박하려다 얼른 입을 닫았다. 자신을 바라보는 철담협개의 두 눈이 무섭게 번뜩이는 걸 봤기 때문이다.

'위험하다! 자칫 잘못하면 뒈지게 얻어맞겠어!'

이가흔이 입을 다물자 철담협개가 여전히 기광이 담겨 있는 시선을 엽자건에게 던졌다. 목소리 역시 음산하게 깔려 나온다.

"자네, 진짜로 홍구육을 먹은 건가?"

"저 개고기 말씀하시는 겁니까?"

"그렇네."

철담협개가 고개를 끄덕이자 엽자건이 찜찜한 표정으로 인정했다.

"제가 저 개다리 하나를 먹긴 했는데요……."

"됐네, 손녀사위!"

"예?"

황당한 표정이 된 엽자건을 향해 철담협개가 징그러운 표정으로 웃어 보였다.

"본래 자네가 먹은 건 평범한 개고기가 아니라 홍구육이라네. 그리고 본 방에는 한 가지 불문율이 있다네."

"무슨?"

"홍구육을 먹은 이상 개방의 제자나 사위가 되어야만 한다
는 걸세."

"……."

엽자건의 안색이 사악 굳었다.

개다리 하나 먹었다고 거지 방파의 억지 사위가 되라니!

그저 웃음이 흘러나올 뿐이었다.

주(註)

*천수경언해:불서(佛書) 대비심다라니경(大悲心陀羅尼經), 신묘장구다라
니(神妙章句陀羅尼) 등을 합하여 한글로 번역한 책. 활자본. 1권 1책. 1658
년(효종 9년) 경상북도 문경(聞慶) 의양산(義陽山) 봉암사(鳳岩寺)에서 간행
하였다. 이 밖에 1746년(영조 22년) 고산(高山) 운문사판(雲門寺板)과 1857
년(철종 8년)에 광주(廣州) 수도산(修道山) 봉은사(奉恩寺)에서 간행한 장판
본(藏板本) 등이 있다.

第十九章

숭악사탑(崇岳寺塔)

少林
棍王
소림곤왕

소년은 남자가 되고,
여인은 세월의 흐름을 역행한 듯 더욱 어려지고 맑아지노니!

"할아버지!"

이가흔의 뾰족한 일갈에 철담협개가 얼른 양손을 들어 귀
를 막아버렸다.

듣지 않겠다는 강렬한 의지의 표현!

고개 역시 아예 옆으로 돌려 버린다. 완전무결하게 무시하
겠다는 뜻이다.

엽자건에겐 그리하기가 어려웠나 보다. 굳은 얼굴로 억지
미소를 짓고 있는 모습이 딱하기도 했으리라.

"자네, 연상은 좀 그런가?"

"딱히 가리진 않습니다. 하지만……."

"암! 그래야 대장부지! 자고로 사내란 나이 같은 쬬잔한 거 따지고 그러면 안 된다네."

"…하지만 개다리 하나 먹고 사위가 되는 건 좀 그렇지 않겠습니까? 손녀 분 의견도 묻지 않으시고."

"크험! 그럼 그냥 소림사 때려치우고 개방에 들어오던가! 내 곧바로 후개 자리를 내어줄 테니까."

"……."

엽자건이 입을 굳게 다물었다. 말이 통하지 않는 상대와 굳이 지금 대화를 나눌 필요는 없다고 여긴 거다.

"방주님, 그럼 저는 이만 새벽 예불 시간인지라……."

"오! 곧 장가를 들어야 할 몸이니 불공으로 몸과 마음을 깨끗이 하는 것도 나쁘진 않을 것일세!"

"…그럼 이만."

엽자건이 철담협개에게 인사한 후 얼른 금강부동보를 펼쳐 신형을 날렸다. 절대 뒤를 돌아보지 않고.

"푸헐! 귀여운 녀석!"

"귀여운 녀석이라! 역시 그런 것이었군요?"

"엥?"

갑자기 서리가 내린 것인가?

묘하게 주변 대기가 급랭하는 서슬에 철담협개가 몸을 한 차례 떨어 보였다.

그런 그의 눈앞.

어느새 폭발 직전까지 이르렀던 얼굴의 붉은 기운을 말끔히 지운 이가흔이 팔짱을 끼고 서 있었다. 커다란 두 눈 가득 차가운 기운이 잔뜩 담겨져 있다.

"흥! 방주님, 축하드립니다! 드디어 마음에 쏙 드는 후개 후보를 발견하셨으니까요."

이가흔의 비꼬인 축하에 철담협개가 고개를 가로저었다.

"그런 것도 아니다. 애석하게도 친우의 제자라서 후개로는 만들기가 어려울 것 같거든."

"그래서 절 이곳으로 부른 건가요? 온갖 교태를 다 부려서 저 뺀질거리는 얼굴을 한 녀석을 유혹하라고?"

"딱히 그렇기야 했겠냐만······."

"그럴 생각이 아예 없진 않았다는 뜻이군요?"

"푸헐! 푸헐헐헐!"

파안대소로 대답을 대신하는 철담협개를 이가흔이 한동안 독기 서린 눈으로 노려봤다.

그러나 상대는 조부님이자 사부님이자 위대하신 개방의 방주님이시다. 갓난쟁이 시절 부모를 모조리 잃어버린 자신을 맡아서 똥 기저귀 갈아주며 키워준 사람이었다. 어떤 무리한 일을 벌이고 사고를 쳐도 결코 진심으로 미워할 순 없다.

내심 한숨을 내쉰 이가흔이 호리병을 입에 가져다 대고 그 안에 담긴 백주를 벌컥벌컥 들이켰다.

이독제독(以毒制毒)!

속에서 치솟는 천불을 독주로 끈다.

그렇게 호리병을 한꺼번에 비운 이가흔이 살짝 달아오른 얼굴을 하고서 말했다.

"잔혹마군 냉고성의 행적을 발견한 것 같습니다."

철담협개의 표정이 일신되었다. 자애롭고 익살맞은 할아버지에서 일방 지주 본연의 모습으로 돌아온 거다.

"이번에는 몇이나 놈에게 목숨을 바쳤느냐?"

"지난번에 열다섯이 넘는 형제가 죽었습니다. 방주님의 엄명이 있었거늘 어찌 다시 귀한 방도들의 생명을 희생시켰겠습니까?"

"하면?"

"잔혹마군 냉고성의 행적을 발견한 건 포달랍궁의 황금대불마차(黃金大佛馬車)의 뒤를 쫓던 중 우연히 얻은 정보입니다."

"으음, 대법대불왕이 기어이 사천을 통과해 중원으로 들어왔구나. 그래, 분쟁의 정도는 어떠했느냐?"

"그게……."

이가흔이 말끝을 가볍게 흐렸다. 어떻게 황금대불마차를 타고 중원에 들어선 대법대불왕의 기행(奇行)을 설명해야 할지 잠시 생각할 시간이 필요했다.

황금대불마차!

서장의 살아 있는 신으로 불리는 대라마 대법대불왕이 포달랍궁을 떠나 순행을 나설 때 사용한다고 알려진 마차다.

크기는 일반 마차의 삼십 배.

삼십 마리의 한혈마(汗血馬)와 삼십 명의 불노(佛奴)에 의해 끌어진다.

이 마차의 외관은 그야말로 화려하다.

겉에 칠해진 건 황금이고, 온갖 라마교의 주신들과 환희불의 불상이 조각되어져 있다. 개중에는 중원에선 결코 받아들여질 수 없는 음탕한 색사가 노골적으로 벌어지고 있는 장면 역시 포함되어 있었다.

그런 황금대불마차가 서장을 떠나 중원으로 들어섰다.

천하불류일통(天下佛流一統)!

라마교를 신봉하던 몽고족이 천하를 쟁패하던 원대에도 결코 이루지 못했던 대업을 기치 삼아 올린 것이었다.

당연히 중원의 관문이라 할 수 있는 사천의 불교계는 난리가 났다.

사천 불교계의 정신적인 태두라 할 수 있는 아미파(峨嵋派)가 위치한 아미산으로 온갖 불교 인사들이 몰려들었다. 어떻게든 포달랍궁의 중원 불교계 정벌행을 사천에서 가로막고자 함이었다.

그러나 포달랍궁은 원대 이후 새외 일대에서 최강의 무력을 갖췄다고 알려져 있었다. 사천이 불교 세력이 매우 융성한 곳이긴 하나 무력으로 포달랍궁의 정예에 맞설 만한 상대는 거의 없었다. 구대문파 중 일좌를 오랫동안 차지하고 있던 아미파를 제외하곤.

결국 아미파가 나섰다.

아미산의 무수히 많은 사찰 중 핵심이라 할 수 있는 복호사(伏虎寺)의 일백 비구니들이 황금대불마차를 막아서기로 한 거다.

결사대!

불문에선 극히 이례적인 일이다.

그만큼 포달랍궁의 중원 침공은 불교계 전체가 공감할 만큼 심각한 문제였다.

"그래서? 아미산이 피로 물들었더냐? 일백 명의 결사대가 한 명도 살아남지 않고 모조리 몰살당한 게야?"

아미 복호사!

구대문파의 일좌를 차지하고 있는 명문 정파이다.

당연히 무공 역시 약하지 않다.

난피풍검법(亂披風劍法)으로 대표되는 검법은 강호가 득시글거리는 사천무림의 일절이고, 금정산수(金頂散手), 적하신장(赤霞神掌), 대정신공(大靜神功) 역시 정파를 대표하는 절정의 무공들이었다.

다만 복호사는 여승들인 비구니의 문파였다.

무공의 고하를 떠나 싸움에는 약할 수밖에 없었다. 특히 상대가 현 새외제일세라 알려진 포달랍궁이라면 말이다.

벌써 수중의 청죽봉에서 진기를 마구 쏟아내고 있는 철담협개를 살피는 이가혼의 입가에 한숨이 매달렸다.

'에휴, 저 성질은! 만약 미리 황금대불마차에 대한 소문을 전해 들으셨다면 당장 개방의 형제들을 이끌고 사천으로 달려가셨을 거야!'

그렇다.

어째서 철담협개이겠는가!

이구의 평생은 오로지 협의(俠義) 한마디로 정의될 수 있었다. 그리 친분이 깊지 않은 소림사 내부의 문제에 끼어든 거나 보종과의 약속을 지키는 외골수적인 모습이 바로 그 같은 성품에서 기인한 것이었다.

하지만 그런 철담협개의 성품으로 인해 개방은 종종 매우 피곤한 상황에 처하곤 했다. 그 드넓은 오지랖으로 끊임없이 천하를 뛰어다니며 사고를 치고 다닌 까닭이다.

이가혼이 고개를 가로저었다.

"염려 마세요. 아미산은 피에 젖지 않았고, 아미파 역시 무사하니까요."

"어떻게?"

"방주님, 좀 아쉬우신 것 같네요?"

"그럴 리가 있겠느냐!"

철담협개가 펄쩍 뛰며 화를 냈다. 진심으로 성을 내고 있는 거다.

이가흔이 얼른 두 손을 모아서 용서를 구한 후 말을 이었다.

"아미파의 일백결사대는 아미산을 떠나지도 못했어요. 예상보다 빨리 포달랍궁의 정예가 아미파로 쳐들어왔거든요."

"그래서?"

"그래서 막 아미파의 일백결사대와 사천 일대의 불문 고수들이 결사항전을 벌이려는 찰나 뇌음사(雷音寺)의 고승이 나타났다고 하더라구요."

"뇌음사의 고승? 그런 절도 있었나?"

"있었대요. 그것도 아미산에요. 그런데 정작 놀랄 일은 지금부터예요. 그 뇌음사의 이름 모를 고승이 장창 하나를 가지고 포달랍궁의 정예들을 몽땅 물리쳐 버렸거든요."

"그, 그게 정말이냐?"

"물론 아니죠."

"요것이!"

철담협개가 혀를 내민 채 헤헤거리고 있는 이가흔의 머리에 군밤을 줬다. 이런 중요한 순간에 장난을 치자 화악 속에서 열불이 치솟아오른 것이다.

이가혼이 군밤을 얻어맞은 머리를 손으로 쓰다듬으며 말했다.

"하지만 결과는 그거하고 좀 비슷했어요. 그 뇌음사의 고승이 나서서 일갈을 터뜨리자 포달랍궁의 팔대라마 중 둘이 나섰는데, 일패도지했거든요."

"그렇구나. 그래서 그 뒤엔 어찌 되었느냐?"

"뇌음사 고승의 중재하에 포달랍궁의 팔대라마의 수장인 홍의마불과 복호사의 장문인이신 피진 노사태께서 협약을 맺은 것 같아요."

"협약? 조건은?"

"아미파 십 년 봉문과 사천 일대 불교계의 침묵이었어요. 피진 노사태는 순순히 그 같은 조건을 받아들였고요."

"……"

철담협개가 평상시와 크게 다른 진지한 표정이 되었다.

아미파의 십 년 봉문!

사천 불교계의 침묵과는 비교조차 할 수 없을 정도의 대사건이었다. 적어도 무림에서는 말이다.

당연히 운남의 점창파(點蒼派)와 사천의 청성파(靑城派), 당가 등도 쉽사리 포달랍궁의 행사에 나설 순 없을 터였다. 어찌 됐든 이번 황금대불마차의 중원행은 불교계에만 한정된 움직임이었기 때문이다.

고심에 빠진 철담협개에게 이가혼이 조심스레 말했다.

"방주님, 결국 이번 포달랍궁의 최종 목표는 소림사가 아니겠어요?"

"그럴 테지. 서장을 떠나 사천에 들어서기 한참 전에 소림사에 배첩을 보냈으니까."

"그러니 이번엔 그냥 우리 개방은 끼어들지 않는 게 좋을 것 같아요."

"친구가 곤경에 처한 걸 그냥 방관하자는 것이냐?"

"친구는 무슨!"

나직이 코웃음 친 이가흔이 습관적으로 호로병을 입에 가져다 댔다가 콧잔등을 귀엽게 찡그렸다. 술병은 이미 비워진 지 오래다.

"개방과 소림사가 하남성에 함께한 지 오래지만 친구라곤 볼 수 없잖아요. 어차피 천하인들은 소림사가 있는 등봉현 촌구석은 알아도 개방의 총단이 개봉에 있다는 건 잘 모르니까요."

"그런 게 무어 그리 중요한 일이겠느냐? 우리 정파인들은 가슴속에 '협의'와 '신의' 두 글자만 품고 있으면 되는 것을."

'또! 또! 고리타분한 소리 하신다!'

이가흔의 도톰한 입술이 불쑥 튀어나왔다. 철담협개가 이미 이번 일에 끼어들기로 마음먹었다 여긴 것이다. 자연스레 뒤의 보고가 사무적으로 변한다.

"그렇게 포달랍궁의 황금대불마차의 뒤를 쫓다가 우연찮게 잔혹마군 냉고성에 관한 정보를 얻게 된 거예요. 그는 놀랍게도 대법대불왕의 제자와 함께 있더라구요. 변복을 했지만 워낙 개방 제자들이 이를 갈고 있던 자라 어렵지 않게 포착되었어요."

"그게 어디더냐?"

"소림사에서 그리 멀지 않아요."

"뭐?"

"대법대불왕의 제자 중 한 명이 현재 소림사에서 그리 멀지 않은 숭산 칠십이봉 중 하나에 자리 잡은 것 같아요. 포달랍궁의 정예들과 함께요."

"……."

철담협개의 안색이 어두워졌다.

혈풍(血風).

서장을 떠나 사천을 거쳐서 이제 막 소림사의 앞을 뿌옇게 물들이고 있었다.

*   *   *

데엥! 데엥!

귓전을 울리는 새벽 타종 소리에 맞춰 상쾌하게 삼천 배를 마친 엽자건의 표정은 꽤나 밝았다.

몸으로 하는 거,

대부분 좋아한다. 특히 극도로 따분한 불경 강론을 듣는 거나 독송(讀誦) 같은 걸 하는 것과 비교하자면 더욱 그러하다.

물론 어디까지나 엽자건만 그렇다.

근래 그와 함께 보내는 시간이 많은 초조암의 학승들은 하나같이 안색이 과히 좋지 못했다.

진땀을 뻘뻘 흘리고 있는 자부터 안색이 파리한 것이 당장에라도 쓰러질 것 같은 자까지.

평소 무공을 연마하거나 몸으로 때우는 일을 그리 많이 하지 않은 특성을 여실히 드러냈다. 조사 달마 대사는 필시 이 같은 승려들의 건강을 염려해 소림사에 무공을 전수했을 터이다.

그 같은 생각과 함께 엽자건이 히죽거리고 있을 때였다.

학승 중 가장 체력이 떨어지는 도상까지 삼천 배를 무사히 끝냈다. 역시 체력은 약해도 강단은 있는 초조암 학승들이었다.

초조암주인 도심이 휘하 학승들을 초조암으로 돌려보내곤 엽자건에게 손짓을 해 보였다. 그나마 무공의 기본을 닦은 사람답게 삼천 배를 하고서도 다른 학승들과 달리 크게 힘겨워 보이진 않는다.

"엽 사제, 잠시 나 좀 보세."

"예, 사형."

엽자건이 얼른 입가의 미소를 지우고 도심에게 다가갔다. 마침 그도 천수경언해에 관해 묻고 싶은 게 있던 참이다.

"사제, 지난번에 장경각을 청소하던 중 해동의 천수경언해를 보았다고 하셨지 않은가?"

"예."

"그럼 다시 장경각에 가면 그걸 찾을 수 있겠는가?"

"어렵지 않습니다. 그런데 어째서?"

"아무래도 내 해동어에 대한 조예가 부족하여 몇 가지 실수를 한 것 같네. 그래서 그걸 다시 찾아와야겠어."

"알겠습니다. 다음에 장경각에 청소를 하러 갈 때 찾아다 드리겠습니다."

"고맙네!"

도심이 엽자건에게 몇 차례나 고개를 끄덕여 보였다.

잠시 후.

엽자건은 평상시처럼 나무를 하기 위해 소림사를 빠져나왔다.

등에 진 지게.

이젠 마치 한 몸처럼 친근하게 느껴질 정도다.

'나도 이상한 놈이지. 어째서 천수경언해를 곧바로 도심 사형한테 건네지 않은 걸까? 그거 진짜 재미없던데…….'

산을 오르며 엽자건은 몇 번이나 고개를 갸웃거렸다.

그의 품속.

밤새 절반쯤 졸면서 본 천수경언해가 챙겨져 있었다. 도심이 크게 공을 들인 책임을 알기에 처소에서 들고 나왔다. 혹시 잃어버리기라도 하면 곤란하단 생각이었다.

그렇다곤 해도 다시 안의 내용을 살피기도 쉽지 않다. 그런 생각을 하는 것만으로 몸이 마구 뒤틀리고 입에서 하품이 새어 나오고 있었기 때문이다.

결국 엽자건이 고개를 가로저었다.

일단 품속의 천수경언해는 잠시 제쳐 두고 새벽에 만난 이가혼과 나눴던 초수에 집중하기로 한 거다.

스윽!

파곽! 파파파파곽!

산길을 오르며 엽자건은 연신 권각을 종횡시켰다.

상대는 굳이 필요없다.

새벽에 이가혼이 마구 펼쳐 댔던 개방의 상승 권각법을 머릿속에 떠올리는 것만으로 몸이 반응을 보였다. 적절한 방어법과 반격법이 등에 짊어진 지게와 관계없이 쏟아져 나왔다.

몰아지경!

엽자건은 그동안 곤법과 내공에 집중하느라 소홀했던 권각에 대한 이해 수준을 일거에 끌어올렸다. 이가혼과의 대결이 그 같은 일을 가능케 만들었다.

그렇게 한참 동안 기괴무쌍한 방법으로 산길을 오르길 얼마나 했을까?

우뚝!

갑자기 엽자건이 몰아경에서 빠져나왔다. 걸음을 멈추고 제멋대로 만들어낸 이가혼의 환영 역시 지워 버렸다.

그러나 여전히 불끈거리고 있는 용근!

이유가 없을 리 만무하다.

스슥!

일순 엽자건의 앞으로 평범한 회의수사 차림의 장년인이 모습을 드러냈다.

머리에 쓴 두건.

평생 고된 외가 무공을 연마하지 않고선 이룰 수 없는 강인한 육체를 가둔 회의와 함께 무척 어울리지 않는다. 양미간 사이에 불쑥 치솟아 있는 태양혈(太陽穴)이 그 같은 느낌을 더욱 강하게 확인시켜 주고 있었다.

"우리… 어디에선가 만난 적이 있지요?"

"놀랍군. 내 완벽한 변복을 꿰뚫어 보다니!"

'와, 완벽한 변복…….'

엽자건의 얼굴에 어이없다는 기색이 번져 나왔다. 그러거나 말거나 회의수사는 곧바로 자신의 용건에 들어갔다.

"내 자네를 이곳에서 기다리느라 무척 고생이 많았네. 귀인께서 기다리시니 얼른 나와 함께 가세나."

"귀인?"

"설명은 여기까질세. 내 먼저 손을 쓸 테니 용서하게나."

"……"

엽자건은 일순 자신의 면전으로 파고든 맹렬한 일장에 안색을 슬쩍 굳혔다.

대력금강장!

전날 소림사의 산문을 넘기 전에 경험해 본 바 있는 강맹무쌍의 장력이다.

더불어 그 장력의 주인 역시 알고 있다.

십팔나한의 배신자 보경.

그가 극도로 어설픈 변복을 한 채 소실봉으로 돌아온 것이었다.

우지끈!

엽자건이 황급히 금강부동보의 부동무상을 펼친 것과 동시였다.

그가 등에 짊어지고 있던 지게가 박살났다.

산산조각 났다.

대력금강장의 놀라운 위력이었다.

그러나 엽자건은 어느새 신형을 좌우로 분신시키고 있었다. 부동무상으로 대력금강장의 일장을 피하고 곧바로 반격에 들어간 것이다.

파팍!

엽자건의 주먹과 발이 거의 동시에 보경의 오금과 어깨를 노렸다.

어느 곳이든 결정적인 타격을 입히긴 어렵다. 몸 중에서 가장 근육의 밀도가 높은 부위들이기 때문이다.

게다가 보경은 십팔나한.

내공뿐 아니라 외공의 수련이 이미 절정의 경지에 이르렀다.

스륵!

재빨리 다리를 들어 엽자건의 항마연환신퇴를 방어한 보경의 수장이 장(掌)에서 조(爪)로 바뀌었다.

용조수(龍爪守).

대력금강장과 함께 소림사가 자랑하는 칠십이절기에 당당히 들어가 있는 절학이다.

촤아악!

일순 현란한 변화를 일으킨 용조가 엽자건의 어깨 부위를 스치고 지나갔다. 자칫 어깨 근맥을 끊고 박살낼 뻔한 무시무시한 일격이었다.

근데 바로 그때였다.

보경이 무시했던 엽자건의 권각이 삽시간에 변화를 보였다.

빠박!

순간적으로 보경의 머리 높이에서 연환을 보인 권각.

일시 두건으로 가리고 있던 태양혈과 목에 강렬한 연타를 허용한 보경이 주춤거리며 뒤로 물러섰다.

"이, 이건……."

"소림의 무공이 아니지!"

맞다.

엽자건이 느닷없이 펼쳐 낸 건 연쌍비!

바로 오늘 새벽녘에 이가흔을 자극해서 벌였던 비무 중 주워 배운 개방의 절학이었다.

슥!

엽자건이 재빨리 등 뒤에서 삼절마곤을 끄집어냈다. 지난 두 달간 심심해서 몇 군데 개량을 한 애병을 비로소 손에 든 것이다.

부아앙!

대기를 울리는 곤명!

그동안 엽자건이 결코 사부 보종이 전수한 야차곤 수련을 게을리하지 않았음을 보여준다.

보경은 본래 소림사를 대표하던 절정고수다.

엽자건의 삼절마곤이 일으킨 곤명의 의미를 모를 리 없다.

'야차곤이 곤명지경(棍鳴之境)에 이르렀다면 쉽사리 제압하기 어렵다. 게다가 갑자기 소리라도 지른다면?'

빠르게 계산을 끝낸 보경이 갑자기 자세를 풀고 엽자건에게 손을 흔들어 보였다.

"잠시만 기다리게! 내 자네한테 할 말이 있네!"

"패배를 인정한 것이오?"

"패배?"

보경의 민머리를 가리고 있던 두건이 일순 투둑 하며 튀어 올랐다. 갑자기 불끈거리며 튀어나온 태양혈에 떠밀려 버린 것이다.

더불어 기파!

보경의 전신에서 쏟아진 투기에 엽자건 역시 반응을 보였다. 절로 삼절마곤에 힘이 실린다.

'후우! 역시 쉽지 않은 상대다! 어린놈이 어미 뱃속서부터 무공을 익힌 것도 아닐진대⋯⋯.'

내심 한숨을 내쉰 보경이 튀어나온 태양혈을 도로 거둬들이곤 말했다.

"자네, 사 년 전에 소주에서 벌어진 일을 기억하는가?"

"소주⋯⋯."

"자네를 보고자 하는 귀인은 다름 아닌 당시 인연을 맺은 분이시라네. 이곳에서 그리 멀지 않은 장소에 계시니 나와 함께 가세. 만약 일이 잘못되면 사자후라도 터뜨려서 소림사의 고수들을 불러들이면 되지 않겠나?"

"⋯⋯."

엽자건의 시선이 처음으로 흔들림을 보였다.

사 년 전 소주에서 맺은 인연.

선연이라기보다는 악연이라 함이 옳다.

하지만 그에겐 결코 잊을 수 없는 유년의 기억을 던져 준 사람이 있었다. 그게 지금 그의 마음을 잡아끌었다.

'에라, 모르겠다! 이곳은 소림사의 안마당! 수틀리면 정말 버럭 소리라도 지르지, 뭐.'

엽자건의 삼절마곤의 끝.

어느새 보경을 떠나 바닥을 향하고 있었다.

*　　　*　　　*

준극봉(峻極峰).

모두 칠십이봉으로 이뤄진 숭산의 삼극봉 중 중간에 속한 산봉이다. 동쪽으로는 태실봉(太室峰)이 있고, 서쪽이 소림사가 있는 소실봉(少室峰)이다.

그 중턱에 위치한 숭악사탑(嵩岳寺塔).

다른 이름으로 화하제일탑(華夏第一塔)이라고도 불리는 이 고탑은 북위 효 명제 정광연간에 지어졌다고 알려져 있다.

日出嵩山拗

晨鍾驚飛鳥

林間小溪水潺潺

坡上青青草

숭산 위로 해가 뜨면

새벽 종소리가 새들을 놀라게 하고,

숲 속의 작은 개울물은 졸졸 흐르며,

산기슭에 푸른 풀이 밝게 빛나네.

숭산의 아름다움을 노래하는 시가 속에는 듣는 이를 울적하게 하는 묘한 시름이 묻어 나오고 있었다.

특히 시가를 노래하는 것이 천하에 보기 드문 절색의 여인이라서인가?

그 같은 느낌은 더욱 강하게 다가왔다.

만약 부근에 열혈의 소년이라도 있다면 당장 달려와 여인 앞에 엎드려 사랑의 노예가 될 것을 맹세할 것 같기도 하다.

다만 절색의 여인은 황금색 승포를 걸쳤고, 목과 손에는 역시 황금으로 된 염주를 하고, 얼굴의 반면을 황금 면사로 가리고 있었다. 본색을 다 드러내지 않고 있는 거다.

현 포달랍궁의 대라마 대법대불왕의 제자라 일컬어지는 여인.

면사미부는 그 같은 신분을 아랑곳하지 않고 소림사의 코앞이라 할 수 있는 숭악사를 거닐고 있었다. 노래까지 흥얼거리면서.

그녀에게서 그리 떨어지지 않은 장소.

여전히 창백한 얼굴을 하고 있는 잔혹마군 냉고성이 목인형이라도 된 것처럼 서 있었다. 입가에 특유의 차가운 조소를 매달고서.

'숭산이 그리 작은 산은 아니지만, 정녕 대담한 계집이로 구나! 설마 소림사의 바로 코앞이라 할 수 있는 숭악사를 장악해서 처소로 삼을 줄이야!'

냉고성은 내심 눈앞의 면사미부에게 크게 감탄하고 있는 중이었다.

소림사를 도모하는 대사가 실패로 돌아간 직후,

그는 보경과 함께 변복을 한 후 무작정 소림사로부터 멀어지려 했다. 소림사와 개방 고수들의 추격이 두려웠기 때문이다.

칠마의 일좌!

평생 남에게만 공포를 느끼게 만들었던 냉고성으로선 굴욕도 이런 굴욕이 없었다.

하지만 눈앞의 면사미부와 만난 후 그는 다시 자존심을 되찾게 되었다. 도주를 하는 대신 당당하게 소림사의 안마당으로 돌아와 새롭게 대사를 준비할 수 있게 된 것이다. 비록 그것이 그 자신의 주도로 이뤄지고 있진 않았지만 말이다.

그렇게 냉고성의 시선이 면사미부에 단단히 고정되어 있

을 때다.

문득 숭악사 산문 쪽에서 두 개의 인영이 모습을 드러냈다. 아침 일찍 소실봉으로 떠났던 보경과 삼절마곤을 든 엽자건이었다.

'죽일 놈!'

냉고성은 한눈에 엽자건을 알아봤다.

전날 소림사 장경각 앞에서 자신과 황천살검대 최정예의 앞을 가로막았던 정체불명의 노승과 함께 대사를 망쳐 버린 원흉!

당장 산 채로 포를 떠서 씹어 먹고 싶은 심정이다.

그러나 그는 심중에서 치솟아오른 살기를 밖으로 드러내는 대신 몸속 깊숙이 가라앉혔다. 보경을 시켜 엽자건을 이곳으로 불러들인 게 다름 아닌 면사미부였기 때문이다.

엽자건은 내심 크게 놀랐다.

지난 두 달간 그는 나무를 하기 위해 소림사의 주변의 산속을 이 잡듯이 돌아다녔다.

당연히 준극봉 역시 오르지 않은 바 아니었다.

다만 항상 보는 게 불상이고 불탑이며 만질거리는 머리를 한 중들인지라 숭악사에는 굳이 와볼 생각을 하지 않았다. 그럴 이유가 없지 않겠는가?

그런데 이런 곳에 자리를 잡고 있었을 줄이야!

완전 역발상이다.

아니, 그런 것보다는 이런 담대함이 더욱 놀라웠다. 다른 식으로 생각하자면 소림사를 완전히 물로 본 것이라 내심 화가 나기도 했다.

'근데 저기 서 있는 비구니! 어째 승복도 요상스럽고 머리도 박박 밀지 않았다냐? 설마 나처럼 불목하니인 건가?'

아니다.

그럴 리가 없다.

불목하니가 어떻게 이런 한낮에 여유롭게 탑 앞에서 노래나 부르고 있을 수 있겠는가!

그건 새벽부터 저녁 예불이 끝날 때까지 결코 쉴 시간이 주어지지 않는 불목하니에 대한 모독이었다. 적어도 지난 두 달간 엽자건은 소림사에서 그리 생활해 왔다.

그때 불목하니도 아니면서 삼단같이 길고 윤기 흐르는 모발을 자랑하는 면사미부가 신형을 돌려 세웠다.

앞서 엽자건을 안내하고 있던 보경이 정중하게 허리를 숙여 보인다.

"귀인께서 명하신 대로 엽자건 시주를 모셔왔습니다!"

"고생하셨어요. 잠시 자리를 비켜주세요."

"예!"

보경이 다시 허리를 숙여 보이곤 냉고성 쪽으로 멀어져 갔다. 눈치가 빠른 자답게 그동안 면사미부가 후일 자신의 생살

여탈권을 쥘 수도 있는 존재라는 걸 간파하고 있었다.

살랑!

여전히 얼굴의 반면을 가리고 있는 미부의 황금 면사가 흔들림을 보였다.

눈앞의 엽자건.

이미 지난 사 년간 자신의 기억 속에 머물러 있던 소년이 아니었다.

예상을 훌쩍 뛰어넘을 정도로 성장했다.

이젠 소년이 아니라 청년이라 불러야 옳을 듯싶다.

'그새… 남자가 됐구나!'

내심 미소를 지어 보인 면사미부가 엽자건을 향해 부드럽게 말했다.

"언젠간 다시 만날 날이 있을 거라 생각했어요. 그런데 생각했던 것보다 훨씬 멋있어졌군요?"

"당신은……."

"감요진. 전날 소주에서 당신을 납치해 갔던 사악한 마녀랍니다."

감요진이 비로소 황금 면사를 얼굴에서 떼어냈다.

화용월태(花容月態).

지난 사 년간 엽자건의 가슴에 화인처럼 남아 있던 절세미녀의 얼굴이 모습을 드러냈다. 세월의 흐름을 역행한 듯 더욱 어려지고 맑아진 피부와 함께.

'제기랄!'

엽자건이 내심 소리 질렀다. 감요진의 옥용을 본 순간 가슴이 크게 뛰기 시작했기 때문이다.

〈제2권 끝〉

주(註)

*한혈마:말 중에서도 가장 힘이 좋고 정력적인 말은 어떤 말인가. 바로 한혈마(汗血馬)이다. 한(汗)은 '땀'이다. 한혈마는 달릴 때 피땀을 흘린다고 해서 붙여진 이름이다. 정말로 피땀을 흘리는 것은 아니고 피부가 선홍색으로 붉기 때문에, 땀을 흘리면 옆에서 보기에 피땀처럼 보일 뿐이다. 이 한혈마가 말 중에서는 최고의 명마로 여겨져 왔다. 사마천의 '사기'에 따르면 한혈마는 하루에 천 리를 달릴 수 있다고 되어 있다. 삼국지에서 여포가 타다가 나중에 관우가 타게 된 적토마(赤兔馬)도 말하자면 한혈마 계통에 들어간다.

원산지는 넓은 초원이 펼쳐져 있는 서역(중앙아시아)인데, 한무제는 기원전 104년에 중앙아시아에 군사를 보내 이 한혈마들을 구해왔다고 한다.

저작권 보호!!
장르문학의 성장에 힘이 되어주십시오.

저작물의 무단 전재와 복제, 불법 다운로드!
이것은 관심이 아니라 무관심입니다!

작가님들은 창의적 열정과 시간을 투자해 자신의 꿈과 생계를 유지합니다.
한 권의 책을 만들어 많은 사람들은 자신의 인생과 미래를 설계합니다.

저작물 속에는 여러 사람의 노력과 희망이
담겨 있습니다!

저작물의 무단 전재와 복제, 불법 다운로드는 여러 사람들의 꿈과 생계를
위협함으로써 장르문학을 심각한 상황에 빠뜨리고 있습니다.

이제는 무관심이 아니라 관심으로 장르문학의
성장에 힘이 되어주세요.

[도서출판 **청어람**은 항시적인 저작권 보호를 통해 장르문학과
여러분의 희망을 지키겠습니다.]

도서출판 **청어람**

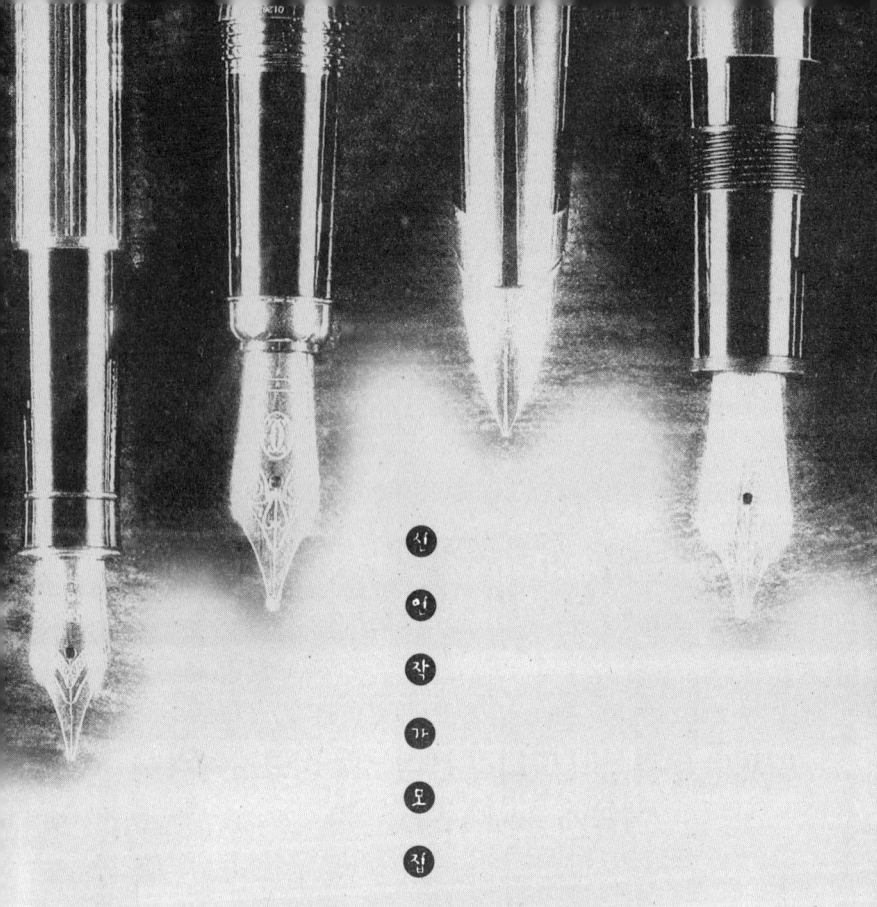

共同傳人
공동전인

설경구 新무협 판타지 소설

마교를 재건하라.

혈마옥에 갇히며 마교 장로들의 공동전인이 된 사무진에게 주어진 과제.
역사상 가장 착한 마교의 교주.
하지만 역사상 가장 강한 마교의 교주가 되고 싶다.

고정관념을 버려요.
마교도라고 해서 꼭 나쁜 놈일 필요는 없잖아요.

지금까지와는 다른 마교.
이제 사무진이 만들어가는 새로운 마교가 모습을 드러낸다.

유행이 아닌 자유추구 -
WWW.chungeoram.com

Book Publishing CHUNGEORAM

무유칠덕(武有七德), 금폭(禁暴), 집병(戢兵), 보대(保大),
정공(定功), 안민(安民), 화중(和衆), 풍재(豊財), 자야(者也).
〈좌전(左傳), 선공 십이년(宣公 十二年)〉

무에는 일곱 가지 덕이 있다.
첫째, 난폭을 금지한다. 둘째, 무기를 거두어들인다. 셋째, 큰 나라를 보전한다.
넷째, 공적을 정한다. 다섯째, 백성을 편안하게 한다. 여섯째, 대중을 화합하게 한다.
일곱째, 물자를 풍부하게 한다.

섬서성(陝西省) 육반산(六盤山)에 신력(神力)을 바탕으로
패공(覇功)을 구사하는 가문(家門), 육반루가(六盤婁家).
세상에게 외면받고 멸시당하는 환희교(歡喜敎).
육반루가의 후손과 환희교 교주의 운명적인 만남.

"넌 환희교를 지키는 수문장(守門將)이 될 거야.
강하게, 아주 강하게 키워주마."
'아버지처럼 죽지 않을 거야. 아무도 날 죽일 수 없어.
세상에서 최고로 강한 사람이 될 거야.'

유행이 아닌 자유추구 -
WWW.chungeoram.com

Book Publishing CHUNGEORAM

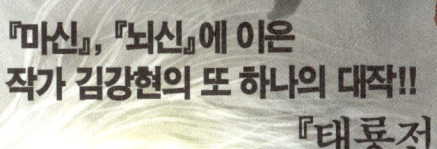

태룡전

김강현
新무협 판타지 소설

『마신』, 『뇌신』에 이은
작가 김강현의 또 하나의 대작!!
『태룡전』

내가 이곳 미고현에 위치한 천망칠십오대에
온 지도 벌써 두 달이 넘었거든.
그런데 아직도 이해하지 못한 일이 하나 있어.
그게 뭐냐고? 우리 대주 말이야.
우리 대주님이 가장 좋아하는 게 뭔지 아나?
바로 침상에서 좌우로 데굴데굴 굴러다니는 거야.
그다음으로 좋아하는 게 그렇게 뒹굴다 잠드는 거고……
나려타곤(懶驢打滾)!
더도 덜도 아닌 딱 우리 대주님을 지칭하는 말일세.

천망칠십오대 대주 단유강!!
격동의 무림은 그에게 휴식을 허락하지 않는다.
단유강, 그의 일보가, 천하를 떨쳐 울린다!

유행이 아닌 자유추구 -
WWW.chungeoram.com
Book Publishing CHUNGEORAM

오채지 新무협 판타지 소설

천산도객 天山刀客

마도대종사의 죽음.

마침내 끝이 난 이십 년간의 정마대전.
하지만 전 무림이 까맣게 모르는 것이 있었으니…

대종사가 마지막까지 숨겨두었던 마도백가(魔道百家)의 비밀 병기.
패잔병으로 북방을 떠돌던 어느 날 신비로운 사내 비파랑을 만나는데…

"항주의 금룡관(金龍館)에… 이걸 전해주십시오."
"눈치챘겠지만 난 마인이오."
"어쩐지 당신이라면… 약속을 지켜줄 것 같아서……."

한 번의 짧은 만남이 만든 운명 같은 행보.
그의 위대한 강호행이 시작된다.